三島由紀夫　異端の系譜学

髙山秀三

風濤社

はじめに

三島由紀夫はその目覚ましい成功にもかかわらず、生涯をとおして自分自身とこの世界への深い違和感を抱いて生きた人間だった。そして、その違和感の深さに比例した表現衝動の苛烈さこそは、三島を不世出の文学者に押し上げていったものだった。

自分自身を含む既存の世界への違和感は表現という営為には付きものである。その違和感ゆえに、表現者は作品という別世界を創造することに向かうのである。異端者意識はめざましい創造の原動力になりうるものである。しかし、他方、そこに含まれるナルシシズムはみずからをこの世の受難者のように考え、被害感情をつのらせていく元凶にもなる。この世から爪はじきにされ、不当に扱われているという意識は、たいていは、傲岸な選良意識と絡み合った思いこみである。世界から弾きだされているという被害感情そのものが、本当は、世界のなかで権力や名誉を獲得したいという願望の裏返しにすぎないことも多い。

三島が生涯、抱えていた異端者意識にも、その種の不遜なナルシシズムや権力への願望が付きまとっていなかったとはいえない。三島は誰よりも人生を舞台のように考え、おのれの人生をドラマ化してしまう、きわめつけのロマンティストだった。その小説、戯曲、エッセイ、写真、映像、それらすべてが三島の自己劇化衝動のはげしさを物語っている。基本的には、三島が抱いていたような異端者意識は、程度の差はあれ、多少とも見どころのある表現者に通有のものであるだろう。三島が「客観的」に異端者と呼べる人間だったか否かという問題はひとまず措こう。異端にせよ、正統にせよ、それらは厳密にいえば具体的なそのときどきの自他の関係のなかで存在するのであって、不変の実体としてそれらがあるわけではない。ただ、異端者であるという観念にとらわれ、それがその人間のさまざまな思考や行動を支配し、現実に異端者らしさを現出し、異端者らしい人生や異端者らしい仕事を生みだすということがある。

三島の異端者意識、その既存の世界に対する違和感は、その深甚さにおいて、いくら強調してもしすぎることのないほどに、三島という表現者の特質だった。三島におけるすべての表現は、この世界と自身とのあいだに感受される深い溝を埋めようとする営為であり、既存の世界に対して三島が感受する距離こそはその劇的な世界を創造する源泉だった。

三島由紀夫は洋の東西を問わず、ことのほか多くの先行する文人に学び、そこから作品を生み出した作家であるが、なかでもサド、ニーチェという二人の表現者は三島にとって特別に大きな意味をもっている。少年期の小説『中世に於ける一殺人常習者の遺せる哲学的日記の抜萃』はニーチェ哲学への熱狂的な傾倒から生れたものであり、戯曲『サド侯爵夫人』は中年に至った三島が伝記に描かれたサドの生涯をほぼ忠実になぞりつつ、その姿に自身を重ね合わせて書き上げたものである。いずれの作品も、その時点の三島にとってもっとも切実だった問題を鮮明に反映している。

サドもニーチェもともに、既存の社会と相容れない、究極の異端者と呼びうる人びとであり、不遇の生涯を送った表現者である。かれらの作品の過激さは、その世界への不適合の度合いに正確に見合っている。異端を自任する人間にありがちなこととして、彼らもまた、選良意識と、その裏返しである被害感情をつよくもちあわせた人びとだった。しかし、所与の世界に対する彼らの一貫した、徹底的な異議と、その報いとして彼らが払った現実的な犠牲の大きさは、結果的に彼らを感傷的な自己憐憫から遠い、いわば筋金入りの異端者に仕立て上げていった。

戦後の社会で流行作家として名を馳せた三島の生涯をながめるとき、それはサドやニーチェのあからさまに不遇な生涯からは遠く隔たったもののように見える。しかし、毀誉褒貶にみちたスーパースターぶりのなかで三島が抱えていた深い孤独は、この世に対する決定的な不適合という宿命を生きたサドやニーチェの孤独に通じるものだった。三島は、これら二人の表現者のなかにおのれの精神的な血族を見い出し、かれらの存在に慰藉を見い出した。サドやニーチェの不遇は、西洋社会の基盤であるキリスト教信仰に真正面からぶつかり、戦ったその愚直さと大きく関わっている。その愚直さこそ何よりもこれらの表現者に三島を引き寄せたものであるだろう。社会を支配する既成の観念に徹底して反逆しないではいられない彼らの愚直な一徹さを三島は深く愛し、みずからもまたそうあらずにはいられなかったのである。

本書は、サドやニーチェへの深い共感から三島が生み出した作品をとりあげ、この二人の表現者との関わりを基軸として、三島由紀夫という作家の生と死の真実に近づくことを眼目としている。

三島由紀夫　異端の系譜学◎目次

三島由紀夫　異端の系譜学

第一章

少年期における三島由紀夫のニーチェ体験

三島由紀夫は少年期からニーチェを愛読し、大きな影響を受けた。ニーチェと三島には、女性ばかりに取り囲まれた環境で幼少期を過ごしたという共通性がある。女性的な環境で育った人間が自身のうちなる女性性と戦うなかで生れたニーチェの哲学は、受動性や従順、あるいは柔弱さなどのいわゆる女性的なものに対する嫌悪を多分に含んでいる。それは思春期の自我の目覚めとともに男性的な方向に向けて自己改造をはじめていた少年三島の気持に大いにかなうものだった。戦時中、十九歳のときの小説『中世に於ける一殺人常習者の遺せる哲学的日記の抜萃』は三島自身がニーチェのつよい影響のもとで書いたことを認める作品である。本章では、この小説をニーチェの哲学との関連から読み解き、三島がその文学的出発においてニーチェに大きな影響を受けていたことを明らかにする。

1　節穴を覗く子供

三島由紀夫の父、平岡梓は、三島の死の余韻がまださめやらぬ昭和四十六年から四十七年にかけて息子の生涯を回想する談話を雑誌『諸君』に発表した。その連載をまとめた書物『伜・三島由紀夫』のなかには、三島の文学に親しむ者にはひときわ印象的な、次のような挿話が語られている。

伜は幼少時代、よく隣家の塀の節穴を覗きに行きました。調べてみますと、同年輩ぐらいの男の子が、さかんに相撲や野球の真似をしたりして楽しんでいるのです。伜は、この自分とまったく別世界で異種の乱暴な遊びが数々行われている不可思議事をなんとか理解しようと熱心に覗き込んでいたのか、それともこれに参加できない身の上を悲しみ、彼らに羨望嫉妬を感じていたのか、いずれにせよ、これを契機に自分の家で僕と相撲をとるようになりました。僕は、長ずるに及んで本物の覗きにさえならなければ結構なことと喜びました。*1

すでに幼少期にあって心のなかにいくつもの地下室を抱えていたような息子の心事を理解するには、平岡梓はあまりにも現実的な農林省の役人だった。三島の理解者であることを誇る文学好きの母親とは違って、父は文学にはあまり縁のない市井の常識人だっただけに、最愛の息子の奇矯な死は理解を絶するものであっただろう。三島由紀夫の死は、この父親にとっては、自分とはあまりにもかけ離れた世界に住む息子をもってしまったことに今更ながら気づかされる悲劇だった。愛息の死後、唐突で不可解なその死を理解しようとして梓は幾重にも思いをめぐらしたのだろう。この挿話はその死の謎を幼年期にまでさかのぼって探ろうとするなかで想起されたわけだが、ここには巧まずして作家三島の原点を鮮やかに浮かび上がらせる象徴的な構図が語られている。息子の死は梓を思いも寄らないほどに、三島という一人の人間に引き寄せたのかもしれない。

　梓が淡々と語る幼い三島の姿には、その人生の謎を解き明かす鍵ともいえるものが含まれている。三島は梓が危惧した「本物の覗き」にはならなかったようだが、作品ではよく覗きの場面を描いた。『金閣寺』では南禅寺を訪れた主人公に、出征する兵士の子供を宿した娘が恋人に母乳を飲ませる場面を覗かせ、『午後の曳航』では主人公の少年に母親とその愛人の交合を窃視させ、遺作となった『豊饒の海』では全巻を通して登場する弁護士本多が老残の身で夜の公園の窃視者に成り果てる次第を描いた。三島は実生活では健全な社会人たろうとするつよい意志をもっていたが、作品ではみずからのなかに潜むさまざまな悪を野放図に解き放ち、はびこらせた。覗きもまた社会通念から見ればひとつの悪であり、三島はひそかに人間を観察するみずからの宿命的な習性をくりかえし露悪的に描いたのである。

　三島が描いた窃視者のきわめつけというべき本多は、夜の公園で愛し合う恋人たちのあられもない姿を覗き見て警察に捕まり、年甲斐もない破廉恥漢としてマスコミに書きたてられる。その結果、営々と築いてきた弁護士としての名声を一夜にして失うが、その救いようのない醜態は幼少期以来、認識者、すなわち傍観者として生きてきた三島の自己嫌悪が生み出した戯画的自画像である。

　三島は書くことが生きることと等しいほどに本質的な作家でありながら、傍観者として人間と社会を観察し、それを素材としてものを書くということにつよい自己嫌悪を抱きつづけた。劣等感や自己嫌悪は少なからぬ人びとにおいて創造的な営みの発条となる心理だが、三島ほどにそれが生涯の駆動力となっている例も少ないだろう。三島は窃視になぞらえるほどに、人間社会を局外から観察するおのれの習性を憎み、男性的な肉体と行為に憧れた。三十歳をこえてからの、ボディビルによる肉体改造や、剣道などの武術の修行、自衛隊への体験入隊に見られる自己改造の企ては、元来は誰よりも文弱だった自分に対するはげしい嫌悪が生んだものである。

隣家の庭を覗く三島の背後にあった家は、いくぶん奇矯な性格の祖母が支配する女性的な世界だった。*2 生後四十日で母親から引き離された三島は、心身ともに病んだ祖母の病室に枕を並べて眠り、危険であるという理由で一切の男の子らしい遊戯を禁じられ、静かに本を読んだり、遊び相手としてあてがわれた女の子たちとままごとをして育った。三島の生家には祖父もいたし、仕事に追われて不在がちとはいえ農林官僚の父もいたが、彼らの存在感は薄かった。

名門の出自を誇る矜持の高さと気性の激しさゆえに一家を支配していた祖母は、兵庫県の農家の出身である夫と偏屈な一人息子を軽視して、病弱ではあるがどこか有望な将来を予感させる初孫にのめりこんだ。溺愛によって選良性を自覚させられ、過保護によって行為の芽を摘まれ、自分をめぐる祖母と実母の陰湿な心理戦のなかで気をつかいつづけることで、心理の綾を読みとることにはやけに長じた、子供らしくない子供として三島は育った。感受性ばかりが肥大した、女性的で不活発な子供として、三島は塀の穴から隣家の庭を覗き込んでいたのである。塀のこちら側には陰湿で病んだ女性的世界がこの幼児を包み込んでおり、塀の向こうにはいささか乱暴な遊戯に興じる健康な男の子たちの世界があった。塀のこちら側には世界を観察し、認識する例外的で孤独な子供がいて、塀の向こう側には世界に溶け込んで躍動する天真爛漫な子供の集団がいた。

社会的な動物である人間が将来社会のなかで他人とともに生きていくためには、幼いときから同性の子供を含む集団のなかでともに遊びながら育つ必要があるが、幼少期の三島にはそうした経験が徹底して欠けていた。隣家の庭を覗き見ていた幼い三島は、一人の男児として、そうした経験が自分に必要なことを本能的に感じていて、単純で男らしい子供たちの集団につよく魅せられていたにちがいない。なぜなら梓の回想にあったように、この出来事のあと、幼い三島は父と相撲をとる習慣をもつことになるのである。男らしい行動の世界への幼い憧憬は、三島の生涯を通して持続し、成長し、そのあらゆる活動において表現されることになる。

学習院初等科への入学は、六歳の三島にとって大きな試練だった。男の子らしい遊びを一切知らず、体格は貧弱、言葉つきも立ち居振舞いも女性的な三島は、ほかの男の子たちから徹底してなぶりものにされ、「女」、「青びょうたん」[*3]といったはなはだ不名誉な仇名で呼ばれた。その上、華族の子弟や富豪の子弟が多くを占める学習院では、平民で、経済的にも中流でしかない官僚の子供である三島は、肩身の狭い思いをしていた。家のなかでは祖母という「深情けの恋人」に溺愛され、母や女中たちの関心をも一身に集める王子だった幼い子供は、学校では虚弱さと女性性と低い家柄という負の要素を背負う、劣等感のつよい生徒だった。勉強はある程度できるものの、引け目だらけの三島少年は集団になじむことなく、目立たない生徒として学校の片隅に埋もれていた。

2 ニーチェとの出会い

幼いときから祖母の病室で絵本や児童文学に親しんでいた三島が、はなはだぱっとしない孤独な学童時代から救いとしていたのは文学だった。三島はすでに初等科時代から詩や小説などの創作に励んでいた。中等科で文芸部に所属した三島は天才少年として知られるようになる。その作風は『花ざかりの森』に見られるように、戦時の国家的危機に生命を捧げて奉仕することを願う軍国少年の血気さかんな精神からははなはだ遠い、文弱の極致であり、退廃的とも耽美的ともいえるものだった。国家総動員が叫ばれる時局のなかで耽美的な文学への姿勢をかたくなに守っていた戦時中の自分を振り返って三島は、「二十歳の私は、自分を何とでも夢想することができた。薄命の天才とも。日本の美的伝統の最後の若者とも。デカダン中のデカダン、頽唐期の最後の皇帝とも。それから美の特攻隊とも」(「私の遍歴時代」32-278) と記している。

日本の古典をよく読んでいたが、西洋文学にも造詣が深く、ワイルドはその反俗的なダンディズムゆえに、ラディゲはその早熟な天才ぶりと夭折ゆえに少年期の三島の偶像だった。三島がニーチェに出会うのは、ちょうどその頃のことである。その出会いの当初、三島はワイルドなどの耽美的な、既存秩序への反逆者を愛するその延長線上でニーチェを愛したのである。

三島由紀夫が一生を通じて、ニーチェを愛読し、傾倒していたことはよく知られている。『伜・三島由紀夫』のなかにも父梓の、「伜がニーチェについて持っていた関心は想像以上に強烈なものでした」[*4]という証言がある。三島は創作と生き方の両面においてニーチェの大きな影響を受けた。たとえば三島文学の基底にあるニヒリズムとその克服という主題は、なによりもニーチェの思想と大きく関わっている。三島がニーチェに出会ったのは戦時中、いまだ少年のときのことだった。昭和四十一年に手塚富雄が『ツァラトゥストラ』の翻訳を出版したときの記念の対談で三島はそのことに触れ、ニーチェを大きな拠りどころとしていた当時を振り返って次のように語っている。

「悲劇の誕生」の、あのエネルギーの過剰からくるニヒリズムということばが実に好きでしたね。ニヒリズムということばは一種の禁断のことばとして、われわれの世代に共感を与えたと思います。それから超人の思想というよりも、なにか人を無理やりにエキサイトさせる力、ああいうものが戦争中のわれわれにとっては、麻薬みたいな感じもいくらかあったんです。ぼく個人の体験で申しますと、「ウンツァイトゲメース」というニーチェのことばが非常に好きで、戦争中はウンツァイトゲメース、「反時代的」と訳されていましたか、それがもう唯一のよりどころみたいなものでした。（39-545）

三島はここで、「ニヒリズム」、「力への意志」、「反時代性」というニーチェ思想の三つの要素に大きな影響を受けたことを語っているが、それらは三島の作家としての特質を説明する重要な要素でもある。ニーチェは三島の核心に働きかけて大きな共感を惹き起こし、影響を及ぼす哲学者であった。特に、文学を敵視する戦時の風潮のなかで耽美的な小説をつづっていた三島にとって、反時代的であることを標榜しつづけたニーチェを読むことが大きな支えであったことはまちがいない。

少年期にニーチェに魅せられた理由について、「なにか人を無理やりにエキサイトさせる力、ああいうものが戦争中のわれわれにとっては、麻薬みたいな感じもいくらかあったんです」と語っているが、戦時に限らず、三島が生涯を通してニーチェに惹かれつづけた大きな理由が、その「麻薬みたいな感じ」、つまり陶酔に人を導く「審美主義」的な力であったことはまちがいない。『悲劇の誕生』のなかでは「存在と世界はただ美的現象としてのみ永遠に是認される」（Ⅲ-43）と語られているが、端的に「審美主義」の理念をあらわすこの言葉は、哲学者であると同時に洗練された言葉の芸術家であるニーチェのなかに一貫してつよく根付いていた生への姿勢を示している。

ひとが尋常でないほどに何かに惹かれるということのなかには、おそらく例外なく三島がいう「麻薬」の作用が働いている。芸術の根底にあるものが世界との融合をめざすディオニュソス的な衝動であるということこそ、ニーチェが『悲劇の誕生』のなかで語ったことである。『悲劇の誕生』は、人間を深い部分で動かすものが、さめた理性よりも陶酔を伴なう没我衝動であることを語っている。ニーチェはこのことをそれ自体が陶酔をもたらす美的な文体で語った。

死の一週間前に行なわれた古林尚との対談で、三島は『悲劇の誕生』への特別な愛着を語り、「あんなに楽しくて、心をおののかせてくれる本というのは、ほかにはありませんね。ぼくは無意識のうちにずいぶん影響を受けていると思いますよ」（40-769）と語っている。三島だけでなく、一体にひとがニーチェに惹かれるということには、『悲劇の誕生』が端的にそうであるように、ニーチェの書物がいかなる哲学書に比べても、三島がいう、「心をおののかせてくれる」ものを多量に含んでいることが大きく作用しているだろう。

三島がニーチェにおいてもっとも共鳴していたものが、一言で言えば、『悲劇の誕生』で芸術の根源をなすものとして主張されたディオニュソス的なもの、「麻薬」のようなものであったことはまちがいない。それは個別的な生の限界を突破して世界との融合に突き進んでいく一体化の衝動である。おそらく生来の資質と特異な幼少期に由来する三島の局外者意識や孤独感は、作家としての名声や、結婚、家族の形成といった世俗的な成功によってもほとんど解消することはなかった。三島の作品が一貫して物語っているのは、三島が一生を通して個別化の苦しみを深甚に苦しみ、そこからの救済をもとめていたということである。すでに塀の節穴から隣家の庭を覗き込んでいた幼い姿のなかに、耐えがたく過剰な個別化を生きた三島の運命が予示されていた。

現実の世界で実際的な仕事をして働き、いわゆる社会人や職業人としてのキャリアを積み、評価を受けるというようなこと、さらにその上でみずからの家族を生み出すというようなこと、それこそをあたりまえの人生として受けいれていくような人生を送るためには、あまりにも社会や人生への違和をつよく抱きすぎている人間がいる。たとえば芸術や哲学の世界に宿命のように惹きつけられ、とりつかれ、没頭せざるを得ない人間であるが、結果として、そのような人間はしばしば社会に背を向け、ときには人生そのものに背を向けることになる。三島由紀夫は外見上、華々しい成功を収め、現実にうまく対応し、人生の果実をほしいままにしているように見える作家であったが、根本的には人生につよい違和感を抱く人間であり、いかなる社会にも、いかなる集団にも安住することのできない局外者だった。

3 親近感をもつということ

さて、少年期の三島がニーチェに出会い、熱狂的な読者になったということだが、三島にとってそのニーチェ体験はどのようなものだったのだろうか。ほとんどそれのみを拠りどころにしているといっていいほどに文学の世界に生きていた少年三島がニーチェの著作に対して示したような傾倒は、たとえば哲学史におけるニーチェの画期的な意義などという前提はほとんど抜きで、その著作が語りかけてくる一人の人間の声に耳を澄ますというような性格のものであっただろう。それは一つの孤独な魂が、自分とよく似たところがあるように思えるいま一つの孤独な魂に出会うというようなことだったにちがいない。おそらく三島は哲学史の知識もニーチェの生涯に関する知識もまったく持ち合わせずにニーチェにぶつかり、そこで自分の魂につよく訴え、直観的に精神的な血族と感じられるものに出会ったのである。

例外的な存在であるという思いに苦しむ孤独な人間にとって、自分と同じように例外者だったと思える人間が先達として生きていた事実を知ることはそれだけで大きな慰めになる。その上、ニーチェがそうであるように、その先達がすぐれた表現者であって、稀有の思考力と感受性と率直さをもって記した作品が遺されている場合、それは孤独で困難な生の道標となりうるものである。ワイルドやラディゲは現実にはあまりぱっとしない少年だった三島にとってその華々しさゆえに憧れる一時的な文学的偶像だったが、ニーチェは現実との齟齬に苦しむ三島を導く生涯の師表になった。

ところで、本格的な芸術や哲学の仕事は、それに携わる人間の内的必然性によって生み出される全人的な表現行為であって、その人間の気質や性格を大量に含んで達成されている。したがって、ある芸術家の作品やある哲学者の著作が好きであるということは、基本的にはその芸術家や哲学者の気質や性格に対して共感や好感や親近感をもてるということにつながっている。ある人間の作品や著作を好きになるということは、多くの場合、自分に似ていると思えるところがあって、しかもある側面において自分よりもすぐれた、大きな人間をそこに感じとるという経験から生じる。

もちろん、作品や著作は、さまざまな表現の工夫や洗練化や抽象化によっていわば浄化されたものであって、その作者のなまの人間性の発露ではない。作品や著作がどんなに魅力的な、好ましいものであっても、多くの場合にかなりなまなましく強烈な個性をもつその作者は、現実に身近に付き合えば、多分に好ましからざる人間であるということもあるだろう。しかし、それでも、その作者の作品や著作に惹かれることは、少なからずその作者の人間性に惹かれることにつながっている。そして多くの場合、その惹かれることのうちには、気質や感受性や思考の類似性があるだろう。一体に、人間同士の親密な関わりは、互いの人間的な触感に共通性を感じとることから始まることが多い。そしてその人間的な触感の近さは、しばしば生い立ちの類似性から生じている。

作品への関心はたいていはそれを生み出した人間への関心につながっていく。特に人間を観察し探究することが仕事である作家の場合、何かの作品に関心をもちながらその作品を生み出した作者への関心をもたないということはないだろう。また、創造する人間はすぐれた作品の創造の秘密を知りたいという欲求にもとりつかれる。作者への関心は、したがって創造の背景にあるもの、その作者の肉体的条件や性格、生い立ち、つまり伝記的な事実に及んでいく。少年期の三島がニーチェの伝記的なデータにどの程度通じていたかは詳らかでないが、熱烈な愛読者であったからには、関心がなかったということはありえないだろう。

日本人が書いたものや翻訳されたもので、三島が少年だった当時、どの程度まで正確な伝記があったかはわからないが、外面的事実を無味乾燥に列挙しただけのものであっても、ニーチェの生い立ちに関するデータを読んだ三島は、確実に自分の生い立ちと類似するものをそこに感じとってニーチェへの親近感をつよめたと推測される。特に女性ばかりのなかで育ったことは、一目で目に付く、自分と共通の境遇であり、ニーチェの著作を理解する一つの鍵として、少年三島につよい印象を与えたにちがいない。

三島由紀夫におけるニーチェの影響については、田坂昂のすぐれた三島由紀夫論を嚆矢としてもっぱら思想的な面からいくつもの考察がなされてきた。伝記的なデータにはまったく触れず、もっぱらニーチェの哲学に照らして三島の作品を解読するそれらの考察に比べると、伝記的な両者の類似から同じ主題にとりかかるのはいかにも平俗な方法に見えるかもしれない。しかし、三島がニーチェにのめりこんでいったことのなかに、両者の生い立ちの類似から来る感受性や志向の類似が関わっていることを把握しておくことは、影響関係を理解する上で無駄ではない。以下、青年期に至るまでのニーチェの生い立ちを簡単な素描として示し、それを起点として三島におけるニーチェの影響を考えていくことにする。

4 ニーチェの生い立ち

幼少期のニーチェをとりまく環境もまた、三島と同じく女性的な世界だった。ニーチェは一八四四年、ライプチヒ近郊の小村レッケンにプロテスタントの牧師の息子として生れ、四歳のときに父を失っている。[*5] それからナウムブルクに転居した一家は、二十四歳の母フランチェスカ、父方の祖母、父の二人の姉、ニーチェ、その妹、さらに家政婦という構成だった。ニーチェは、六人の女性に囲まれたただ一人の男子だったのである。当時、良家の子弟はギムナジウムに入るまでは私塾に通うか、家庭教師につくのが通例だったが、違う階級の子供たちとも付合える社会性を身につけるべきだという祖母の考え方によってニーチェは六歳で町の小学校に入学する。しかし、厳格な宗教的雰囲気のなかで女性ばかりに取り囲まれて上品に育った幼いニーチェが、町の庶民の乱暴な子供たちとなじむことはなかった。

男の子同士の遊び方を知らず、その一方で聖書の文句や賛美歌をよく暗唱できる幼いニーチェを町の子供たちは「小さな牧師さん」と呼び、敬して遠ざけた。並の子供とはかけはなれた当時のニーチェの姿を彷彿とさせる有名な挿話がある。その日は子供たちの下校時に激しいにわか雨が降ってきた。たいていの子供が全速力で駆けて家に帰るなかで、ニーチェはいちばん最後に悠然と歩いて帰宅してきたのである。ずぶぬれになった一人息子を母は叱るが、ニーチェは「学校の規則には、生徒は下校するときは静かに行儀よく帰宅しなければならないと書いてある」と返答した。

妹エリーザベトが伝えるこの挿話からは、集団となじめず、学校が与える規則を杓子定規に守って行動する幼いニーチェの孤立した優等生ぶりがうかがえる。結局、町の小学校にはどうしても適応できないことが判明し、一年で退校したニーチェは良家の子供たちが集まる私塾に移り、さらに教会付属の学校に通うことになる。ニーチェは、六歳から十四歳までの学童時代を家庭では女性ばかりに囲まれた唯一の男子として過ごした。つまり性格形成上もっとも決定的な意味をもつ生後十四年間のほとんどの時間を女性ばかりのなかで暮したのである。

女系家族のなかの唯一の男子だったことを、成人してからのニーチェが自身の成長の上でかなり不幸なことだったと感じていたことはまちがいない。生涯を通して集団や社会になじむことのなかったニーチェの孤独は、女性ばかりに囲まれて育ったその幼少期に少なからず胚胎している。一家のなかでの少年は、単に唯一の男子というだけではなく、稀有な才能の片鱗を垣間見せていたために女性たちの関心と期待を一身に集めていた。その反面で、男の子らしい闊達さを欠いていたニーチェ少年は、元気さがものをいう大きな集団のなかに自分の居場所を見つけられなかった。

家のなかで一身に愛情と期待を集めて肥大していた内向的な少年の自尊心は、家の外ではそれに見合うだけの敬意を見い出せず、その埋め合わせを自分が宰領する小集団のなかで主役となることのなかにもとめた。ニーチェが学童期に取り結んだ少年同士の友情は非常に限定的なもので、恵まれた家庭で過保護に育った自分と同類の少年たちと排他的な少数者の集団を作って、その中心に君臨するというものだった。少年ニーチェは、その卓越した知的能力で精神的な高みを目指す片隅の小集団の首領になっていた。

思春期に至ったニーチェは十四歳で家庭を離れ、名門プフォルタ学院に入学し、六年間を男子ばかりの寮生活のなかで過ごす。良家の子弟が集まる集団生活はひきこもりがちな自分の殻を破って社会性を身につけるチャンスだったが、特定の気の合う少年とばかり付合う非社交的なニーチェの交友のスタイルはそこでも変わらなかった。しかし、ニーチェはこうしたおのれの閉鎖的で柔弱な性格に自身、大いに不満を抱いていた。異様に自己愛がつよく内省的なニーチェ少年は、思春期に入るころから繰り返し回顧録を書くようになっていたが、プフォルタ学院を終えるころに書かれたその種の手記では、自分の生活のなかに大人の男性の知的で厳格な指導が十分に存在しなかったことを幾度も嘆いている。

プフォルタ学院でのニーチェは、開校以来の秀才として注目されていた。しかし、ニーチェの肥大した自尊心は、そのことに満足せず、自分に男性的な闊達さが欠けていること、それゆえに大きな集団のなかで一目おかれるような位置にいないことを不幸に感じていた。幼少期以来、夢中になっていた音楽は生涯を通してニーチェに大きな慰めをもたらすものだったが、さらにニーチェが自分への不満を解消する手立てとして夢中になっていたのは「書くこと」だった。

すでに思春期の初めから繰り返し回顧録を書いていたことは、早熟で異様な自己への関心を示しているが、それと並んでニーチェを夢中にさせていたのは、たとえばアレクサンダー大王とフィロータスを主題とする勇壮な劇詩を書くことであり、人間と世界を根底から考察するような哲学論文を書くことだった。古代の英雄を描くことも哲学論文で世界の構造を考察することも、男の子らしい付合いが十分にできず、集団への不適応を自覚する少年が、いわゆる劣等補償として観念の世界で自分の男性性を十全に実現しようとする営みであった。後年の哲学者ニーチェの著作は、内容においても文体においても男性的な、大胆なスタイルをとることになるが、これもまた、多分に女性的な自身の性格への嫌悪から出たものであるだろう。

同級生との円滑な交友ができないニーチェは学校生活のなかでは一貫して無口な優等生を演じていたが、その仮面の下には規則づくめで厳格な学校を嫌い、自由をもとめるつよい気持があり、快活に振舞いたいという熾烈な欲求が燃えていた。プフォルタ学院を卒業したニーチェはボン大学に入学、自分を見守り、同時に縛り付けていた家族と故郷を離れる。自由な大学生活のなかで理想の自分に近づく希望を抱きながら、ニーチェはそこでも基本的には従来と変わらぬ優等生の仮面で自分を守り、下宿では勉強と趣味の音楽に明け暮れていた。入学当初は期待をもって学生組合に加入し、一時的にはそこで繰り広げられる青春の乱痴気騒ぎに感銘を受けるが、すぐに幻滅し、学生同士の陽気なやりとりにはうまく溶けこむことができなかった。馬鹿騒ぎに加わろうとしないニーチェは「頭のおかしい雌鳥野郎」[*6]と呼ばれ、戯れ歌のなかでは音楽好きで、お茶を呑み、菓子ばかり食べている、はなはだ意気のあがらない学生とからかわれていた。

柔弱そのものと見なされていたニーチェが、決闘をすると言い出したときは誰もが驚愕した。ことはかねて決闘の可能性を考えてフェンシングを練習していたニーチェがたまたま、一人の好ましい友人と散歩をしていたときに、この人こそ決闘するに値する好敵手であると突然思いついたことに発している。ニーチェの申し出は快諾され、決闘は実行された。ニーチェは鼻に傷を負い、相手もまた額に傷を受けたが、大事には至らず、劣等感に悩む未来の哲学者は自分の勇気を証明できたことに大いに満足した。

この一件は、ふだんのニーチェの傍観者的な様子からはかけ離れた印象を周囲に与え、面白おかしく語り草にされた。しかし、外見上、突飛に思われたこの事件は、大学生になったニーチェが、この機会に女性的でもの静かな優等生の仮面をはずし、男らしい豪胆さを周囲に印象づけようという意図を示したものであり、ニーチェのなかにうごめく脱皮への欲求をあらわす象徴的なできごとであった。

5 仮面の哲学者

成人後のニーチェの外貌で最大の特徴となっていたのはその立派な、荘重ともいえる髭である。この口髭のために写真で見るニーチェの印象は、いかにも「力への意志」や「金髪の野獣」というその勇ましい理念にふさわしい強靭で男性的な哲人風である。しかし、現実にニーチェに接した同時代の人びとがニーチェから受けた印象は、その口髭が与えるものとはかなり隔たっていた。たとえばバーゼル大学で評判の若い秀才教授だったニーチェの講義を受けた学生シェフラーは、その著作の挑戦的な調子とまったくそぐわないニーチェをはじめて見たときの驚きを後年、書きとめることになる。

シェフラーによると、ニーチェの態度はきわめて謙虚で卑下に近いものだった。服装には芸術家風の気どりが感じられたが、それを除くとまったく地味な外見で、疲れきったような足どりで歩いていた。教壇で静かに語るニーチェの目は極度の近視でまったく光がないが、声はやわらかで魅力に富み、エクセントリックともいえるその言説をおだやかに包んでいた。*7

シェフラーの証言のなかには、女性的ともいえる、ものやわらかで穏やかなニーチェがいるが、実際に会った同時代人が書き残したニーチェの印象は、管見の及ぶかぎりでは、いずれも同じようなものである。たとえば、一八八二年に出会い、数ヶ月ではあるがニーチェの生涯に深く関わり、求婚を拒絶したことによってニーチェの心に深い傷を与えた女性、ルー・アンドレアス＝ザロメが語るニーチェ像もシェフラーのそれと同じ平面の上にある。ザロメによれば、ニーチェは「低い笑い声ともの静かな話し方をする人で、慎重で考え深げな様子で歩くのだが、それはすこし首をすくめるような恰好だった」*8。また、「日常生活にあっては、彼は非常に礼儀正しく、ほとんど女性的なやさしさと善意の落ち着きを示していた」*9。

ニーチェの髭は実は、このように女性的な印象を与える自分の外貌をカモフラージュする意図をもつものだった。ニーチェ自身、その著作のなかで次のように髭の効用を語っている。

彼の「一面」を知る。——われわれは、初対面の人の眼には、自分で思っているところの自分とはまったく異なるものに見えているということを、すぐに忘れてしまうものである。印象を決定するのは、ほとんどいつも最初に眼に飛びこんでくる特徴である。だからこれ以上ないほど穏やかでやさしい人間であっても、大きな口ひげをたくわえてさえいれば、いわばその背後に身を隠し、落ち着き払っていることができる。——世間一般は、彼を大きな口ひげの付属品と見なす。つまり、軍人のような、怒りっぽい、ひょっとしたら乱暴な人物かと思う。——そこで、それ相応に彼を遇することになる。（V_1-249f.）

一般論として書かれてはいるが、これが自分の髭の効用を意識していない人物のものだったはずはない。三島由紀夫のようにボディビルで筋肉質のからだを作ったり、有名な豪傑笑いをして見せるようなことはなかったが、ニーチェもまた、同じように男らしい外観を作ることに腐心していた。実際、この髭の効用で、何も知らない人に時としてニーチェが与える印象には騎兵将校といった趣があった。*10

『仮面の告白』によって一躍文壇の寵児となった三島由紀夫の生涯は、この出世作の題名にふさわしく、仮面を必要とし、自分の意に添うそれをつくることに莫大なエネルギーを費やすものだった。ニーチェもまた、仮面の哲学者と呼ばれるほどに仮面を必要とする人であり、しばしば仮面について語ったが、もっとも有名なのは『善悪の彼岸』第四〇節のアフォリズムだろう。

> 深いものはすべて仮面を愛する。最深のものは形象や比喩に対して憎しみをもってさえいる。対極こそは、その衣裳で神の羞恥が歩き回る、まさに仮装ではないだろうか？〔……〕わざと粗暴さで包みこみ、目立たないようにやってのけることが、かえってやさしさのあらわれであるようなことがらが存在する。それを見たものがいれば杖をつかんで打ちのめすのが賢明であるような、愛の行為やとてつもない寛容の行為もある。〔……〕すべての深い精神の回りには、たえず仮面が生成する。彼の一言一言、その一歩一歩、そしてその生のしるしのひとつひとつが、いつでも誤解を招き、浅薄に解釈されてしまうがゆえに。
> （VI_2-53f.）

ニーチェの心理分析のほとんどすべてがそうであるように、このすぐれた仮面の分析がニーチェ自身の自己分析から生れたものであることはまちがいない。それゆえ、繊細な心をみずから恥じて粗暴に振舞う男の姿はニーチェ自身がナルシシスティックに思い描いていた自己像の延長線上にあるといっていいだろう。ニーチェはその髭に象徴される男性的なものを前面に押し立てることによって、自分の傷つきやすい繊細な内面を隠そうとしたのである。しかし自分で期待していたほどには、その仮面がうまく機能することはなかったようである。たとえばルー・ザロメは、ニーチェを「砂漠や高山からやって来て、世間一般の人間の衣装を着た人間のように、不器用すぎるやりかたで仮面をかぶった孤独な人物」[*11]と評している。ニーチェは豪胆な軍人風を気どるにはあまりにもその本然の心が繊細でありすぎ、人中にいるときは不自然な緊張をたたえた人物だった。威勢のよさや闊達さ、自在さは、著作のなかだけのものだった。

ニーチェのなかには自分の正体を隠し、何か別のものを演じようとする衝動、つまり仮面の陰に隠れようとする衝動と、すべてをさらけだし、「ありのまま」の自分を認めてもらいたいという告白衝動がせめぎ合っていた。自意識が生み出すこうした二律背反は表現という行為に通有のものだが、ニーチェにあってはそのなみはずれた自意識のつよさのゆえに極端なものになっている。『この人を見よ』といういささかおどけた自伝の表題が端的に示すように、ニーチェはきわめて自意識過剰な人間だった。この自意識のつよさは、集団にとけこむことのない局外者でありつづけたことと多分に関わっている。すでに述べたように、ニーチェの場合、女性ばかりのなかで育ったことが、他とは違うという異類意識を生み、他者の前での自分をつよく意識させていたのである。

もちろん、異類意識や疎外感はそれ以外にもさまざまな理由で生れるものであるし、女性ばかりのなかで育った人間が長じてから局外者意識に苦しむとは限らない。ニーチェの場合も、その局外者意識の要因は生来の過敏で潔癖な資質なども絡まって単一ではないだろう。また、女性ばかりのなかで育った少年であっても、長じて同性から受け入れられる経験をつんでいくうちに、段々と局外者意識から解放されていくことも少なからずあるにちがいない。しかし、それでも女性ばかりのなかで育つことが男の子供に与える影響は、決して小さく見積もることはできない。ほとんどすべての人間の集団において、性の差異は決定的に重要な意味をもっている。就学前に同性の子供と十分に触れることによって、生物学的な性と十分に一致する性のありようを獲得するか否かは、学校生活や社会生活への適応を大きく左右する。ニーチェの局外者性のかなりの部分はやはり、その幼少期があまりにも大量の濃厚な女性性に浸され、それと同化していたことから来ているといってもいいだろう。

ニーチェの女性性は成人した後も、それを隠すことが目的の勇壮な口髭が前面に押し立てられているにもかかわらず、その目論見を裏切って表にあらわれずにはいなかった。たとえば、バーゼルでニーチェの講義を受けた学生で、先にその回想を引用したシェフラーは、あるときニーチェの部屋に招待され、勇躍して足を踏み入れたが、そこがあたかも「淑女の私室」*12のようであることに一驚する。部屋と家具の装飾は花また花で何もかもがかわいらしく、いい匂いがしていたのである。シェフラーは「いとしい女友だちの部屋」*13に入りこんだような心持になった。

人がそこで暮らす住居や部屋のたたずまいは、外貌と同様にその人の気質や性格やその時々の精神状態を示すものである。花模様だらけの女性的な部屋は、生れてから十四年間、女性ばかりのなかで育ったニーチェにしみついて離れない女性性を端的に示している。実は、ニーチェの部屋におかれた調度品や家具は、大体においてバーゼルに赴任した当初から母や妹が次々に贈ったものだった。さらに、シェフラーが訪れたニーチェの下宿は、バーゼルにおける二度目の住居だったが、その部屋の内部は妹の協力によって整えられていた。[*14] バーゼル時代のニーチェの下宿には、この病弱な兄の世話をするべく、断続的にナウムブルクから妹エリーザベトがやって来て滞在することがあったのである。[*15]

花模様だらけの部屋の装飾や家具調度は、おそらくは大部分、この妹の趣味によるものだったのであろう。しかし、そうであったとしても、兄を尊敬してやまず、深い愛情をもって献身的に仕えるこの妹が、兄の趣味に反して花柄模様で部屋を満たしたということは考えられない。人並以上に優雅を愛し、身の回りの状態にこだわりをもつニーチェがこの女性的な趣味の部屋に暮していたということは、それがニーチェの気にいらないものではなかったからである。部屋の様子が示すような女性的な趣味はニーチェにとって親しみのもてる、くつろげるものであり、とどのつまりニーチェ自身の趣味にかなうものであったと考えていいだろう。これほどまでに女性的な側面をもつニーチェが、女性的であることが極度に侮蔑の材料だったであろう十九世紀のヨーロッパ社会のなかでどんなに生きにくさを抱えていたかは想像に難くない。そして、その生きにくさこそ、ニーチェの巨大な自意識を育んだ土壌だった。

6 「男」と「女」のあいだ

女性ばかりのなかで育った男児が、性的役割が重視される外部の社会的環境に入れられたときに、いかに家の内と外のねじれを意識させられるか、いかに自意識をつよめさせられるかについては、『仮面の告白』が克明に描いている。すでにのべたように、幼い「私」は祖母によって男の子と遊ぶことを禁じられ、病身の祖母についている女中や看護婦、それから近所の女の子供たちだけと接触し、遊んでいた。女性的なものしか知らず、男の子らしい遊びなどしたことのない「私」はしかし、よその家に行くと、そこの子供相手に心ならずも男の子らしい振舞いをせざるを得ない。

ここでは、私は一人の男の子であることを、言わず語らずのうちに要求されてゐた。心に染まぬ演技がはじまつた。人の目に私の演技と映るものが私にとつては本質に還らうといふ要求の表はれであり、人の目に自然な私と映るものこそ私の演技であるといふメカニズムを、このころからおぼろげに私は理解しはじめてゐた。（1-194 以下）

幼い「私」は自分の性的役割をめぐるねじれたメカニズムをすでに理解しているがゆえに、女の子を相手にやりたくもない戦争ごっこを提唱し、不器用にそれを実行する。男の子らしくしなければならないという義務感から発したこの戦争ごっこは、後年の三島が組織した私兵集団である楯の会を連想させる。このおそらく世界最小の軍隊は、男性的な行為を目指す三島の自意識から生れたものであって、一面において作家の幼少期の屈折にみちた男の子らしさへのこだわりがその成立の淵源になっている。

幼少期に獲得しておくべき男性性の基礎というべきものをほとんど獲得することができなかった少年三島は、自我意識が高まる思春期以降に抜本的な自己改造の必要性をつよく意識し、それを実行に移すことになる。中等科に進んだ三島は、運動は苦手だったものの、病弱だったからだは健康になり、戦時の軍事訓練として学習院が富士山麓で行なう徹夜の行軍などでは人並以上の持久力を示すまでになる。[*16] 成績もあがり、文学の才能によって校内での存在感を増した三島は、自己評価のたかまりとともに自己改造にとりかかったようである。

『仮面の告白』には、中等科の生徒だった「私」が「強くならねばならぬ」という「一つの格率に憑かれだして」突飛な精神鍛錬法を実践したことが記されている。人と視線を合せることもはばかる内気な少年だった「私」が、電車のなかで「誰彼の見堺なく乗客の顔をじつと睨みつける」(1-233)ことを自分に課すのである。睨まれた相手はほとんどがうるさそうに眼をそらし、「私」は次第に視線を合せることに慣れて誰とでも目を合せられるようになった。この挿話は粉飾されたものであるかもしれないが、仮にそうだとしても思春期以降の三島の自己鍛錬への意志を象徴する話であるといっていいだろう。ボディビルを始めるのは三十歳のときのことであるが、三島はそれ以前から一貫して自分の男性性を強化することに腐心していた。

ところで、思春期は自我意識がつよまるだけではなく、性への衝動がたかまっていく時期でもある。そして、性衝動のたかまりはそれまで潜在していたさまざまな個人的な問題を一気に顕在化させていく。女性的環境のなかで育ち、男性性の獲得という課題において奥手だった三島の場合、それは同性愛とサド＝マゾヒズムという、大きな困難を伴なうかたちで発現してきたようである。『仮面の告白』の「私」はこの二つの性衝動を抱えて苦しむ人間として描かれている。小説中の「私」と同様に、三島自身がこれらの二つの衝動を抱えていたことについては、いくらでも証左となるデータがあるが、ここでは立ち入らない。簡略にいえば、同性愛については『仮面の告白』や『禁色』、サド＝マゾヒズムについては『憂国』や『午後の曳航』など、その作品をいくつか考えてみるだけでも、三島のなかにこれらの性衝動が無視できない程度に存在していたことは明らかである。もちろん、同性愛もサド＝マゾヒズムもある程度は誰のなかにでもあるものだが、三島には特に顕著にこの種の性的傾向が見られる。こうした「倒錯」的な性衝動がつよく発現してきたことについては、生来の資質ももちろんあるだろうが、幼い三島が置かれていた生育環境が大いに関わっているだろう。

三島の幼年期の生育環境で何よりも目につくのは、祖母による虜囚生活とも呼べる状況であり、また、女性ばかりに囲まれていたという状況である。前者の状況と後者の状況は元来は同時的に発生したものであって截然と区別することはできないが、強いて区別すれば、前者の状況は攻撃性の禁圧として直接的にサド＝マゾヒズムの醸成につながるものであり、後者の女性ばかりのなかで育つ状況は間接的にサド＝マゾヒズムを促進するものであったと考えられる。女性ばかりに囲まれた男の子は、大量の女性性を取り込む一方で、生活をともにする一団のなかの唯一の男性であることによって過剰に男性であることを意識させられることにもなるが、ときにその意識は強い攻撃性を見せることで自分の男らしさを顕示しようという衝動を生むことにもなるだろう。

幼少期の三島はきわめて女性的な子供であったが、他方では、本章冒頭で紹介した父梓の回想や、先に言及した戦争ごっこに認められるように、すでに男性的なものをもとめる意識を少なからずもっていた。もちろん、それは父梓がときおり幼い三島と触れ合うことで育まれた部分もあるだろうが、たとえば女中たちによって軽い性的いたずらをされることで男としての意識が強められるようなこともたぶんにあったようである。[*17]

長じてからの三島は多分に意識的な自己変革の成果として、人工的な要素がつよくはあるものの、男性的な特性を見せていたが、その「自己変革」は完全に自分と反対のものになろうとする努力というよりは、ある程度は生来のものであり、ある程度は幼少期の三島のうちにすでに目立たない萌芽としてあったものを全面的に開花させようという努力であったと考えたほうがいいだろう。そして、意識的な努力というものが誇張や行き過ぎを伴なう通例にしたがって、男性性を開花させようという三島の意識的な努力もぎこちなさや過剰なものを伴なうことになった。三島にあっては、女性のなかで育つことによって女性的な資質が育まれたと同時に、屈折した、隠微なかたちで男性的に攻撃的であろうとするサディズムとその裏返しであるマゾヒズムが生まれ、女性性と男性性はほとんど相いれないかたちで混在し、激しい葛藤を生むことになる。

『仮面の告白』は、主人公である「私」という一人の青年における同性愛の成り立ちを描く小説である。先に述べたように、『仮面の告白』の「私」は女性ばかりのなかで育ったために、すでに幼児期において自身の性のありようについて混乱した意識を抱いている。幼い「私」は男性性が欠けた環境のなかで汚穢屋の青年のたくましい太腿に憧れ、中学生になった「私」は年上の男っぽい不良少年に熱烈な思慕の念を抱く。『仮面の告白』は、社会的にきわめて公言しにくい同性愛傾向を描いた小説として、戦後まもない、今よりもはるかに性的なタブーのつよい時代の読書界から大きな驚きをもって迎えられた小説であるが、そこで三島の同性愛に分ちがたく随伴するものとして描かれたサド゠マゾヒズムというかたちの攻撃性もまた、同性愛に劣らず、三島文学の重要な要素である。

三島におけるサド゠マゾヒズムは、『仮面の告白』のあと、『鏡子の家』の舟木収において、現代におけるニヒリズムが生んだ病的症候として入念に描かれ、さらに進んで、『憂国』において他者や世界との究極の融合をもたらすものとして、また、『午後の曳航』においては存在の苦悩からの解放をもたらすものとして描かれることになる。こうした後年の作品や、その自死が示す流血の惨劇へのやみがたい欲望を考えれば、三島において、「死と夜と血潮」(『仮面の告白』1-190) へ向かうサド゠マゾヒズムは少なくとも同性愛傾向と同等の重みをもっている。

『仮面の告白』には、絵本を読んでいた幼い「私」が竜に嚙みくだかれた王子がもとどおりの体に戻るという筋書きに満足できず、再生することなく死んでしまう場面を想像して楽しむ叙述に始まり、若い与太者が仲間同士の喧嘩で腹部に刃物を突き立てられ、壮絶な死を遂げる空想に至るいくつかのサド゠マゾヒスティックな惨劇の空想が描かれている。なかでもその「倒錯」性によって最も強烈で印象的なのは、思春期の「私」が思い描く「殺人劇場」の空想である。そこでは人種も身分もさまざまの若者がただ「私」の流血の欲望を満足させるために切り刻まれ、食卓に供されるのである。

詳細に描かれたこの「殺人劇場」の空想は、少年三島が現実にそのままのかたちで空想したものではなかったかもしれない。しかし、三島のなかには確かに、この種のサディスティックな空想に向かう資質があった。このような空想にふける性癖について、「私」は「生れながらの血の不足が、私に流血を夢見る衝動を植ゑつけたのだつた」(1-242)という詩的な表現で説明している。しかし、これは詩的なレトリックに過ぎず、三島におけるサド＝マゾヒズムの大きな成因は、繰り返すことになるが、生来の資質を別にすれば、一方では女性たちのなかの唯一の男性であることによって「男」であることを過剰に自覚させられながら、他方では乱暴な遊びや振舞いを禁じられ、男らしい攻撃性を発揮することがほとんどできなかった幼年期にあるだろう。

乳児期に父母から切り離された三島は祖母のもとで育ち、十四歳になってようやく父母のもとに戻った。三島のなかにあった男性的な攻撃性は、幼いときは祖母によってつよく抑えつけられ、その圧力が減じた思春期以降も、すでに形成された非行動的で不活発な性格によって発動が困難になっていた。内攻したその衝動はサディスティックな空想のなかで発散されるほかはなく、その空想は現実の抑止力がないだけに極端に攻撃的で残忍なものになった。他者との交感が困難なことから来る疎外感や異類意識、他者から隔てられているという苦しみゆえに、三島は想像の世界で他者の肉体を破壊し、その血潮を浴び、その肉を食することによって、他者との究極の一体化をとげていたのである。

『仮面の告白』は、三島由紀夫にとって自分のなかにある秘められた欲望を表現するものとして、ほとんど決死の覚悟で書かれた作品である。初版の『仮面の告白』に付した「ノート」のなかで三島は、この小説を書くことが自身にとってもつ意味を「裏返しの自殺」(1-674) と呼んでいる。小説と銘打たれている以上、そこで書かれている細部の事実性には常に疑問符をつけておかなければならないが、大局において、自身の秘部を人目にさらすことにほとんど等しい「告白」を行なうことで、それまでの生に訣別し、自分の意志による、新たな生を開始する意図がこの小説に含まれていたことはまちがいない。この作品で三島が行なったことは、自身の同性愛やサド゠マゾヒズムを宿命として描きながら、一転してそれをみずから選びとったものとして、意志的に生きていこうという決意の表明だった。この作品には、そのように見なすことが可能なだけの意志的な自己決定の姿勢が貫かれている。

三島がこれほど思い切った作品を書いたことには、戦争の余韻がまだなまなましかった時代の環境が大きく影響している。敗戦による戦前の価値観の崩壊は、あらゆる人間的現象を道徳的に抑圧することの根拠を薄弱にした。そのことを痛感する人間にとっては、同性愛もサド゠マゾヒズムも特に罪深いことではなかった。戦争はどんな空想も及ばない残酷さを現実の地平で展開し、見せつけていた。現実に戦争の惨禍を見ることは少なかったかもしれないが、戦争末期の三島由紀夫は、空襲による日本各地の惨状や、戦場で行なわれていた残虐行為について少なからぬ情報を得ていただろう。「殺人劇場」を頭のなかで構想する程度のことは、戦争のなかで示された人間性のすさまじい実態に比べれば、それほど異常なことでなかったといっていい。三島は戦時中から戦後にかけての荒廃した現実に相応する自身の内部の地獄から出発して、新しい生を構築しようとしていたのである。

ところで戦後の価値崩壊から生れた『仮面の告白』に先立ち、学習院高等科の学生だった戦時中の三島は一つの短篇小説のなかでみずからのサド＝マゾヒズムを大々的に表現していた。この小説『夜の車』は、戦争の残酷な現実と、人間性についてのあらゆる楽観的な認識の瓦解を感受した三島の鋭敏さが書かせたものであるだろう。『夜の車』は昭和十九年に雑誌『文芸文化』に掲載されたが、戦後、昭和二十三年に短篇集『夜の支度』中の一篇として収録されるときに『中世に於ける一殺人常習者の遺せる哲学的日記の抜萃』と改題された。今日、この作品は後者の表題のほうで知られているのでこの一部をとり、以下、『哲学的日記』と表記して論じていくことにする。

7 少年三島と「殺人」

先に挙げた手塚富雄との対談のなかで、『哲学的日記』の成り立ちを三島は次のように説明している。

わたくし、「ツァラトゥストラ」の影響をうけて短篇を書いたことがあるんですよ。「中世に於ける一殺人常習者の遺せる哲学的日記の抜萃」という長い題ですが、それは非常にニーチィズムなんです。戦争中に書いたものですけどね。あのころはいちばん「ツァラトゥストラ」やニーチェ全般にかぶれていたころかもしれません。

（39-545 以下）

『哲学的日記』は室町時代を舞台とする日記形式の小説であるが、開巻劈頭、その日記の執筆者である「殺人者」が第二十五代将軍足利義鳥を殺害する記述で始まる。

□月□日

室町幕府二十五代の将軍足利義鳥を殺害。百合や牡丹をえがいた裲襠《うちかけ》を着た女たちを大ぜいならべた上に将軍は豪然と横になつて朱塗の煙管《きせる》で阿片をふかしてゐる。彼は睡さうに南蛮渡来の五色の玻璃でできた大鈴を鳴らす。彼は殺人者を予感しない。将軍は殺人者を却つて将軍ではないかと疑ふ。殺された彼の血が辰砂《しんしゃ》のやうに乾いて華麗な繧繝縁《うんげんべり》をだんだらにする。

（16-145）

室町時代といっても第二十五代将軍の治世という架空の時代であり、しかも主人公である「殺人者」が思うままに快楽殺人を繰り広げていくという荒唐無稽な話である。作者は、この人物がどういう外見をしているか、どのような境遇に生きているかなどという小説的な興味にはいっさい顧慮せず、ほとんどの叙述は「殺人」とそれをめぐる「殺人者」の省察に終始している。この作品には、近代以降の小説が一般に現実感をかもしだすべく腐心して作り上げる人物の造型がなく、人物同士の関わりが生むドラマ性もない。難解な雅語を多用してつづられた散文詩風の観念的な作品であり、

「殺人者」という孤独な魂の独白であって、その形式において、やはりさまざまな人物を登場させながら人物造型を欠いた、散文詩風の思想的達成であるニーチェの『ツァラトゥストラ』の影響を受けているとみることができる。
『ツァラトゥストラ』の難解さの一因は、たいていの哲学書の難解さとは違って、詩的な隠喩を用いて語られていることが多く、その表現の含みを注意深く、想像をめぐらして読みとらなければならないところにあるが、このことは『哲学的日記』も同様である。書かれているのは、感情的な軋轢も利害関係もない人びとを次々に惨殺していく無差別殺人である。この小説は昭和四十三年に出版された三島の自選短篇集『花ざかりの森・憂国』に再録されているが、その自作解説のなかで、三島は白面の文学少年時代に書いたこの小説への偏愛と、自身にとってのその主題の重要性、そして作品を成立させた戦時の精神状態を語っている。

この短かい散文詩風の作品にあらはれた殺人哲学、殺人者（芸術家）と航海者（行動家）との対比、などの主題には、後年の私の幾多の長編小説の主題の萌芽が、ことごとく含まれてゐると云つても過言ではない。しかもそこには、昭和十八年といふ戦争の只中に生き、傾きかけた大日本帝国の崩壊の予感の中にゐた一少年の、暗澹として又きらびやかな精神世界の寓喩がびつしりと書き込まれてゐる。（35-173）

ここで言及されている「航海者」とは、この小説の登場人物で明に向かう海賊船の海賊頭である。

「殺人者」はこの友人との対話で、「花」を去って「海」に向かうことを、つまり「芸術」を捨てて「海賊」になることを勧められるが、その勧めに従わず、「花を舊《う》らう、海賊よ。そのために物憂げな狂者の姿を佯《いつは》らう。」(16-153)とつぶやき、「花」を売る、つまり華々しい行動とはかけ離れた芸術の仕事にとどまることへの決意を表明するのである。作者の自註を待つまでもなく、この対話が芸術家と行動家の対立をあらわしていることは明らかである。この対立は後年の三島文学のもっとも重要なモチーフの一つになるが、これについては後に詳しく論じることにして、さしあたりはこの小説の語り手であり主人公である「殺人者」のありように焦点をしぼっていくことにする。

「殺人者」は芸術家の隠喩ということであるが、芸術を殺人という犯罪行為になぞらえるところに三島の芸術観、あるいは芸術への姿勢がよくあらわれている。三島のなかでは、芸術作品の創造は突きつめれば殺人と同じような究極の行為、既存の秩序に逆らう悪の行為として考えられていたのである。三島が愛読したトーマス・マンの『トニオ・クレーガー』は、主人公トニオに、芸術を犯罪に通じる反社会的営為として糾弾させ、その例証としてすぐれた小説を書く銀行家で監獄体験のある犯罪者の知人を挙げさせる。また同じ作者の『詐欺師フェリックス・クルルの告白』は芸術家を詐欺師にたとえて描いた小説である。

十九歳の少年三島がどれだけマンを読んでいたかどうかは定かではない。年譜によれば、昭和十三年、十三歳の時点でトーマス・マンを読んだとあるものの、*18 たとえば学習院の師である国文学者清水文雄に宛てた十六歳のときの手紙でそれまでに影響を受けた作家として、芥川、谷崎、ワイルド、ラディゲ、プルーストなどの名が挙がるなかにマンの名はない(昭和十六年九月十七日付、38-546)。

戦後、職業作家になってからはマンへの傾倒を公言するようになるが、戦前の三島はいまだマンの愛読者というほどではなく、『トニオ・クレーガー』もあるいは読んでいなかったかもしれない。しかし、仮に読んでいなかったとしても、少年期からボードレールやワイルドなどの背徳的な文学に親しんでいた三島は、早くから芸術のうちに潜む悪の要素を敏感に感受していたはずである。[*19] その問題意識は『哲学的日記』において突きつめられ、殺人者を芸術家の隠喩として呈示するに至ったと考えていいだろう。

三島のこの過激さは三島自身の芸術家としてのありようの過激さを反映している。マンが芸術家の局外者性や反社会性をいかがわしい銀行家や詐欺師にたとえることにはマンという芸術家のありようが表現されており、三島が芸術家を殺人者にたとえることには三島という芸術家のありようが表現されているのである。富裕な商人の家庭に育ち、おそらくいかがわしい銀行家や詐欺師がそれほど遠い存在ではなかったマンにとって、まっとうな市民の道からはずれて芸術家になった自身をそれらにたとえることはごく自然な成り行きであっただろう。同様に、三島の場合、みずからの芸術家としてのありようを殺人者にたとえるのは、三島の心象において殺人という行為が非常に近しいものであったからにちがいない。比喩はそれを成り立たせている心象の世界では、ほとんど現実そのものといえるほどの重みをもっている。比喩のありようはその表現者のありようを伝えるものである。

『仮面の告白』の「私」がしばしばふけった「殺人劇場」の空想それ自体は小説的潤色ないしは虚構であるかもしれないが、無差別的な快楽殺人を含む嗜虐的な空想に向かう性向が三島のなかにつよくあったことは、その作品に少しでもふれた者には容易に理解されるだろう。三島がそうした嗜虐的な空想によって精神の解放感を覚え、生きる意欲を得る資質の持主であったことは、『哲学的日記』の「殺人者」の感懐に反映している。

殺人といふことが私の成長なのである。殺すことが私の発見なのである。忘れられてゐた生に近づく手だて。私は夢みる、大きな混沌のなかで殺人はどんなに美しいか。（16-145）

すでに述べたように、三島の生い立ちは男性的な攻撃衝動に適切な表現の方途を見いださせ、いわゆる健全な発散を行なわせるような成長には極度に不向きなものだった。誰もが経験的に知っているように、衝動の抑圧はなべて自分が自分の生をたしかに生きているという実感を乏しくさせ、生から疎外されているという感覚をもたらす。殺人が「忘れられてゐた生に近づく手だて」であるという「殺人者」の感懐は、三島自身の生からの疎隔感が「殺人劇場」のような空想によって一時的に解消される経験から来ていると見ていいだろう。文学作品の創造は三島にとって抑圧されたもろもろの衝動を解放する場であった。

中等科でも少なからぬ作品を書いていた三島は、すでにそのころから内なる破壊願望を耽美的に表現していた。たとえば、未曾有の災禍を待望する心理を表現した詩として、十四歳で書いた「凶《まが》ごと」はよく知られている。「わたくしは夕な夕な／窓に立ち椿事を待つた、／凶変のだう悪な砂塵が／夜の虹のやうに町並の／むかうからおしよせてくるのを。」（37-400）という一節で始まる

「凶ごと」には少年三島の、外部世界に対する秘められた攻撃性がよくあらわれている。しかし、ここではいまだ現実には非常に奥手の消極的な少年だった三島の攻撃性は、世界の崩壊のような椿事を待つという受動的なかたちでしか表現されていない。『哲学的日記』は学習院高等科時代に書かれているが、内なる攻撃性をこれほど過激で積極的な嗜虐衝動として表現することは、少年期の三島の創作において画期的なことだった。

「殺人者」は生の実感が欠如している状態からサディズムによって解放され、「成長」するのだが、三島において内なるサディズムを表現することは、抑圧されていた生がよみがえる実感をもたらしたにちがいない。しかし、サド＝マゾヒズムを含むいわゆる「倒錯」的な性は、社会的な承認を得られる見込みはほとんどないし、たとえ充足されることがあってもそれは一時的なものでしかない。それだけに、「倒錯」の性は、次第に刺戟を強化してさらなる充足感をもとめていくことにもなる。三島が空想する「殺人者」の殺人もそれゆえに無差別化し、大量殺人化していく。

乞食《こつじき》百二十六人を殺害。この下賤な芥どもはぱくぱくとうまさうに死を喰つて了ふ。殺人者の意志はこの上もなく健康である。（16-146）

繰り返すことになるが、三島はこの大量快楽殺人者を主人公とする小説を『ツァラトゥストラ』の影響下に書いたものであると語っていた。これについては、散文詩風の観念的な叙述という形式的な類似点をすでに指摘したが、「非常にニーチィズム」と語っているように、その影響は思想的な面にも濃厚にあらわれている。ニーチェといえばニヒリズムとその克服という主題がすぐに想起されるが、「殺人」が「忘れられてゐた生」を回復する「手立て」であることを語る『哲学的日記』が、そうした問題意識を濃厚に含んでいることは明らかである。

「殺人者」の設定には、攻撃性の抑圧によって生の充足感を得ることができず、空虚感にさいなまれ、その状態からの脱出をもとめていた三島の痛切な心情が反映している。しかし、抑圧され、出口を見いだすことができないサディズムに苦しんでいたとしても、市民的な観点からすれば悪でしかないサディズムをこの小説のようなかたちで端的に表現することは世俗道徳との齟齬を考えれば容易にできることではない。現実からの疎隔に苦しみながらもそれを打開する術をもたない無力な少年三島が、文学の世界では、世俗道徳の壁をやすやすと突き破って、破壊的な思想を表現することができたその果敢さと老成には驚くしかない。これほど過激な反俗性を可能にしたものは、一つには、ワイルドをはじめとするさまざまな反俗的な作家への傾倒であり、その読書を通じて形成されていた悪への免疫であることはまちがいない。とりわけ、その心中に巣食う悪の衝動を表現するにあたって、少年三島を最も強力に後押ししたのは、本人がその影響を語る『ツァラトゥストラ』をはじめとするニーチェの書物だったと考えられる。

8 悪の哲学

周知のようにニーチェの哲学はキリスト教との対決を根幹として成立しているが、その戦いの由来はこの哲学者の生い立ちと大きく関わっている。代々続く牧師の家系に生れたニーチェは、牧師だった父の早すぎる死の後も厳格なキリスト教道徳が支配する環境のなかで育った。キリスト教道徳に対する全面的な論争の書である『道徳の系譜学』でニーチェは、「じつのところ、わたしは十三歳の少年の頃から、悪の起源という問題に付きまとわれていた」（VI_2-261）と書いている。少年ニーチェがこの問題に対して与えた解答は、「神に栄誉を与えて、神を悪の父とする」（同）というものだった。

謹厳な家庭のなかで道徳の抑圧に苦しんでいた少年にとって、悪とは何かという問題は精神の死活にかかわる重大事だった。哲学者となったニーチェが数十年を経てこの問いに与えた最終的な回答は、キリスト教道徳とは、生に対するルサンチマンにとりつかれた弱者たちの集団であるキリスト教会が強者を支配する道具として捏造したものであり、教会はみずからの支配に都合のいい善悪の観念を信徒におしつけているという理解だった。

この理解には、寡婦や未婚者という社会的弱者の立場にあり、そのことにルサンチマンを抱く女性たちによって厳しい道徳的な支配を受けた幼少期に胚胎するニーチェ自身のルサンチマンを見ることができるだろう。ニーチェの考え方には、社会的弱者である家族の女性たちと、彼女らによって生のダイナミズムから遠ざけられ、弱々しく育った自分への憎しみが反映している。ニーチェの哲学に顕著な弱者への嫌悪と強者志向は、たぶんに、みずからが育った女性的環境への嫌悪と、そこで育まれた自身の女性性を克服しなければならないという強迫的な観念から生れている。

キリスト教道徳を弱者による奴隷一揆の所産とみなす『道徳の系譜学』は、『ツァラトゥストラ』

が完成してまもなく書かれたものである。三島が戦時中に読んだニーチェの著作として挙げているのは、『悲劇の誕生』と『ツァラトゥストラ』であって、『道徳の系譜学』については不明なので、『ツァラトゥストラ』のなかで少年三島の道徳観に影響を及ぼしたと思われる箇所を検討していこう。

ニーチェの代弁者である作中人物ツァラトゥストラは善と悪に絶対的な基準がないことを繰り返し説いていく。たとえば「すべての事物はあの永遠の泉のほとり、善悪の彼岸において洗礼を受けている。善と悪はそれ自体においては、ただ中間的陰翳であり、じめじめした厄介事であり、移りゆく雲にすぎない」（「日の出の前に」Ⅰ₁-205）と説く。[*20] すなわち、すべての事物は永遠の相においては祝福されているものであり、人為の産物である道徳という根本的にあやふやなものを超えたところにあるというのである。

ツァラトゥストラは肉欲、支配欲、我欲という三つの最大の悪とされるものを俎上にのせ、「それが人間的によいものであることを量って示そう」（「三つの悪について」Ⅵ₁-232）と語る。それぞれの欲望についてツァラトゥストラはいくつもの肯定的な言葉を述べるが、たとえば肉欲については、「性欲。枯れて萎んだ者にとっては甘い毒でしかない。しかし、獅子の意志をもつ者にとっては偉大な強心剤、敬意をもって蓄えられたぶどう酒のなかのぶどう酒」（Ⅵ₁-233）と語り、それが生命力の乏しい弱者にとっては有害でしかないが、つよい意志をもつ強者にとってはさらに生命を燃え上がらせるものであると説く。また我欲については、「力強い魂から湧き出る健全な我欲」を「至福のもの」（Ⅵ₁-234）と讃える。力強い魂はつよく美しい肉体を兼ね備え、卑怯な者、臆病な者、卑下する者、忍従的な者、奴隷的な者を侮蔑する。ニーチェはここでキリスト教的な善（gut）と悪（böse）の価値基準に代えて、優良（gut）＝強さと粗悪（schlecht）＝弱さという価値基準を打ち出し、後者こそを健全な価値基準としている。

キリスト教とはあまり縁がなかった三島が、キリスト教道徳に対するニーチェの憎悪にみちた批判をどれだけ身に染みて理解したかはわからない。しかし、少なくともおのれのなかにあるサド＝マゾヒズムを悪として捉える視点を三島がもっていたことは当然のことと考えられる。本来、共同存在として生きることを宿命としている人間は、ただ単に標準から外れているというだけのことで罪悪感を抱きがちなものである。

サド＝マゾヒズムは誰のなかにも存在するものではあるが、三島においては文学作品以外ではほとんど表出できない水準のものだった。三島ほどにさまざまな部分で自身の局外者性をつよく感じていた人が、その性的な「逸脱」に罪悪感を抱かなかったはずはない。三島の生涯を貫く美と超越性への欲求は、その異類性にまつわる苦しみから生れている。ニーチェもまた異類性に苦しんだ人であり、その苦しみが生み出した思想はキリスト教という問題を抜きにしても三島の心に響いたのである。

しばしば暴力的なまでに過激な表現は、ニーチェと三島の共通項である。もちろん、小説家でないニーチェの表現は三島のように流血の事態にあふれているわけではないが、「弱者」や「群畜」に対するその執拗で苛烈な罵倒に見られるように、思想の表現としてはしばしば最大限にサディスティックな言葉が発せられる。『善悪の彼岸』で「哲学は常に世界をみずからのイメージにしたがって創造するし、それ以外の方法は不可能である」、「哲学とはこのような暴虐な衝動そのものである」（九節、VI_2-16）と語るとき、ニーチェはみずからの哲学という営為のなかにあるサディズムをあけすけに告白している。ニーチェはまた、「人間性ゆたかな近代を誇る」人びとが黙して語らない「真理を漏らすということをあえてやってのけよう」（二二九節、VI_2-171）と前置きしてこう語る。

> われわれが「高次の文化」と呼ぶほとんどすべてのものは、残酷さの精神化と深化の上に成り立っている――これが私のテーゼである。あの「野獣」が殺害されたということはまったくない。まだ、生きているし、その盛りにある、それどころかひたすら――神聖なものになっている。
> （VI_2-172）

人道主義や民主主義、平等主義、平和主義などの近代を主導する思潮に対してニーチェはその「欺瞞」性をサディスティックに暴露し、飽くことのない執念をもって無慈悲な「真理」を人びとに投げつけた。戦後の日本における民主主義や平和主義の「欺瞞」を嫌った三島の反時代的な言葉は、ニーチェの考え方から多くを引き継いでいると見ていいだろう。『ツァラトゥストラ』では殺人の快楽が「本来の自分になる意志」の実現であるような人間のありかたが時代に拘束された善悪の判断を超えて理解されるべきであることが語られ（「蒼ざめた犯罪者について」VI_1-43）、「戦争と勇気は、隣人愛よりも多くの偉大な業績をあげてきた」（「戦争と戦士について」VI_1-55）と主張される。

ニーチェのこうした言葉はもちろん、一般に「善い」ものと見なされる思想が隠蔽している「真実」を暴くものとして傾聴されるべきであるが、心理面からいえば、抑圧され、他者に向かって放出される術を知らない攻撃性が、同時代の思潮に振り向けられ、結晶したものである。もちろん、しばしば言われるとおり、ニーチェの表現は韜晦やイロニーを大量に含んだ複雑なものであって、その表現の過激さはいつでも多分に「戦略」的である。

われわれの最高の洞察は、その洞察を受けとる資質もなく、資格もない者たちの耳に間違って入ったときには、まるでばかげたことのように、ことによると犯罪のように聞こえなければならないし——そんなふうに仕向けられるべきである！
（『善悪の彼岸』三〇節、VI_2-44）

ニーチェがここで最高の洞察と語っているのは、何よりも自身の著作にあふれている洞察のことである。自分のような高度の洞察をもつ人間が発する言葉の重層性を理解しない人間によって自分の著作が読まれてはならないことを、ニーチェは先手を打って語っているのである。もちろん本の著者が読者を選ぶことなどはできないので、どんな読者にもその内容が正確に伝わるような書き方ができれば、それに越したことはない。しかし、もともと柔軟に思考する能力に乏しく、特定の先入観にとらわれ、それ以外の観念を受けつけようとしない人びとがいることもたしかである。ニーチェはそうした人びとには理解されることなど期待しないし、それどころかあえて過激な言辞を弄して憤激させてやろうというのである。イロニーを駆使したニーチェの一筋縄ではいかない表現の根本には、あえて人を挑発したり困惑させようとする嘲弄的な諧謔の精神が潜んでいる。

「仮面」と「素面」が見分けがたい、韜晦に満ちた表現のありようもまた、三島がニーチェに共感を抱いた大きな理由であり、またそこから多くを学んだものであろう。生涯最後の表現だった自死がさまざまな理解と誤解を生んでいることが端的に示すように、三島由紀夫もまた一筋縄ではいかない表現者であり、その「真意」を読みとることのむずかしい作家である。『哲学的日記』は三島の全作品を見渡しても特に難解なものの一つであるだろうが、その難解さは単にむずかしい表現をひけらかす少年の虚栄を示すだけではなく、理解されがたく、表現しがたい、いわば虚実の皮膜に存在するものを表現することの困難から来ているといっていいだろう。

9 個体化の原理からの脱出

人間は自立した個人でありたいと願う一方で、個人であることに苦しむ存在である。一つの肉体のなかに封じこめられ、さまざまな危険にさらされてあることに人間は不安を覚え、他と結びつくことに安心をもとめる。ニーチェの哲学の公的な起点となった『悲劇の誕生』は、個体化の苦しみをモチーフとして生れた著作である。ニーチェは個体であることの苦しみから人間を解放するものとして、古代ギリシャの酒神であるディオニュソスを理解した。ディオニュソス的な陶酔、すなわち音楽が鳴り響き、人びとが狂ったように踊る集団的な陶酔にとらえられた人間は歓喜のなかで「より高次の共同性」（Ⅲ1-26）に溶けこみ、その一体感のなかで個体であることの苦しみから解放される。

「個人というかたちを破棄し、個人を神秘的な一体感によって救済」(Ⅲ₁-26)するディオニュソス神こそ、芸術衝動を根底でつかさどる神であるとニーチェは考えた。ディオニュソス的な一体化の陶酔こそ芸術衝動が目指すものであり、芸術こそは「生を可能にし、生きる価値のあるもの」(Ⅲ₁-23f.)にするとニーチェは考えたのである。このように思考するニーチェはこの世の異邦人として誰よりも個体化の苦しみを苦しんだ人であり、芸術に救いをもとめた人だった。

三島由紀夫もまた、繰り返し述べてきたように際立った異邦人意識をもっていた。他から隔絶した個体であることに苦しみ、個体であることからの解放をもとめつづけた人だった。三島はつねに、死に魅せられた作家として論じられるが、三島のそうした資質は個体性の苦しみを打ち破るものとして死をとらえるところから来ている。三島にとって芸術の魅惑は、死の魅惑に等しいものだった。三島は芸術のなかで代替としての死を死につづけていたのである。先に引用した自作解説で三島自身が語ったように、『哲学的日記』の「殺人者」が行なう殺人は芸術の比喩である。そして、殺人＝芸術がもたらすディオニュソス的な陶酔のなかでは、自他の別はなくなり、みずからの死と他を殺すことは同一である。「殺人者」に殺される者たちは、自他融合の歓喜のうちに死んでいく。

北の方瓏子《れいこ》を殺害。はつと身を退く時の美しさが私を惹きつけた。蓋し、死より大いなる羞恥はないから。

彼女はむしろ殺されることを喜んでゐるもの丶やうだ。その目にはおひおひ、つきつめた安らぎの涙が光りはじめる。私の凶器のさきの方で一つの重いもの——一つの重い金と銀と錦の雪崩《なだ》れるのが感じられる。そしてその失はれゆく魂を、ふしぎにも殺人者の刃はけんめいに支へてゐるやうである。この上もない無情な美しさがかうした支へ方にはある。（16-146）

「殺人者」と北の方は一体となり、「この上もない無情な美しさ」を示す「殺人」という芸術を作りだす。大量に殺される乞食たちは「ぱくぱくとうまさうに死を喰つてしまふ」。能若衆花若もまた、刃で貫かれ、「玉虫色の虹をゑがきつつ花やかに」血をほとばしらせながら、「殺人者」との「つかのまの黙契」を信じて死んでゆく。「殺人者」と殺される者は一体であるがゆえに、「恒に彼は殺しつゝ生き又不断に死にゆく」（16-147）。「殺人者」の刃の一閃は相手を貫く「殺人」であると同時にみずからを貫く「自死」でもある。幼少期以来、攻撃性を表出する手立てを知らなかった少年三島の心象世界は、攻撃性を抑制する手立てを知らず、それを向ける相手も選ばない。他を殺害しようが、おのれを殺害しようが、個体を破壊し、血しぶきのなかで世界との融合をなしとげるという点では変わらない。

すでに作品冒頭の将軍殺害のあとに「殺されることによつてしか殺人者は完成されぬ」（16-145）と記され、「殺人者」が最終的に到達するべきものが自身の死であることが示されている。ニーチェは『善悪の彼岸』中のアフォリズム（七六節）で「平和な状態にあるとき、好戦的な人間は自分に襲いかかる」（VI_2-87）と書いているが、これは加虐と自虐、ひいては殺人と自死の同一性を語る言葉である。サディズムとマゾヒズムは少なくとも三島やニーチェにあっては、ベクトルを異にするだけで、もともとは同一の衝動であると理解されている。

しかし、『哲学的日記』を書いた少年三島がその時点で現実に自死を考えていたと思うのは短絡的であるだろう。そもそも個体化の苦しみからの究極の解放としての死にどんなに憧憬を抱いていたとしても、人は可能な限りは生のなかに他との融合をもとめ、その幸福がいくばくか実感される限り、あるいはその期待がもてる限りは生にとどまるものである。人生の入口にあるといっていい少年三島に、死によってではない自他融合の至福の瞬間が現実に訪れることへのういういしい期待がなかったはずはない。実際、三島のその後の人生は、生のあらゆる果実を得ようとする貪欲さと尋常ならざる努力によって彩られているが、それは究極においては局外者の状態を脱し、世界と融和しようとする欲求から発している。

『哲学的日記』を浸している死の観念は、生の充足をもとめる思いの裏返されたものである。三島の矯激さは『哲学的日記』において、再生への希望を「殺人」という一見矛盾する表現に託している。「殺人」は抑圧された攻撃性の表現であると同時に、危険な芸術家としてためらうことなく世俗道徳を乗り越え、禁を犯すことへの覚悟を示すものであるだろう。あらゆる事物を覆う日常のとばりを切り裂くとき、そこに「忘れられてゐた生」が姿をあらわすことが期待されている。「殺人者」は「死」を見ることで、「生」の実相に至ろうとする。しかし、もとめる「生」はどこまでもとらえがたく、到達しがたい。遊女紫野を殺す「殺人者」は、「彼女を殺すには先ずその夥しい衣裳を殺さねばならぬ」(16-150)という。「衣裳」という仮象はしかし、幾重にも重ねられていて、それがすべて貫かれ、「実相」に刃が届く前に、「その奥で彼女は到達される前にはや死んでゐる」。「殺人」によって「生」に到達しようとする「殺人者」の試み、禁を犯すことにおいて「生」の実相に到達しようとする試みは、無限に重なる衣装、すなわち限りなく連なる仮象を切り裂きながら、結局は「実相」に至らない。「私の刃はますます深く彼女の死へわけ入つた。そのとき刃は新らしい意味をもつた。内部へ入らずに、内部へ出たのだ」(16-150)。仮象の奥にあるものはこれもまた仮象でしかない。「忘れられてゐた生」への道は遠い。「殺人」によって「生」に至ろうとする「殺人者」の歩みは終わることがないだろう。「殺人者」は無数の「殺人」を犯しながら、「忘れられてゐた生」を恒久的にわがものにすることはない。作品の冒頭において、「殺されることによつてしか殺人者は完成されぬ」という自覚が語られていたのは、このことを予感していたからである。

「殺人」という我執のきわみを生きる「殺人者」は、自他融合の究極の願いを達成するべく「自死」という没我のきわみにおもむくことになるだろう。「殺人者」は「陥没から私の投身が始まるのだ」と語る。「陥没」は夢想からの脱落であり、「投身」は自分を犠牲にすることを意味するだろう。自己犠牲はまた、それによって自分と世界が再生する希望を含んでなされる行為である。

『哲学的日記』は死を語りながら、再生への希望を語り、しかもその実現の限りない困難を示している。しかし、『ツァラトゥストラ』にインスパイアされたというこの作品は、題材と外観の陰鬱と退廃に反して、少年三島のなかに息づく強力な生命力と向日性を垣間見せている。

『ツァラトゥストラ』はニーチェの生涯と照応する伝記的な側面をもつ著作であると言われる。たとえばそこに登場する魔術師がヴァーグナーをモデルとしていると言われるなど登場人物のなかに現実にニーチェが出会った人物の面影を見いだすことができるだけでなく、何よりもツァラトゥストラの「超人」へのつよい意志で貫かれた遍歴のなかに、あくことなく自分を乗り越えてゆこうとする意志で貫かれたニーチェ自身の生涯の反映を見ることができる。

周知のように、『ツァラトゥストラ』は、高山の洞窟で孤独な瞑想に耽っていたツァラトゥストラが下山し、町に入って市場の群集にみずからの考えを語りかけることで始まる。そこでツァラトゥストラは超人の観念について、「人間とは超えられるべき何かである」（VI$_{1}$-8）、あるいは「人間は動物と超人のあいだを結ぶ一本の綱である」（VI$_{1}$-10）と語る。『ツァラトゥストラ』一篇は、たえずみずからを超えゆく超人の観念を導きとする主人公ツァラトゥストラの、一面で教養小説にも似た道程を叙述している。もちろん、ニーチェ自身が、「ここでは一瞬ごとに人間が克服されている」（『この人を見よ』VI$_{3}$-342）と解説するこの書物は、根本的に人間精神の持続的な発展を弁証法的な歩みとして描く教養小説に対するアンチテーゼというべき側面をもっている。しかし、この世に生きることの「意義」をもとめる精神的遍歴を描くという点で、『ツァラトゥストラ』には教養小説的な性格がある。「大地の意義」と呼ばれる超人への歩みをツァラトゥストラはこう語る。

> 人間は〔……〕深淵の上に張り渡された綱である。渡って向こうへ行くのも危険だし、綱の上にいるのも危険、振り返るのも危険だし、戦慄して立ちすくむのも危険である。
>
> 人間において偉大なこと、それは彼が一本の橋であって、目的ではないことだ。人間において愛しうること、それは彼が過程であり、没落であるということだ。
>
> わたしは愛する、没落する者として生きるのでなければ、生きるすべを知らない人間たちを。

それは乗り越えてゆく者だからである。

〔……〕

わたしは愛する、没落し、身を投げ出す理由をはるかな星々のかなたにもとめず、大地がいつか超人のものとなるように、大地のために身を捧げる者を。

(VI$_1$-10f.)

『哲学的日記』の殺人者は「陥没から私の投身が始まるのだ」と語るが、おそらくこの「陥没」と「投身」はツァラトゥストラが語る「没落」と「大地に身を捧げる」にそれぞれ照応している。ツァラトゥストラは高山での孤独な隠棲に訣別して、人間世界に戻り、「没落」へと踏み出す。ツァラトゥストラが下山したのは、「星々のかなた」、すなわち来世や彼岸といった宗教的なイメージを含むロマンティックな夢想にすがって生きることをやめ、「大地に身を捧げる」、つまり現世のために身を投げだすことをみずから実践し、地上に生きる人間たちにも説くためだった。ツァラトゥストラは市場の群集に向かって、「兄弟たちよ、大地に忠実であれ」と「懇願」(VI$_1$-9)するのである。少年三島がニーチェから受けとったもののなかには、ニーチェのこの現世に身を投げだすことへの促しが含まれていたにちがいない。

少年三島が『ツァラトゥストラ』における「没落」と「身を捧げる」という観念を、地上に身を投げだす意志に結びつけて理解していたことは、たとえば、『哲学的日記』のなかの次のようなくだりからも推測できる。

一つの薔薇が花咲くことは輪廻の大きな慰めである。これのみによつて殺人者は耐へる。彼は未知へと飛ばぬ。彼の胸のところで、いつも何かが、その跳躍をさまたげる。その跳躍を支へてゐる。やさしくまた無情に。恰かも花のさかりにも澄み切つた青さをすてないあの萼のやうに。それは支へてゐる。花々が胡蝶のやうに飛び立たぬために。（16-153）

「薔薇」や「花」の開化はもちろん、芸術の達成を意味している。それは「輪廻」の苦しみのなかにおかれた人間の「慰め」であり、それあるがゆえに生きることは是認されうる。しかし、その開花は生からの逃避としてあるべきではなく、あくまでも地上の生のためにあるべきである。「殺人者」は「未知へと飛」ぶことなく、あくまでも地上にとどまり、「花々が胡蝶のやうに飛び立た」ず、地上で開花することを目指すのである。

『哲学的日記』に語られているのは、「存在と世界はただ美的現象としてのみ永遠に是認されうる」という審美主義の延長線上にありながらも、地上にとどまり、地上の人びとのために語るツァラトゥストラ、ひいてはニーチェの姿勢に影響を受けた少年三島の思いである。「殺人者」の「殺人」は「花が久遠に花であるための」（16-148）ものであると語られる。「殺人」も「陥没」も「投身」もすべては永遠の芸術を生み出すための破壊であり、死である。『哲学的日記』は破壊と死を通した大きな創造の夢を語っているのである。殺人者は語る。

私は夢見る、大きな混沌のなかで殺人はどんなに美しいか。殺人者は造物主の裏。その偉大

は共通、その歓喜と憂鬱は共通である。（16-145以下）

破壊は創造の裏面であって、「殺人者」は造物主と同じように世界の生成に携わろうとする者である。少年三島が「殺人者」に託して語る省察の気宇壮大とも傲岸ともいえる精神の姿勢は、三島本人にもともと備わったものであるとともに、人間の超克と生の肯定を説く『ツァラトゥストラ』に鼓舞された結果であるだろう。ニーチェは『この人を見よ』のなかで、ツァラトゥストラという人間のタイプについて、「これまで人々が然りと言ってきたすべてのものに前代未聞のしつこさで否を言いつづけた人間が、それにもかかわらず、いかにして否を言う精神の反対物になりうるかということ」（VI_3-343）がその心理的問題であると語る。あらゆるものに対して敢然と否定を繰り返しながら、究極においてすべてを肯定する精神のありよう、それは究極の「雄々しさ」といえる精神の様態であるだろう。『ツァラトゥストラ』に限らず、ニーチェの著作はすべて、この「男性的」な精神のありようを貫こうとする苛烈な美意識を駆動力としている。

存在と世界は美的現象としてのみ是認されうるという『悲劇の誕生』の審美主義は、現世と生の肯定を説く後期の著作においても一貫してニーチェの哲学の根幹をなすものだった。もちろん、生来の敏感で虚弱な体質からしても、女性ばかりに囲まれていたその生い立ちからしても、男性的であろうとすること自体が多大な自己克服であったニーチェにあって、そのヒロイックな美意識にもとづく哲学がその精神にどれほど多くの無理を強いるものであったかは容易に想像がつく。その激烈なキリスト教批判にもかかわらず、ニーチェのファナティックな自己鞭撻は、実は牧師の息子であるニーチェのなかに根強くあったキリスト教倫理を源泉にしていた。これほどまでに自分自身を乗り越え、あらゆる苦難を肯定することを生の課題とした、あるいは課題にせざるを得なかったニーチェの人生は、耐えがたい病苦と孤独と無名性におおわれた苛酷なものだった。

ニーチェの生涯は、女性的に彩られたキリスト教道徳が生んだ金縛りの状態から自身を解放しようとする意志によって貫かれていた。その意志はそのまま到達不可能な強者の理想を自身に課すことにつながり、その自縄自縛は「狂気」にまで亢進していくものだった。そしてそれは、同様に女性的な世界に呪縛された生い立ちからの脱出への意志が男性的な強者を目指す意志に転化し、空想のなかにしか存在しないような「男」のイメージを追求した果てに奇矯な死を遂げた三島自身の生涯の軌跡と相似形をなすものだった。

10 殺人者と航海者

すでに言及したように、『哲学的日記』の「殺人者」は海賊頭との対話において海賊になることを勧められるが、それを断り、芸術家であることを選ぶ。しかし、海賊頭の誘いは「殺人者」の心を深くとらえ、動揺させるものだった。

海賊は飛ぶのだ。海賊は翼をもつてゐる。俺たちには限界がない。〔……〕
殺人者よ。花のやうに全けきものに窒息するな。海こそは、そして海だけが、海賊たちを無

他にする。君の前にあるつまらぬ閾《しきみ》、その船べりを超えてしまへ。強いことはよいものだ。〔……〕
海であれ、殺人者よ。海は限界なき有限だ。玲瓏たる青海波に宇宙が影を落すとき、その影は既にあつたのだ。〔……〕
「何を考へてゐるのか、殺人者よ。君は海賊にならなくてはならぬ。否、君は海賊であつたのだ。今こそ君はそこへ帰る。それとも帰れぬと君はいふのか」
殺人者は黙つてゐた。とめどもなく涙がはふり落ちた。

（16-151 以下）

海が三島文学においてもつ重要性については、たとえば『岬にての物語』や『真夏の死』、『潮騒』、『午後の曳航』、そして生涯の集大成として書かれた『豊饒の海』などの、三島文学でも特に重要ないくつかの作品の題名を挙げてみるだけでも首肯されるだろう。海はあらゆる生命の母胎であり、あらゆるものを呑みこむ不変の場所である。海はその果てしない大きさと荒々しさによって冒険心を喚起し、その美しさとやさしさによってそこに回帰したいという郷愁を喚起する場所である。

三島文学における海に生きる者たちの性格はどうかというと、『潮騒』や『午後の曳航』の主人公たちが範例的に示すように、行動や冒険を好む男性的な果断さを備えている。『潮騒』の漁師新治は青年の純情と男性的な勇気の権化であり、『午後の曳航』に登場する航海士塚崎竜二は、その恋人の息子である十三歳の登の眼には遠い海の輝きと栄光に包まれた英雄に映っていた。竜二が独白するところでは、海は竜二自身にとって、「あの大洋の感情、あの常ならぬ動揺がお前の心に絶えず与へてゐた暗い酔い心地」が住まうところであり、「彼が男であり、世界から隔絶して、ますます男であることを推し進めるやうな状況を」形成する場所である。陸に戻り、登の母と結婚することになった竜二は「俺は永遠に遠ざかりゆく者でもありえたのだ」と独白しながら、かつて青年時代に抱いていた海への思いを回想する。

あの海の潮の暗い情念、沖から寄せる海嘯《つなみ》の叫び声、高まつて高まつて砕ける波の挫折……暗い沖からいつも彼を呼んでゐた未知の栄光は、死と、又、女とまざり合つて、彼の運命を別誂えのものに仕立ててゐた筈だつた。(9-383)

竜二にとって、海は死であり女であり、それらをめがけて突き進む男の栄光が実現される場所だった。海は、男のなかの男がそのなかで至福の死を遂げるべき大いなる女性だったのである。『哲学的日記』においても、竜二の想念そのままに、海賊頭は海に生きる者としてその優位性を誇り、「殺人者」を海の生活へと誘う。そして「殺人者」は抗しがたい魅惑を感じながらも、海に対するおのれの適性のなさを自覚するがゆえに沈黙し、涙を流す。「殺人者」が海につよく惹かれながら、海を断念するのは「強いもの」ではないという自覚ゆえであるだろう。海賊頭がみずから強者であることを自認していることが示すように、海賊であること、すなわち「行動家」であることは強者であることを要求する。「芸術家」である「殺人者」は、その激越な攻撃性と、あくことなく「殺人」を繰り返すその凶悪さにもかかわらず、海賊という「行動家」に必要なだけの強さが自分には欠けていると考えているようである。

「殺人者」のこうした考えには、当時の三島の切ない思いが反映している。学習院初等科以来の肉体的劣等感は高等科に籍を置いてからも三島の心に暗い影を投げかけていた。後に、三島は自分が少年期を送った戦争の時代を振り返り、それが「自分一個の終末感と、時代と社会全部の終末観とが、完全に適合一致した、まれに見る時代であつた」と回想し、そのときの心境を「私はスキーをやつたことがないが、急滑降のふしぎな快感は、おそらくああいふ感情に一等似てゐるのではあるまいか」(「私の遍歴時代」32-278)と語った。そうした感懐を抱きつつ、『花ざかりの森』を出版し、いまだ少数の人びとのあいだではあったが天才ともてはやされていた戦争末期の三島が幸福でなかったとはいえない。しかし、それでも、宿痾のような肉体的劣等感は依然として、というより以前にもまして三島を苦しめていた。そのことは、たとえば、ボディビルによって肉体改造を果たし、長年の悲願だったスポーツの世界に参入した後年に語られた次のような感懐からも窺うことができる。


私が人に比べて特徴的であつたと思ふのは、少年時代からの強烈な肉体的劣等感であつて、私は一度も自分の肉体の繊弱を、好ましく思つたこともなければ、誇らしく思つたこともなかつた。それはひとつには戦時の環境が、病弱を甘やかすやうな文学的雰囲気を用意してくれず、弱肉強食の事例を山ほど見せられたせゐもあらう。

(「実感的スポーツ論」33-157)

学習院初等科で肉体的弱者であることを痛切に思い知らされた経験は、もともと幼児期から感じていた世界からの脱落感をつよめ、肉体的な弱さこそ自分が世界から隔てられてあることの元凶であると思いこむに至るほどの重大な意味をもつものだった。海賊になることを勧められたときにそれを受けいれられずに「とめどもなく涙」を流す「殺人者」の過剰とも思える反応には、少年三島の積年の苦悩がこもっている。加えて、この小説が発表された昭和十九年八月以前、同年五月に徴兵検査を受け、一応は第二乙種として合格したものの、兵士としての適性に乏しい人間であることがはっきりしたことも三島にとっては、「海賊」への、つまり「行動家」への適性の欠如をあらためて思い知らされた経験として見逃せない。

三島はこの徴兵検査を本籍がある祖父の郷里の兵庫県の農村で受けたのだが、東京ではなく地方の農村地帯にわざわざ行って受検したのは、体格のいい農村の青年に混じれば、三島の体躯の貧弱さが際立ち、不合格になるだろうという父梓の計算からだった[*21]。何ごとによらず、表向き父に逆らうことのない三島は唯々諾々と父の命令にしたがい、その結果、頑強な農村青年に混じってみずからの貧弱な裸体と非力を人前にさらしたが、これは男性性にこだわる三島にとってはかなりの屈辱的な体験だったにちがいない。それでも『哲学的日記』を雑誌に発表したあと、昭和二十年二月、兵隊不足の状況から第二乙種の三島にも入営通知が来る。覚悟を決めた三島は遺書を書き、再び、兵庫県の本籍地に赴き、入隊検査を受けるが、たまたま風邪で高熱を発していたのを軍医が肺浸潤と誤診し、即日帰郷となった。

帰京した三島は家族の狂喜に包まれるが、梓には肝心の三島本人が喜んでいた記憶がまったくないので、三島の死後、妻倭文重に聞くと、三島はその当時、母には「合格して出征し、特攻隊に入りたかった」[*22]と語っていたという。どんな人間のどんな言葉も一義的な真実を伝えるものではなく、語られた言葉の背後には多くの捨象された事実や感懐が潜んでいるものだが、三島のこの言葉の背後にも実は戦争に行かないですんだことを喜ぶ気持があっただろう。また、軍医の誤診をいいことに出征を逃れたやましさからあからさまに喜びをあらわすことができず、本当の気持としては出征した者たちと運命をともにしたかったと言うことで自分を免責しようとしたという心事もあっただろう。しかしそれでも、戦死して殉国の英雄になりたいという気持が戦時期の三島にあったことは、当時の心境を主人公溝口に託して描いた『金閣寺』などの後年の作品から読みとることができる。

吃音と身体の虚弱に悩み、世界から脱落し疎外されているという感覚に苦しむ青年溝口は、戦争末期、日本の都市が空襲によって次々に壊滅していくなかで、金閣が空襲に見舞われ、自分もまた焼亡する金閣と運命をともにすることを熱望するのである。兵役を逃れた三島のなかに、苦しみに満ちた生を公然と、しかも英雄として人びとの記憶に残るかたちで終わらせる絶好の機会をみすみす、しかも卑怯といえるかたちで逃したことへの後悔があったことはまちがいない。戦争は三島にとっては民族全体が滅亡に瀕する運命のなかで自他の隔たりが融解する、ディオニュソス的な祝祭だった。戦争末期の東京を襲う爆撃機による破壊と殺戮の光景は、勤労動員に駆り出された神奈川県高座郡の海軍高座工廠からはるかにそれを眺める三島にとっては、この上なく美しい死の饗宴だった。

いづれは死ぬと思ひながら、命は惜しく、警報が鳴るたびに、そのまま寝てすごす豪胆な友だちもゐるのに、いつも書きかけの原稿を抱へて、じめじめした防空壕の中へ逃げ込んだ。その穴から首をもたげて眺める、遠い大都市の空襲は美しかつた。焔はさまざまな色に照り映え、高座郡の夜の平野の彼方、それは贅沢な死と破滅の大宴会の、遠い篝のあかりを望み見るかのやうであつた。

（「私の遍歴時代」32-280 以下）

このように回想する三島のなかには、おそらく戦争の悲惨を訴えるありふれた反戦的回顧への悪意があり、思春期の少年のような露悪趣味とサディズムがあるだろう。しかし、三島の言説にしばしばあらわれるこの種のシニシズムや幼稚な審美主義と見えるものを支えているのは、そのこれ見よがしの外観にもかかわらず、何よりも、自身の体験を世の支配的な思潮に媚びることなく、みずからの印象に即して語ろうという文学者としての誇りと倫理性であるだろう。後世はこうした率直な証言によって、反戦的な決まり文句で語られる歴史のなかには存在しない戦争の一面を知ることになるのである。しかも三島によって語られる空襲の美や戦時期の幸福や戦死への憧憬は、必ずしも三島という特異な作家の特異な趣味ではなく、当時の一定数の青年、一定数の日本人によって共有されたものだった。少なからぬ人間が抱きながら、公共の世界で言葉に出して語ることは憚られるひそやかな思いを三島は文学者の職分として語ったのである。*23「出征し、特攻隊に入りたかった」という三島の思いは宿痾のように残って戦後に持ち越され、三島を奇怪な死へと導くことになるが、おそらくそうした三島個人の運命にも、戦時に死にきれず、生き恥をさらしているという思いを抱えていた少なからぬ戦中派の代表者的な性格があるだろう。

死の二年前に刊行された『太陽と鉄』は、戦いのなかで「英雄」的に死ぬことへの三島の渇望を物語る書物である。そこで三島は三十歳以来の肉体的な鍛錬が、そうした死への憧憬から行なわれたものであると語っている。自衛隊に体験入隊した三島はその激しい戦闘訓練に耐えるだけの肉体を得たことに「世界と融け合つた無辺際のよろこび」（33-548）を覚える。それは「あらゆる悲劇的因子を孕み、破滅を内包し、確実に『未来』を欠いた世界」、つまり戦時の世界に「住む資格を完全に取得したといふ喜び」（33-549）だった。しかし、それは戦後の世界にあってはもちろん、季節外れの、遅れてきた喜びだった。

何といふ皮肉であらう。そもそものやうな、明日といふもののない、大破局の熱い牛乳の皮がなみなみと湛へられた茶碗の縁を覆うてゐたあの時代には、私はその牛乳を呑み干す資格を与へられてゐず、その後の永い練磨によつて、私が完全な資格を取得して還つて来たときには、すでに牛乳は誰かに呑み干されたあとであり、冷えた茶碗は底をあらはし、私はすでに四十歳を超えてゐたのだつた。そして困つたことに、私の渇を癒やすことのできるものは、誰かがすでに呑んでしまつたその熱い牛乳だけなのだ。（33-549）

女性ばかりに取り囲まれ、女の子のような語り口と物腰をもつ子供だった幼少時代から、三島のなかに男性的な荒々しい行動へのつよい憧憬があったことは、『仮面の告白』の幼い「私」が汚穢屋や兵隊や、神輿を担ぐ若者たちに熱い思いを寄せたという叙述に反映している。しかも三島が考える行動は、その「死と夜と血潮」へ向かう性癖に沿ってあくまでも血なまぐさい、サド＝マゾヒスティックな色合いをもつものだった。

死の前年から死の年にかけて書かれた『行動学入門』のなかで三島はいかにも三島らしい行動観を語っている。すなわち、三島は、「武器といふ一定の目的を持つた道具を使つて、人間がその武器と同一化して、目的に向かつてまつしぐらに突進することを、行動といふものの定義と考えていい」（35-608）と語るのである。命のやりとりを伴なう激烈な肉体行動こそが「至純の行動」であり、「簡潔に人生といふものの真価を体現」（35-610）するものであると三島は述べている。三島のこうしたファナティックな、極度に好戦的な行動観は、幼年期からのサド＝マゾヒスティックな資質から生みだされ、さらに戦争を生き長らえてしまったことへの慚愧の念がそれを増幅させていったところに成立したものであるだろう。戦後の三島由紀夫がひたすら行動を賛美し、ついには『天人五衰』で認識者を窃視者にたとえるほどに認識を貶めることになったことに、みずからの怯懦によって出征することなく、傍観者として戦時期を生きながらえたことへの自己嫌悪が深く関わっていることはまちがいない。

戦後の、特に肉体改造以後の三島の軌跡は彼独自の意味づけをされた「行動」に向けて入念に、偏執的に形成された軌跡だった。そしてその軌跡にもやはりニーチェの哲学が深い影響を及ぼしていると言うことができる。ほとんどの人生の時間を病苦にあえいで送ったニーチェが、三島のように肉体の鍛錬に励み、肉体の強者として「行動」に踏み出すことはなかった。ニーチェにとっての戦場はどこまでも哲学の世界であり、ニーチェの生涯は認識の戦士として始まり、認識の戦士として終った。

『愉しい知識』で「私にとって認識とは、英雄的感情さえもがそこで踊ったり跳ねまわったりすることができる危険と勝利との世界なのだ」と誇らかに語り、「人生は認識の一つの手段なのだ」（三二四節、V_2-233）と言い切ったニーチェに三島のような認識への倒錯した嫌悪はない。しかし、このように哲学者であることを誇り、また哲学者以外の何者にもなりえなかったニーチェの言説は、そうでありながら、戦闘的な肉体の行動を称揚する言葉にあふれていた。たとえば『道徳の系譜学』のなかで、ニーチェが罵倒したのは同情や禁欲を奨励する「僧侶的価値判断」であり、ニーチェが賞賛したのは強い肉体や自由で快活な気性をよしとする「騎士的・貴族的価値判断」だった。

騎士的・貴族的な価値判断がその前提におくものは、強壮な肉体であり、咲き誇る、豊かで湧き立つような健康、加えてそれを維持するために不可欠なもの、すなわち戦争、冒険、狩猟、舞踊、格闘技などであり、さらに強い、自由で明朗な行動を伴なうすべてのものである。（第一論文、七節、VI_2-280）

ニーチェには三島のような認識への激しい憎悪はなかったが、行動的で戦闘的な男性性の讃嘆、男性美を至上のものとする審美主義という点において、三島に引けをとることはなかった。戦後の三島がおそらく肉体の改造に着手したころから、つよい意志をもって踏み出した行動への道とその奇矯な結末は、ニーチェの哲学が内包しながら、現実のニーチェが実践しえなかった戦士的なものの一つの実現だったといえるかもしれない。

もちろん三島がニーチェから遠く隔たる時間と空間のなかで実現したものは、昭和という時代における日本の社会という外的条件、そして三島という個人の私的事情が複雑に絡まって成立したものであり、ニーチェの影響によると言うには、あまりにも個人的で特殊な偏りをもったものであるだろう。三島の自死をもたらしたもろもろの要因のなかには自分のなかの認識者への憎悪という心理的要素があったことが推測されるが、それこそはニーチェと三島を分つ最も大きな相違であるといっていいだろう。認識への憎悪はすでに戦前の三島において萌芽としてあり、戦後の、職業作家として傍観者でありつづける歳月のなかで肥大していった。外界が死に向かう青年たちの行動に溢れていた戦争末期にあって、それに対する適性のなさと怯懦ゆえに男性的な行動の美学をまっとうできなかったことへの慚愧の念は、三島の戦後の思想と行動を大きく規定するものとなった。

『哲学的日記』は次の一節で終っている。

□月□日

殺人者は理解されぬとき死ぬものだと伝へられる。理解されない密林の奥処でも、小鳥はうたひ花々は咲くではないか。使命、すでにそれがひとつの弱点である。意識、それがすでにひとつの弱点なのだ。こよなくたをやかなものとなるために、殺人者は自らこよなくさげすんでゐるこれらの弱点に、奇妙な祈りをさゝげるべき朝をもつであらう。

(16-155)

芸術はしばしば無用のものとして軽視されるが、とりわけ戦時には貶められ、唾棄される。殺人者＝芸術家はしかし、その無用性のなかでおのれの職分をまっとうするほかに生きる術をもたない。時代の局外者として生きる文弱の少年は、理解されない悲しみを抱きつつ、それでも人知れず表現しつづける覚悟をもとうとしている。「こよなくたをやかなものとなるために」という言葉があらわすように、ここで少年が目指すものは、「たをやかな」美の実現であって、航海者との対話で示された行動と芸術の二元的対立という問題は、行動への適性のなさゆえに芸術を選ぶしかないということで決着がついたようである。作中には攻撃的な破壊衝動が満ち満ちているにもかかわらず、ここで少年三島は、「たをやかなもの」、すなわち、女性的な文弱さにとどまることをみずからの生き方として選びとる決意を示している。哲学者ニーチェの反時代的姿勢を範とする三島が、荒々しい戦時の状況への反時代的な姿勢として選びとったこの結論は、しかし、戦後の平和のなかでは次第に後退し、かつてはそこから逃れた男性的な行動の世界への参入こそが、切実な問題として浮上していくことになる。

第二章

三島由紀夫とサド

三島文学では珍しいことだが、『サド侯爵夫人』は実在した作家の人生をほぼそのままのかたちで作品の素材としている。三島はかねてサドに大きな関心を抱いていたが、澁澤龍彥による画期的なサド評伝『サド侯爵の生涯』を読み、このわが国における初の本格的なサド伝に描かれたサドの姿に想像力を刺激され、この作家を主題とする作品を構想する。この戯曲でサドを描くために三島がとった方法は、舞台上にサドを登場させることなく、生きている当時すでにスキャンダラスな伝説だったこの男の人となり、その言動を、サドをめぐる女性たちをとおして語らせることだった。感情移入という点から見て、それは、幼児期を女性ばかりに取り囲まれ、女性の視線のなかで育った三島がサドに自身を重ねて振り返る方法としていかにも適切なものだった。

三島はこの戯曲を書くことをとおして、自分の人生のありようを総括し、以後の人生における身の処し方を探った。サド侯爵の思想はその徹底的な神への反逆という点においてニーチェの先駆をなすものである。ニーチェと同様に西洋の精神史におけるもっとも根底的な問題を追求したサドへの取り組みは、生涯をとおしてニーチェを心の師として生きた三島の一つの思想的結実としても興味深いものである。

Ⅰ　サドと女性

『サド侯爵夫人』の女主人公ルネは深く愛する夫アルフォンス・サドをこう語る。

アルフォンス。私がこの世で逢った一番不思議な人。（24-324）

ルネにとってだけでなく、サドはその作品を読む誰の目にもとらえがたく不思議な人間に思われるにちがいない。たとえば島尾敏雄は戦後まもなく、当時はほとんど知られていなかったサドの著作をはじめて読んで、そのあまりの奇怪さに「架空の人がものを書いている！」という印象を受けるが、不可解なままにその書物がもつ魅力にとりつかれてしまう。その後、次第に、サドの選集や評伝などによってさまざまな情報を得るにつれて、その作者がたしかに実在した人物であると納得するようになるのだが、「それでも私にとっては架空のひととしか思われないのであった」と語っている。*1

三島は、ルネの母、すなわちサドの義母となったモントルイユ夫人にサドを「怪物」と呼ばせるが、世俗の人にとってサドはそう呼ぶほかにない存在だった。『サド侯爵夫人』におけるサドの姿には、宿命的な作家としての、つまりほとんど空想の世界に生き、現実の世界における実在感を得ることの少なかった人間としての三島由紀夫の共感がこめられている。

その奇矯な最期が象徴的に示すように、三島由紀夫という作家もまた、サドと同じく、どぎつくはあるものの、現実ばなれのした、幻覚のような存在感に包まれた人物である。類いまれな自意識家で、たえず心のなかの鏡にみずからの姿を映し、吟味しつづけていた三島は、そうしたおのれの存在の特異さをいつでも過敏に感受していた。サドという人物がもつ空前絶後の不思議さに打たれる作中のルネの言葉は、自分でも、自分という存在の比類のなさを痛感していた三島の思いを代弁している。

母モントルイユ夫人にとってサドという婿は「怪物」であるが、そのはかりがたい心の謎に魅了されるルネにとって、サドは神秘に満ちた「不思議な人」だった。三島もまた、世俗の目でみれば「怪物」であることに苦しみつつ、自分の心の繊細な仕組に自分で魅了される「不思議な人」だった。『仮面の告白』の「私」は自身を「人間ならぬ何か奇妙に悲しい生物」(1-343) と呼び、『天人五衰』の透は「僕は独自だつた。悲しいほどに独自だつた」(14-533) と手記に書きつける。この種の感懐を抱く人間が異端者の悲哀だけでなく、選良の誇りをも抱く人間であることは言うまでもない。

それにしても、決定的に「独自」であること、人間社会から脱落しつつ、同時に抜きんでた存在であることが、当事者のなかにもつれた問題を繁茂させていくことはまちがいない。三島の作品は、自身が抱える葛藤を一種の思考実験のようなかたちで、劇的な、極限的な状況に置きかえ、登場人物の行動を通して、方程式の解をもとめるように解答を模索するところに成立したものである。それは、自分という人間の内部にはりめぐらされた迷路を俯瞰し、そこから抜け出そうとする試みだった。自分自身が経験する果てしない心のもつれこそ、三島の創作の尽きることのない源泉だったのである。

三島由紀夫という人物は、戦後の日本が生んだもっとも不思議な人間の一人に数えられるだろうが、おそらく、その不思議さに誰よりも深く感じ入り、それを表現することにとりつかれていたのは三島自身だった。三島は自分自身を見つめることにとりつかれた人間だった。自分自身の異類性に呻吟しながらも、三島はそれを自他の凝視に値する、比類なきものと確信していた。この確信は、作品外においてはたとえばさまざまなメディアへの露出症的な登場となり、作品においては異形の登場人物に仮託した鮮明な自己表現を生んだ。『サド侯爵夫人』においては、六人の女性によって凝視され、語られる「怪物」サドについてのあれこれが、三島の仮装された告白になっている。もちろん、伝記的事実としては、サドの生涯の細部は三島の生涯のそれと大きく隔たる部分が多いが、作品内の女性たちがサドについて語るほとんどすべての言葉は、三島の存在のありようを凝縮して語るものになっている。

『サド侯爵夫人』におけるサドは、六人の女性たちに取り囲まれ、深い関心を寄せられる一人の男である。そこでは、サドは姿こそ現さないが、舞台上の女たちの深い関心の焦点に立っている。三島という人間の成り立ちを考えれば、この設定は作品を成功に導く大きな要素だった。作中のサドは明らかに三島の分身的存在であるが、言うまでもなく、たくさんの女性に囲まれたただ一人の男という状況は、三島の幼年期の構図そのものであって、三島という人間のありようを深く決定したものだった。

三島は一家の女性たちの関心の焦点としてその幼年期を過ごしたが、その心地よく、またおそらくは息苦しくもあったであろう経験は、その生涯の謎を解き明かす一つの鍵である。三島の生涯は、その幼年期への深い郷愁と、そしてそこからの脱出の意志によって貫かれている。祖母という「深情の恋人」（『仮面の告白』1-202）をもち、彼女が支配し宰領する家のなかで女中たちにかしずかれ、若く美しい母にたまにしか会えない恋人のような甘美な感情を抱いて生きた三島の幼年時代は、たしかに一面で郷愁をもって回想されるに値するものだった。と同時に、溺愛や奉仕のかたちをとりつつ、獲物をからめとり、骨抜きにするような女性的な支配のありようは、幼い三島にもいくばくかのうとましさをもって感じとられていたにちがいない。

昭和四十年に発表された『サド侯爵夫人』は、三島由紀夫にとって昭和三十一年の『金閣寺』以来の高い評価をもって迎えられる作品となった。もともと戯曲については、小説以上という評判の三島だったが、『サド侯爵夫人』は発表時から世評が高く、平成六年には演劇評論家が選ぶ戦後戯曲の第一位になっている。[*2] 三島自身も最晩年に至るまで、これを会心の作としていた。[*3] 自作解説をよくした三島は、この傑作について特に多くの言葉を残しているが、その一つにおいてこう語っている。

> 澁澤龍彥氏の「サド侯爵の生涯」を読んだときから、サド自身よりもサド夫人のうちに私は、ドラマになるべき芽をみとめた。それから何度も心の中で練り直してゐたが、あるときふと「こりや、サド自身を出さない、といふ行き方があるんぢやないか」と思いつき、それから俄かに構想がまとまりはじめたのである。
>
> （「『サド侯爵夫人』について」33-587）

ここに語られているとおり、『サド侯爵夫人』は澁澤龍彥のサドの伝記を読んだことがきっかけになって書かれたもので、表題の脇にも「澁澤龍彥『サド侯爵の生涯』に據る」と注記されている。三島が述べているように、サド自身を出さないという奇策が作品の成功に大きく与っていることはまちがいない。このアイディアは不在のサドをさまざまな女性に語らせるという形式を生んでいるが、この設定は三島にとってこの作品の執筆をきわめて切実なものにした。どんな男にとっても女性との関わりは切実なものだが、女性ばかりのなかで幼少期を送った人間である三島にとって、この関係は自分という人間の秘密を解く鍵のようなものだった。三島は跋のなかでこの戯曲を「女性によるサド論」と呼んでいる。この表現が意味するのは、舞台に登場しないサドという「男」についての女性の視点からの探究がこの戯曲の中心に位置すると三島が考えていたということである。もちろん、作者による自作解説を鵜呑みにすることは愚かだが、『サド侯爵夫人』が実際に「女性によるサド論」であることは一読して明らかである。

作品は冒頭からサドの「性倒錯」をめぐる女性たちの会話によって進行していくが、それは三島の生涯のきわめて重要な問題だった異端的なセクシュアリティについての、いわば間接的な考察になっている。貴婦人たちのやりとりは、開幕から間もないところで、すでにサド侯爵の「性倒錯」という核心的な問題に到達する。「アルフォンスは病気なんです」(24-250) と決めつける常識家のモントルイユ夫人に対して、乗馬服に鞭という出で立ちがすでにサドの同類であることを物語るサン・フォン伯爵夫人はこう応じる。

でも快い病気をむりにも治せと、どうして患者を説得することができまして？　侯爵の御病気の特徴は、快さなのですわ。傍目にはどれほど忌はしく見えても、その中に薔薇が隠れてゐる御病気なのですわ。

（24-250）

中村光夫との対談で三島は、「自分のことを言いたいときは戯曲です。こんなに自分のことを言えるジャンルはないですね」（「対談・人間と文学」40-87）と言っているが、『サド侯爵夫人』はこの言葉がもっともよく当てはまる戯曲の一つであるだろう。同じ対談で三島はまた、「サドが何だろうかという問題は、ぼくにとっては、おれは何だろうかという問題とほとんど同じです。そういう意味であの芝居は告白だといえるかもしれない」（40-96）と語っている。自分が何者かという問題は、他者から見た自分は何なのかという問題に直結している。他者との関係においてのみ、自分は何者かとして規定されるからである。三島はその人生において関わった他者たちの目のなかに感得された自分を、六人の女性たちの言葉に託して語っている。自作への「跋」のなかで、三島はサドを語る六人の女性についてこう語っている。

いはばこれは『女性によるサド論』であるから、サド夫人を中心に、各役が女だけで固められなければならぬ。サド夫人は貞淑を、夫人の母親モントルイユ夫人は法・社会・道徳を、シミアーヌ夫人は神を、サン・フォン夫人は肉欲を、サド夫人の妹アンヌは女の無邪気さと無節

操を、召使シャルロットは民衆を代表して、これらが惑星の運行のやうに、交錯しつつ廻転してゆかねばならぬ。(33-585)

戯曲は三幕から成っているが、舞台はすべてパリのモントルイユ家のサロンである。第一幕は一七七二年の秋、幕開きに居るのはモントルイユ夫人の登場を待つサン・フォン伯爵夫人とシミアーヌ男爵夫人である。ちなみに六人の登場人物のうち、この二人の貴婦人と家政婦のシャルロットは架空の人物で、それ以外の三人、すなわちモントルイユ夫人、ルネ、妹のアンヌは実在した人物である。二人の貴婦人の話題は冒頭から、マルセイユで娼婦たちを集めてサドが主宰した性の饗宴である。サド＝マゾヒスティックな行為や鶏姦が繰り広げられ、媚薬が用いられたこの饗宴は、その薬によって体調を崩した娼婦の訴えによって裁判沙汰になり、サドは囚われの身となった。醜聞には尾鰭がつき、猟奇的に語られたために、サドは極悪非道の変質者として世間の耳目をそばだてさせ、非難の的になっている。

サン・フォン伯爵夫人とシミアーヌ男爵夫人がモントルイユ家に招かれたのは、サドの事件をこれらの有力な貴婦人の縁故によってもみ消してもらうためである。二人の貴婦人は作者自身によってシミアーヌ夫人は「神」、サン・フォン夫人は「肉欲」をあらわすとされているように対照的な性格の持主であるが、シミアーヌ夫人は美少年だったサドの幼なじみとして、また、サン・フォン夫人は自身、悪徳の実践者であることからくる親近感ゆえに、それぞれ、サドに好意を抱いている。シミアーヌ夫人とサン・フォン夫人は、まったくそりが合わないが、それでも非行の裏面にあるサドのイノセンスへの信頼は共通している。サン・フォン夫人が放蕩のあとのサドの眠りを「子供のやうにけがれのない深い眠り」、「無邪気な、一点の濁りもない、夢のかけらもないその眠り」（24-144）と形容すれば、シミアーヌ夫人は「あの人は子供のころから、実にやさしくて面白い子でした。薔薇園ではしやいでをりまして、私が指に棘を刺して泣き出したら、親切に棘を抜いてくれた上に、傷口を吸つてくれさへしました」（24-247）と回想する。

信心深いシミアーヌ夫人も、淫蕩なサン・フォン夫人も、世俗的な視点からみればやくざな変質者でしかないサドのなかに無垢性を見ている。一方、二人に続いて登場するモントルイユ夫人は、世間体を慮って婿であるサドを縄目の恥辱から救おうとしているものの、この放蕩者の婿を「病気」と断じ、治療の対象と見る。夫人は、サドを「毒々しい果汁でいつぱいな熟れた果物」に喩え、どうして「まだ青い木の実」のときに「摘み取つてしまはなかつたものか」と嘆くのである。

もともとモントルイユ夫人こそは娘とサドの縁談を大いに推進した当人である。成り上がりの貴族に過ぎない家柄のモントルイユ夫人は、ブルボン家につながるサド家の門地の高さに目がくらみ、とかくスキャンダラスな評判がつきまとう若者サドに大事な娘を嫁がせた。そして、サドのひそかな性癖から来るいくつかのスキャンダルには目をつむり、裁判に訴えられたサドに対しては、家名を守るために、法曹界への縁故を利用して救ってきたのである。

しかし、サドの度重なる乱行は、次第に、年端のいかない若者にありがちな脱線行為として片づけられない、宿痾のようなものであることを明らかにしつつあった。[*4] 作者自身によって「法・社会・道徳」の代弁者とされるモントルイユ夫人は、揺らぐことのない世俗道徳の立場からサドを断罪するようになる。ちなみに、シミアーヌ夫人やサン・フォン夫人がサドを究理的な好奇心にあふれた無垢な精神と理解し、その放蕩を天衣無縫な精神のあらわれとする見方は、澁澤の伝記のサド理解を踏襲するものであり、モントルイユ夫人を利害と常識がすべてであるような偏狭な俗人とする描き方も澁澤の伝記が伝えるところと同断である。澁澤を高く評価する三島は、伝記的なデータにおいても、人物の理解においても、ほぼ全面的に澁澤の記述に依拠している。

法曹界に隠然たる勢力をもつモントルイユ家の厳格さを体現する夫人は、この戯曲に登場する六人の女性たちのうちでただ一人、終始一貫してサドの乱行に厳しい姿勢を示している。他の女性たちは、論評に加わることのない家政婦のシャルロットを除いて、いずれも不良少年のようなサドのうちに比類なく輝かしいものを感じており、程度の差はあれ、サドに魅せられている。成長したサドの瀆神的な乱行を語るサン・フォン夫人の露骨な言葉には大げさに耳を塞ぐ、信心深いシミアーヌ夫人さえもが、幼いころのサドの「あの愛らしい金髪の子供の、清らかな姿」（24-318）をうっとりと回想するのである。都合の悪いことにはすべて目をつむり、サドの無垢とやさしさばかりを語る少女趣味の信心家シミアーヌ夫人は、残忍な「性倒錯」と背中合わせのサドの小児的な無垢性を浮かび上がらせる役回りを演じ、サン・フォン夫人やモントルイユ夫人が語るサドのどぎつい存在感をやわらげている。

三島が描くサドの妻ルネ・ペラジーはサドに魅せられた貞淑な妻であるが、澁澤龍彥の伝記でも、ルネはサドをはじめて見たときからたちまち、この才気にみちた美青年に眩惑され、献身的な妻になっている。サドはかなり女性には好かれたようで、美しい義妹アンヌも愛人にしてしまうし、晩年、ルネと別れ、みすぼらしい孤独な老人に成り果てたときでも献身的な若い愛人を見出している。世才に欠けるところがあり、必ずしも連戦連勝の愛のハンターではなかったようだが、サドが一定数の女性の深い愛情を獲得するだけの魅力の持主だったことはまちがいない。後に敵対することになるモントルイユ夫人も、はじめはサドのうちに才気あふれる、愉快な、魅力的な花婿を見出していた。サドを論評することのない小間使いシャルロットを除く五人の女性のうち四人までがサドに眩惑され、残る一人であるモントルイユ夫人もまた新婚当時の婿には魅了されていたという設定は、女性たちに愛されることの多かったサドの現実を反映したものであるが、一面では、サドに同一化した三島の思い入れを反映したものでもあるだろう。

サドの母親は信仰に凝り固まった冷たい女性だったようで、サドはほとんど母親の愛情を受けることがなかったようだが、母方の祖母によって深く愛された。名門貴族の一人息子である美少年はこの祖母をはじめとして、大勢の叔母たち、さらに多くの女官たちに取り囲まれ、甘やかされ、広壮な邸宅のなかでわがまま放題に振舞っていた。サドは後年、自伝的要素が濃い作品『アリーヌとヴァルクール』のなかで、幼年期の贅沢な環境と祖母の溺愛が自身の傲慢で自己中心的な性格を形成したと書いている。[*5] 三島はこうしたサドの幼年期の環境のなかにも自分のそれと類似するものを見出し、サドに親近性を感じただろう。

2 「性倒錯」と家庭

さて、三人の貴婦人がサドを俎上に載せているところに、モントルイユ夫人の娘であるルネが登場する。夫を救うためにプロヴァンスの居城からパリに駆けつけたルネの、ひたすらサドの身を気遣う言葉を聞いたモントルイユ夫人はその貞女ぶりを讃え、「お前こそ私の教育と理想のみごとな花」と呼ぶが、他方でサドのような男に貞淑を捧げる価値はないのだと諭す。しかし、ルネは母がかつて語った言葉を逆手にとって反論する。

ルネ　相手によつて貞淑の値打は変らないといふのが、お母様のお訓へではなかつたかしら。
モントルイユ　それはさうだが、物には程といふものがある。
ルネ　良人の罪がその程を超えたのなら、私の貞淑も良人に従つて、その程を超えなければなりません。（24-259）

ルネの貞淑が母親の教育的意図を超えるほどに夫に向かうことになったのは、生来のその資質がサドという魅力的な触媒によって大きく開花したからである。ルネのサドへの愛情を理解せず、その結婚を「この世で考へられる限りの怖ろしい結婚」と呼ぶモントルイユ夫人に、ルネはこう語る。

私は名もつけやうのないものに直面しました。世間ではアルフォンスが罪を働らいたと申します。でももう私の中では、アルフォンスと罪は一心同体、あの人の微笑と怒り、あの人のやさしさと残虐、あの人が私の絹の寝間着を肩から辷らしてくれるときの指さきと、マルセイユの娼婦の背中を打つ鞭を握つてゐる指さきとは、一心同体なのでございますわ。娼婦に鞭打たれたあの人の真赤なお尻は、そのままあのけだかい唇と清らかな金髪へ、どこからどこといふ継目もなしに、つながつてゐるのですわ。（24-263）

『サド侯爵夫人』の女たちの中心に位置するのは、サドの夫人たるルネである。三島が描くルネは、受容的でありながら激しい情熱をたたえた女性である。その特性を貞淑と呼ぶにせよ、母性と呼ぶにせよ、彼女に与えられた宿命である夫サドとの深い一体化を目指す女性である。しかし、ルネによって語られている限りでは、第一幕でのルネはまだ夫との営みにおいて、その「倒錯」的な側面に触れていない。サン・フォン夫人は、自分もサディズムの性癖をもつだけに、サドをよく理解していて、「サド侯爵はあのとほり、残虐がつまりやさしさで、鞭とボンボンを通してでなくては、心の本当の甘い優しさを表てに出せない方だと私思ひますの」と語り、それに続けて、ルネにサドとの房事の様子をあけすけに尋ねるが、ルネはそれに応えて、「あれは私の良人でございます。夫が妻を愛するやうに愛してくれます。私どもの臥所をお目にかけても、他聞を憚るやうなことは何一つございません」（24-257）と言葉を返す。

このルネの科白はサン・フォン夫人という常識外の人物の礼を失した質問に対して、社交上の機転を含んで発せられたものなので、必ずしも文字通りに受けとることはできないが、このあとのルネの言動と矛盾するものでもない。ルネの言葉どおり、サドの特異な性的嗜好は基本的に家庭外で発揮されるものであって、妻は大体においてその対象でなかったと理解していい。

そもそも家庭とは最小の社会というべきものであって、かなりの程度、社会と地続きのところにある。家庭は社会とのつながりを生命線とするものであって、社会というものが「正常」を基本におかないと成立しないものであるのと同様に、家庭もまたその社会的な機能を果たすためには「正常」でなければならない。家庭は社会によって「正常」であることを強いられるし、「正常」を受け入れることによってのみ、社会のなかに安定した位置を持ちうる。当然、家庭は「性倒錯」とはなじみにくい場所である。

家庭における「性倒錯」の実践は、家庭を変質させ、崩壊させかねない。あくことなく性を探究する遊蕩児のサドであっても、さすがにルネ夫人との寝所ではそうやすやすと「性倒錯」を実践することはなかったと思われる。ところが、サン・フォン夫人の言い方では、サドのやさしさ、つまり情愛は、加虐や被虐を伴なうときにだけ成立する。ルネの機知に富んだ答えにサン・フォン夫人は、それ以上、寝所の問題を追究しなかったが、この夫人の考えが正しいとすると、ルネは性愛という夫婦間の重要な側面において十全に愛されているということにならない。

サディズムやマゾヒズムに限らず、「性倒錯」は「正常」な方法では「愛」の交歓が不可能であるか、困難である場合に生じるものであるだろう。「性倒錯」は「愛」を実現するための方法であるという点においては、「正常」な性行為と変わらない。むしろ、社会から逸脱する危険を冒して愛を実現しようとする「性倒錯」は、社会と折り合う「正常」な性行為と同等か、それ以上に真摯に愛をもとめるものである可能性を秘めている。

三島がそのように考えていたということは、近親性愛にとりつかれた女性患者の精神分析的治療を描いた小説『音楽』から読みとることができる。医師汐見の手記のかたちをとったこの小説のなかで、女性患者の主治医である汐見は精神分析医でありながら、精神分析への疑問を呈するところがある。たとえば、汐見は、スイスの精神科医ビンスワンガーによって始められ、ハイデッガー哲学の影響下に、「在来の、生身の人間を機械的に精神分析用語の諸概念で篩ひわけるフロイト的方法を脱却して、より具体的な実存的な病者の人間像をとらへようとする」(11-67) 現存在分析の考え方に次第に傾倒するようになったと書く。そして、その学派の重鎮であるメダルト・ボスの考え方を概括して次のように記す。

(ボスの著作には——論者註) 各種の性的倒錯の解明が、単なる幼時の精神的外傷の発見で足れりとされてゐるのではなく、倒錯それ自体が失敗であり蹉跌であり、道に迷つた行為であるにしても、根本的には、正常人の正常な性行為と同じく、特殊なエロス的な融合体験を通じて、愛の「世界内存在可能性」を開拓し、何とかして「愛の全体性」に到達しようとする試みだ、と説かれてゐるのである。(11-67)

ボスは、フロイトの精神分析が「性倒錯」の原因を幼児期の性的な外傷に帰着させることで理解したことにしてしまうのに対して、その成り立ちに真摯な「愛」への欲求を見ている。そして汐見はいわば三島の代弁者として、この精神分析に対するアンチテーゼを支持し、「あたたかい公正な人間観察」に基づくボスの「性倒錯」に関する考え方に賛意を表している。サドにおいては「残虐がつまりやさしさ」であるというサン・フォン夫人の科白は、そういう認識から出ているし、それは三島の考えそのものであったといっていい。

さて、サン・フォン夫人が退出したあと、サドに対する娘の思い入れの深さをあらためて知らされたモントルイユ夫人は、サン・フォン夫人には否定してみせたものの、本当のところ、ルネはサドと異端の性に耽っているのではないかという疑惑にかられて問い詰める。ルネは毅然としてその疑惑を退けつつ、こう語る。

アルフォンスはね、たつた一つしか主題を持たない音楽なんです。私はその音楽に貞節を誓つたのです。その同じ主題がやさしくもきこえ、あるときは血と鞭の高鳴りともきこえます。アルフォンスは私には決してその鞭のはうの音はひびかせません。そんな心やりが私に対する敬意なのか侮辱なのかわかりはしません。（24-263）

ルネは自分が性的な面で軽んじられている可能性があることを認めた上で、「女の貞淑といふものは、時たま良人のかけてくれるやさしい言葉や行ひへの報ひではなくて、良人の本質に直に結びついたものであるべきだといふことですわ」と語る。ルネが言うサドの「本質」とは別の言葉で表現すれば、「たつた一つしか主題をもたない音楽」であり、「どうにも名のつけやうのないもの」(24-262)であり、「あの人の陽気な額、輝く眼差の下に隠されてゐた、その影」(24-264)のようなものであるだろう。それはサドの「血をみたいといふ望み」(同)と密接に関わるもの、異端の性に行きつくしかないサドの精神の飢渇であるだろう。澁澤の伝記は、一七八三年、ヴァンセンヌの牢獄にいたサドが書いた手紙の次のような一節を引用している。

わたしの考え方は、わたしの熟慮の結果なのだ。それはわたしの生存、わたしの体質と切っても切れない関係にある。〔……〕諸君が非難するこの考え方こそ、わたしの人生の唯一の慰めなのだ。それこそわたしの獄中の苦悩のすべてを和らげ、わたしの地上の快楽のすべてを構成するものであって、人生よりもっとわたしが執着しているものだ。〔……〕わたしは、自分の道徳や趣味を犠牲にすれば自由になれるのだとしても、そんな自由はお断わりだと申しあげたいね。生命や自由を犠牲にした方が、まだましだ。わたしの道徳や趣味は、わたしの内部で狂信的と言えるほど、発達してしまったのだ。(全集 5-196)

生命や自由よりも大切であると言表するほどにサドは、みずからの「性倒錯」に執着していた。しかし、サドが生きていた社会は「性倒錯」を危険な、異常なものとして罰し、「矯正」を強いてくる場所だった。「性倒錯」を放棄して「更生」すれば、社会のなかで自由に生きることができるとしても、そのような自由を選ぶよりは、「性倒錯」とともに破滅したほうがましだとサドは語っている。サドはそれなくしては、自分の人生はありえないと語るほどに「性倒錯」が自分の「本質」を構成していると信じていたのである。

サドの「怪物性」とは、どこまでも社会に背反するものこそが自分の存在の要であるという確信、そしてそれゆえにそれを放棄するつもりはまったくないという姿勢にある。『仮面の告白』で「性倒錯」を「告白」し、その後も数々の作品でさまざまな種類の「性倒錯」を描きつづけた三島が、澁澤の伝記を読むなかで、こうしたサドの言表に注目しなかったはずはない。血みどろの死を至福のものとして描く『憂国』について、自身の「よいところ悪いところすべてを凝縮したエキスのような小説」（「『花ざかりの森・憂国』解説」35-176）と語った三島は、サドとまったく同じ場所に立っていたといっていい。

サドの存在の核心が「性倒錯」であるとすれば、ルネのいう貞淑、すなわち、「良人の本質に直に結びついたものであるべき」その貞淑は、夫の「性倒錯」を妻として分かち合う覚悟を要求することになる。サドを「怪物」と言い放つ母に対し、ルネは「良人が悪徳の怪物だつたら、こちらも貞淑の怪物にならなければ」（24-263）と語る。いまだサドの「性倒錯」を共有していないとしても、このように語るルネの胸中にそれを共有しようという覚悟、ないしは願望がすでに存在していることは明らかである。この覚悟は、しかし、家庭を守るという制度的な貞淑の趣旨を逸脱する事態を招く覚悟である。ルネがみずからに要求する貞淑は、すでに世俗的な意味での貞淑を突き破っている。夫に従って「貞淑の怪物」になろうというルネの覚悟や願望は、家庭と社会がその維持のために引いている境界線を突破しようとしている。

三島文学における貞淑や献身の極点は、愛する夫の切腹のあとを追う『憂国』の麗子の自決であるが、もともと控え目でありながら夫の「性倒錯」を共有しようというルネは、その「貞淑」においても麗子の後継者である。麗子は大義をまっとうしようとする夫に従って、そしてルネは「どうにも名のつけやうのないもの」を抱える夫に魅せられて、貞淑をつくす。全面的に信頼し合う夫婦の至福の心中を描いた『憂国』について、三島は、「ここに描かれた愛と死の光景、エロスと大義との完全な融合と相乗作用は、私がこの人生に期待する唯一の至福であると云つてよい。しかし、悲しいことに、このやうな至福は、つひに書物の紙の上にしか実現されえないのかもしれず、それならそれで、私は小説家として、『憂国』一編を書きえたことを以て、満足すべきかもしれない」(35-176) と書いている。

ためらうことなく夫とともに自決する麗子が、女性に対して三島が抱く理想の化身であることは言うまでもない。麗子と夫の死の前の交合は、かたちとしては、まったく「正常」であるが、内実は死の予感のなかで高揚した「倒錯」的な結合である。来るべき激烈な苦痛に満ちた死のイメージによっていやが上にもその快楽はたかめられ、性の本質である一体化への希求は極限まで満足させられる。そして、その至福のあと、夫はすべてが肯定されているという満足のうちに切腹を果たし、殉死を前にした妻は夫の味わった苦痛を追体験する喜びのうちに死んでいくのである。

今自分が死なうとしてゐるといふこの感覚には、言ひしれぬ甘美なものがあつた。これこそは至福といふものではあるまいかと思はれる。妻の美しい目に自分の死の刻々を看取られるの

は、香りの高い微風に吹かれながら死に就くやうなものである。そこでは何かが宥されてゐる。（20-32）

麗子は遅疑しなかつた。さつきあれほど死んでゆく良人と自分を隔てた苦痛が、今度は自分のものになると思ふと、良人のすでに領有してゐる世界に加はることの喜びがあるだけである。〔……〕麗子は良人の信じた大義の本当の苦味と甘味を、今こそ自分も味はへるといふ気がする。今まで良人を通じて辛うじて味はつてきたものを、今度はまぎれもない自分の舌で味はふのである。

麗子は咽喉元へ刃先をあてた。（20-39）

武山中尉と妻麗子はすみずみまで道徳的な夫婦であり、麗子は中尉の信じる大義に殉じて死んでいく。設定上は過剰なまでに正常な二人であるが、この奇怪な短篇を貫いているのは、死に魅入られた精神の、苦痛を喜ぶ「倒錯」的な欲求である。しかも中尉は、激烈な苦痛のなかで死んでいく様子を愛する妻に凝視されることに至福を覚えるのである。『憂国』ほどに、見られることへの三島の熾烈な欲求を鮮烈に描いた作品はない。三島は、生涯をとおして、能う限り多くの人びとの、能う限り熱烈な視線を浴びることを熱望していた。それは、女性ばかりに囲まれ、その注視を浴びて過ごした幼年期の至福を取り戻そうとする欲望だったのかもしれない。『サド侯爵夫人』のサドもまた、切腹の苦しみを妻に見られる武山中尉ほどではないかもしれないが、彼を熱烈に愛する妻の凝視のなかにあり、それどころか、シャルロットを除く作中のすべての女性たちに凝視されている。戯曲のなかのサドは牢獄のなかにあってついに姿をあらわさず、妻をはじめとする女性たちの視線に現実の肉体をさらすことはない。しかし、それでも女性たちの視線は常に不在のサドに照準を据え、熱烈な関心をもって凝視している。サドはその熱い視線のなかで、その視線への甘えと反感のなかで文学者になるのである。

3 行為者サド

『サド侯爵夫人』は一人の芸術家を生みだす家族のドラマである。夫婦の問題と並んで戯曲の中心にあるのは、夫であるサドへの貞淑を生きるルネと、放蕩無頼の婿であるサドを敵視して生涯、牢獄に閉じこめておこうとするモントルイユ夫人の対立である。すでに紹介したように、サドの伝記を読んだ三島はサド夫人のうちに「ドラマになるべき芽」を認めた、つまりサド夫人の内面のドラマに注目したように語っている。この内面のドラマを、『サド侯爵夫人』は、独白のようなかたちではなく、母との激烈な対話のなかで浮かび上がらせている。母娘の対立はそれ自体が注目すべき問題を形成している。この母娘は対立すると同時に互いに補完し合って芸術家の誕生をもたらしている。すなわち母モントルイユ夫人は牢獄にサドを閉じこめることによって、そして娘のルネはそのサドを愛しつづけることによって、サド文学の母胎になっている。

芸術に限ったことではないが、何ごとかが達成されるためには、その達成へ向けて人間を追いこみ、駆り立てる厳しい現実だけではなく、その厳しさに耐えることを可能にする支えが必要である。『金閣寺』の溝口において金閣は呪縛と包容という母性の両面を含むものとして機能していたが、モントルイユ夫人とルネもそれぞれが別の機能を担いつつ、互いに補完し合う母性としてサドに相対し、サドを芸術家に仕立て上げていく。

澁澤龍彥の伝記が詳細に描いているように、サドは一方では、モントルイユ夫人によって牢獄に幽閉され、現実に欲望を達成する可能性を奪われることでやむを得ず作品の創造に向かい、他方では、妻ルネの献身に支えられ、物理的な面でも心理的な面でも創造を助けられた。『サド侯爵夫人』第二幕でも語られているが、生来内気な性質であるにもかかわらず、ルネは果敢にもサドの脱獄を計画し、首尾よく実現しさえしている。ここで、作家三島の成立が幼い三島を室内に閉じ込め、行動の自由を奪い、読書や空想に耽らせた祖母と、その息子を不憫に思い、自由を与えてやりたいと熱望しつつ、見守りつづけた母親の存在と大きく関わっていることを想起してもいいだろう。三島の母倭文重はその育児日誌のなかで、幼い三島を奪い取り、気のすむまで手もとに置いた姑なつへの怨念を記している。

天使のように美しい心を持った子を私の手から奪いとった上、檻の中の動物のようにうす暗い病室の枕元にとじこめ、母親の私を嫉妬して、私に向けるべき鉾先を幼い可憐な者に情け容赦もなく突きさす。その上、手向うことも逃げ出すことも出来ずにそれを見つめては苦しむ私を、小気味よい気持で眺めやる。それが夫の母なのだ。

（平岡倭文重「暴流のごとく」）*6

サドをめぐって対立していたとはいえ、モントルイユ夫人とルネは実の母娘であって、そこには三島の母が記しているような嫁姑ならではの陰湿な確執はなかっただろう。また、モントルイユ夫人は世俗的な配慮からサドを幽閉したので、その点は三島の祖母が孫可愛さから三島を身辺に置いたのとは違う。しかし、サドの場合も三島の場合も家庭内の二人の女性が対立すると同時に補完し合いながらその文学の生みの母になっていたという点は変わりがない。

サドや三島が置かれていた拘禁状態と、そこからの脱出願望によって生じる虚構への飛翔は、芸術一般の成り立ちを象徴するものである。芸術は、意のままにならない現実に対する怒りの表現であり、自由と美をもとめてやまない精神の抗議から生れる。サドや三島の文学は特に行動の自由を奪われた人間の、行動の代替物として書かれている要素がつよい。といっても、人間心理の複雑さは、サドや三島にあっても、自由をもとめる一方で拘束をもとめるという矛盾を抱えている。サドについては、その牢獄文学としての「逆説的性格」をよく表現した文章として、澁澤龍彦がジャン・フェリーというフランスの作家の次のような散文詩風の文章を紹介している。

獄中のサド侯爵は、仕事の邪魔をされたくなかったので、独房の扉がぴったり閉まっているかどうかを確かめに行った。扉は外部から二重の閂で閉ざされていた。侯爵はさらに内部から、典獄の好意で取りつけてもらった掛金を下ろすと、さて安心して机の前にもどってきて坐り、ふたたび筆をとり出した。

（「城と牢獄」全集 17-17）

現実のサドがその牢獄に内部から施錠する仕掛けを作ってもらったかどうかはさておき、この文章は、自由への希求から生れるものである一方で、夢想するための自閉的な空間を切実に必要とする芸術一般の両価的な性格をよくあらわしている。監禁のような極端な状況までいかなくとも、拘束され束縛されることへの欲求は誰でも身に覚えのあることだろう。芸術家に限らず、人は自由を切望しながら、自由がもたらす孤独や寄る辺なさに耐えきれず、みずからを縛り、閉じこめるものへと向かう。三島もまた、日常からの脱出や英雄的な行為へのつよい希求を抱く一方で、母性愛という名の牢獄に戻ろうとする欲求にとらわれつづけた作家だった。青年期の世界一周旅行を除いて、三島は誕生からその劇的な最期に至るまで、ほとんど家を出ることがなかった。端的にいって、三島の生涯は母親の胎内という牢獄からの脱出願望と、その胎内に回帰しようとする衝動のあいだで揺れ動くものだった。

ところで、その成立において三島文学とサドの文学が大きく異なるのは、三島のそれが幼年期の幽閉に胚胎し、そのまま生涯を貫いて営まれたものであるのに対して、サドの文学は成人後に収監され自由を奪われてから本格的に始まっているという点である。サドの文学は元来は果敢な性的行動を本領とする人間が、自由を奪われた獄中で行動の代替物として書いたものである。サドはたとえばニーチェのように、もともと行動に不向きな認識者、行動に憧れながら認識のために生れついたような著作家ではない。青年時代のサドは十年近い歳月を軍人として過ごしたが、自身の言葉では、「生まれつきの気性の烈しさと、燃えるような情熱とをもって」(『サド侯爵の生涯』全集 5-28)勇敢に戦場を駆けめぐったという。この言葉はたぶんに自己美化を含んでいるだろうが、まったくの嘘でもないだろう。

当時の友人の証言におけるサドは、快活な好漢で、駐屯するたびに奔放な性行動を繰り広げていた。牢獄にあってもサドは、常に自分の境遇を不当なものとして訴え、徹底的にその管理者と戦った。生涯をとおして男性的な行動に憧れた三島が、サドに魅せられ、この作家を戯曲でとりあげたことには、その冒険家気質にみちた男性的で行動的な側面への憧れもあっただろう。

澁澤龍彦の伝記を読んだ三島は、澁澤に宛てた私信で「サドが実生活では実に罪のないことしかやっていないのを知り、愕きました」(「『サド侯爵夫人』の思い出」全集 15-208)と慨嘆している。三島の感懐は、澁澤の伝記が「実際にサドが犯した犯罪は、それほど大したものではなかった」(『サド侯爵の生涯』全集 5-66)にもかかわらず、貴族に対する風当たりがつよまっていた時代の雰囲気や、司法勢力の内紛が絡んで大きく取沙汰されるようになったことから大きなスキャンダルになったにすぎないと述べていることなどから来ているのだろう。しかし、澁澤の伝記はサドの犯罪を過小評価するもので、三島はそれほどまでに落胆する必要はなかった。すなわち、現実のサドは澁澤の伝記が描いていたものよりは過激な行為者であり、伝記を読む以前に三島が思い描いていたような、文学者にはまれな悪の行為者だったようである。現代から見れば「大したものではない」と見なされるようなサドの乱行のなかには、当時のキリスト教道徳、そしてそれに縛られた法律や司法の目から見れば極刑に値するものがあったのである。

たとえばサドが特別な執着を示し、乱行のたびに行なっていた鶏姦は、その相手が男であろうと女であろうと死に値する重罪だった。実際、イタリアに逃れていたためにことなきを得たが、サドは公になったある事件において鶏姦を実行したために死刑の判決を受けているのである。マルセイユ事件と呼ばれるこの事件については、澁澤も伝記のなかで触れてはいたが、当の時代におけるその行為の重大な犯罪性を十分には語っていなかった。それゆえ、澁澤は後年、サドについての認識を改めるような新事実が明らかになったとして、その瀆神性においてマルセイユ事件以上に重篤な犯罪性を帯びたある事件をとりあげ、伝記の記述を修正する内容の論文を書いている。

この事件、すなわち結婚して間もない二十三歳のサドが起こしたジャンヌ・テスタル事件については、『サド侯爵の生涯』執筆の時点では澁澤も詳細がわからず、この伝記は、ただ「度はずれな乱行」がそこで行なわれ、生れてはじめて投獄の憂き目に遇うことでサドの心に深い傷を与えた事件だったとしか記していない。その詳細が明らかになるのは、事件から二百年後に偶然、裁判記録を一人の愛書家が発見したからである。澁澤がこのことを新事実として知ったのは、伝記を出版してだいぶ経ってからのことで、澁澤はこの事件を扱った論文「サド侯爵とジャンヌ・テスタル事件」（『城と牢獄』全集17-37以下）のなかで、かつてサドの犯罪の軽微さを語っていたのとはまったく対照的に同時代におけるその重大な犯罪性を強調している。

裁判記録が伝える事件の内容は、娼婦ジャンヌ・テスタルを拷問道具やキリスト像が多数置かれた部屋に連れこんだ上で、サドは瀆神的な暴言を連発し、キリスト像を踏みつけ、その上で自瀆に耽り、ジャンヌにも同じような行為を強要したというものだった。これは、十八世紀のキリスト教社会では火あぶりの刑に処せられるべき行為であったが、サドは貴族の特権によって救われたのである。

サドがまったく思慮を欠く、向こう見ずな青年だったことは、この事件がよく示している。サドの行為は娼婦の肉体を傷つけるようなものではなかったので、人間中心主義がきわまった現代の観点から見れば、重篤な犯罪性を帯びているようには見えない。現代人である三島がサドの乱行を大したものではないと考え、大いなる文学者であり大いなる行為者でもあるという、いわば文武両道の理想をサドのうちに見ようとしていた思いを裏切られたと落胆したのは当然である。しかし、新事実が示す、投獄前のサドは、当時の法律を考えれば、大いなる犯罪的行為者といって差支えのない人間であり、三島の理想に近い青年だった。

文学者である以上は、当然、サドにも認識者の側面は十分にあるはずだが、作中人物である女性たちがサドのその側面を語ることはほとんどない。語られているのは、あくまでも性的冒険にふける行動家、そして現実を一瞬のうちに詩に変えてしまうロマンティカーの側面である。ルネはサドの謎を理解しようとして過去の夫の詩的で気まぐれな言動に触れ、それがサドの異端の性と深くつながっていることに思い当り、次のように語る。


たとへばアルフォンスが新婚の旅の道すがら、ノルマンジーの百合の野の只中に馬車を止めて、花々を酔はせてやるのだと云つて、赤葡萄酒の一樽を白百合の花の上にぶちまけさせ、花弁から滴る赤いお酒をうつとりと眺めてゐましたこと、……また、はじめてラ・コストの城内を二人で散歩しました折、番小屋のなかに、藁縄で縛られたたくさんの薪を見つけて、あんな醜い薪ではなくて、白樺の薪の束を金の縄で結へたらさぞ美しからう、とアルフォンスが言ひましたこと、……又、ラ・コストでの狩のかへるさ、獲物の白兎の血に染つた胸から、小さな心臓を素手でとり出して、恋心の形には兎も変りがないと、笑ひ興じてをりましたこと、……その折々はみなあの人の気紛れや物好きだと思つてゐたことが、今では一つながりの、それぞれ意味のあるものになりました。（24-261）

『サド侯爵夫人』において、女性たちが語るのはほとんどサドの気まぐれな行動家という側面である。ニーチェがあまりに内向的に育ったために行動で自己を表現する資質をもたず、ひたすら文筆の上で自己を表現したのに対して、入獄前のサドは異端の欲望を大胆に実行する行動家だった。投獄されることがなければ、サドは文学者にならず、社会の片隅で異端の欲望を追求する蕩児で終ったかもしれない。マンのトニオ・クレーガーが芸術家をもっぱら認識者と等値して語っていたのとは異なり[*7]、三島は芸術という営為を「認識の冷たさ」と「行為の熱さ」の中間にあるものとして見ていたが（『小説家の休暇』七月十一日付、28-588）、獄につながれ、行為の手立てを失ったことで文学者となったサドの文学は、熱い行為の代替物という性格を濃厚にもっている。もともと行動の資質を十分に備えた芸術家気質の人間が、物理的な拘束によって行動の可能性を封じられたときに生じた激情こそがサドの文学の最大の動因である。

もちろん、一面において現実のサドは「狂気」に踵を接するほどに認識者だった。このことは、澁澤龍彥の伝記でも決してなおざりにされているわけではない。たとえば、人知れず行なわれる性の饗宴の際に自分を娼婦に鞭うたせながら、その回数を暖炉の煙突にナイフで冷静に刻み付けるというような例を挙げながら、澁澤は、「サドは自己をも他者をも、何ら神秘の光に眩惑されない眼で観察しつづける。物によって眩惑されまいとすることが、サドの生涯の念願であり意志であった」（全集 5-91）とサドの認識者ぶりを強調している。

その作品においても、サドの代弁者である悪人たちが延々と開陳する反人間主義的な思想は、それ自体が冷徹をきわめる認識衝動の産物である。すぐれた芸術家は必ず、情熱にとらわれた幻視者であるとともに冷徹な認識者であるだろうが、サドもまたそうだった。しかし、三島の戯曲は、実際はサドに十分に備わっていたこの認識者の側面についてはほとんど語ることがない。登場人物の女性たちのなかで最もサドに近い資質をもつサン・フォン夫人が、わずかに触れている程度である。

三島が生みだしたサン・フォン夫人はサドの代弁者というべき存在であるが、自分も加わった饗宴のなかで見た、鞭打ちの回数を暖炉にナイフで刻み付けるサドの行為を、「確実さに対する並外れた欲求」（24-242）から生じるものであると断じている。サン・フォン夫人のこの見解は、明らかに澁澤の記述に対応して書かれたものではあるが、しかし、澁澤のそれほど認識者ぶりを強調するものではない。この点に関する三島と澁澤の違いは、三島のサドが行為者の側面を強調するものであることを端的に示している。サドの実像に反してサドから認識者の側面をほとんど取り去ったのは、女性たちの愛の対象として認識者という存在の地味なありようがあまりそぐわないこと、そして三島がほとんど常に認識者を貶め、行動家に憧憬を向けてきたことの反映だろう。

サドはもともと行動しつつ認識する者であり、行動と認識が地続きにあるような人間だった。少なくとも、入獄する以前のサドはもともと「見る人」であった三島が憧憬し、焦がれた行為者のありようをほとんど体現する人間だった。三島が行為者として考えるのは、たとえば『剣』の国分次郎や『奔馬』の飯沼勲がそうであるように、熟慮や分別や逡巡から遠い、無垢な熱情に満ちた直情型の人間である。三島が描く入獄以前、文学者になる以前のサドは、その無垢、その直情において、これらの行動的な青年に近いメンタリティをもっていた。これらの青年像は、年代的に『サド侯爵夫人』前後のきわめて近い時期に書かれており、その壮絶な死を五年ほどあとに控えた当時の三島が、いかに実際に行為をなすことへの熱情にとらわれはじめていたかを示している。すでに見たように、『サド侯爵夫人』の女性たちがサドを愛し、讃えるのは、その無垢な美貌ゆえであり、禁忌の性を軽い悪戯のようにやってのける小児的な直情性ゆえだった。そして、このように描かれたサドは、国分次郎や飯沼勲などとともに三島が鍾愛し憧憬する行動的な青年の系譜に属している。

基本的に行為者であるはずの幼少期においてすでに認識者であり傍観者だった三島は、生涯を通して行為者になろうとあがきつづけた。それは、幼年期の特質であるはずの生の「直接性」をわがものにし、遅ればせながらみずからの生に足場を築こうとする試みだった。『仮面の告白』における不良少年近江と、書き手である「私」の関係がそうであるように、三島の作品では行為者と、その者に憧れる認識者という構図が頻繁に認められる。筋肉が発達した男性的な近江に対して、「私」は筋肉の少ない、女性的な肉体を所有する生徒だった。三島の心象にあっては、男性的であることは行為者に等しく、女性的であることは認識者に等しい。男性的な行為者は見られる存在であり、女性的な認識者は男性的な行為を見届ける証人である。

創作を行なう面については触れられていないものの、『仮面の告白』の「私」は感受性の鋭い、芸術家気質の人間である。『禁色』の檜や『金閣寺』の溝口もそうだが、三島文学にあって、基本的に芸術家気質の人間は女性的な見る人間であり、男性的な行為者への憧憬と劣等感にとらわれている。ところが、『サド侯爵夫人』における、牢獄文学者になる以前のサドは、十分に詩的な感性をもちながらこの基本線から外れており、行為者の側面のつよい、見られる存在であり、見る存在、すなわち認識者の側面はあまり強調されていない。

作品世界のなかでのサドは「男」であり、行為者であり、憧憬され、見られる者であり、すなわち、『仮面の告白』の近江に近い存在である。これに対して、妻のルネは認識者であり、憧憬する者であり、行為の証人であり、『仮面の告白』の「私」の後継者というべき存在である。『サド侯爵夫人』において、『仮面の告白』の女性的な同性愛者はその資質の延長線上で女性となって現われたのである。

三島にあって、女性は時に憧憬の対象（たとえば『金閣寺』の有為子）であり、時に官能の世界に浮遊する者（たとえば『美徳のよろめき』の節子）であるが、時に憧憬する認識者であり、証人である。サド侯爵を愛し、その「性倒錯」までも共有しようとするルネが、『憂国』の貞淑な妻麗子の後継者であることはすでに述べたが、さらにこれらの女性たちの原型を三島文学のなかにもとめれば、それは近江への愛にとりつかれた認識者である『仮面の告白』の「私」にほかならない。『仮面の告白』の語り手がその肉体と精神の特性においてほとんど三島自身であることを考えるならば、この語り手と基本的な姿勢を同じくする女性たちもまた三島の「分身」である。

三島文学において、認識者である文学者は、みずからが行為者を凝視し、憧憬することはあっても、凝視され、憧憬される対象になりえない。醜貌ゆえに決して女性に愛されることのない『禁色』の老作家檜俊輔が、三島の描く作家の典型であるだろう。愛を渇望しながら、常に女性たちに裏切られつづけてきた檜は、そのルサンチマンゆえに女性たちを呪詛し、不幸にする計画を立案し、実行するのである。若い頃は檜の才能を認めて思いを寄せる女性もいたが、檜にとって、文学がわかるような精神的な女性は官能的な魅力を欠いており、「女」とは認めがたかった。檜は自分が「女」として認めるような、官能的な美しい女性からは徹底して愛されなかったのである。檜老人は、女性の愛を渇望しながら、祖母や母などのごく少数の例外を除いてそれを得られなかった三島の不幸な自意識の代弁者である。

三島にあって、男性は筋肉質の単純な行為者であることが理想の形態であり、女性は官能的な美に恵まれていることが最上のありようであるが、これらは二つとも三島に縁の薄いものだった。文学者に憧れるような、精神的な女性の典型として三島が描いているのは、短篇小説『三熊野詣』の常子である。折口信夫をモデルとする歌人藤宮先生の身の回りの世話をする女性である常子は、先生を熱愛しながらその地味な容姿ゆえに愛されることを諦めている。性的にまったく惹かれることのないこの女弟子に先生が与える役割は、先生がその屈折したナルシシズムによって捏造しようとする芸術家伝説の証人になることだった。常子は熊野三山をめぐる藤宮先生の謎めいた、思わせぶりな旅に同行させられ、その途次で先生の青春時代の悲恋にまつわる話を聞かされる。常子は嫉妬に苦しむが、先生の話はその醜い容姿にまったくそぐわないものであり、作り話である可能性に思い当たる。常子は、その美しすぎるお手製の伝説を世に伝える者として自分が選ばれたのだと考え、それまでの嫉妬から解放され、先生がみずから捏造した詩人伝説の語り手としての使命をまっとうしようと決意するのである。

この小説では、三島が憧憬する男性的な行為者からはほど遠い、病的なまでに女性的で静観的な文学者が、一人の女性の凝視と憧憬の対象になっている。作者の筆は先生の外見の悪さ、異様な、隠花植物のような人となりを辛辣きわまる筆致で描いていく。そして、この先生の稀有の才能を理解して先生を熱愛する常子もまた、一緒に旅行をすれば似合いの夫婦に見られるような、先生にふさわしい、地味な容姿の女性である。藤宮先生とその弟子常子は、美からほど遠い、いささか滑稽な一対として描かれている。それは、三島が自己嫌悪をもって思い描く知的な人間の醜さを体現する一対である。

三島の小説では、深く関わる男女の組み合わせは、『潮騒』や『春の雪』の主人公たちがそうであるようにものを考えることのない美男美女であるか、『鏡子の家』の収と清美や、『スタア』の映画俳優と付き人の女性のように、美男のナルシシストと醜い女性という組み合わせか、『金閣寺』の溝口と有為子や、『禁色』の檜とその妻たちのように醜い知的な男とその男を愛さない美女という三つの種類が基本であり、『三熊野詣』は美しくない知的な一対を描く点において例外的な作品である。

この短篇は、『サド侯爵夫人』と同じ昭和四十年に書かれたものであるが、どちらの作品も文学者が見られる存在として登場し、その文学者を知的な女性が熱愛するという点が共通している。基本的には、常子もルネも『仮面の告白』の「私」につながる、愛されることの少ない地味な認識者である。『サド侯爵夫人』の夫婦は美男美女として設定されているが、ルネは放蕩者サドに十分に愛されているとはいえない。ちなみに、戯曲ではルネは稀な美人として設定されたが、さまざまなサドの伝記においては、ルネの容姿は美人といえるものではなかったというのが定説である。*8 三島の設定したルネの美しさは見る人という役柄にはそぐわず、事実として伝えられる地味な容姿のルネのほうがその役柄に即しているというのは、いささか皮肉である。

三島は行為と認識という対立物が共存するまれな状態を「文武両道」と呼んで憧れたが、サドはそうした三島の理想に近いところにいる作家だった。むしろ、三島が描いている限りでは、サドは行為者の側面をつよくもっている。『サド侯爵夫人』で芸術家のもつ認識者の側面、行動家の行為を眺め、その証人となる芸術家の役割をより多く担っているのはルネである。ルネは情熱的にサドを愛しているが、その情熱は官能的な色彩よりも、むしろ真率な認識者の色彩をつよく帯びている。第一幕の終り近くで、モントルイユ夫人との会話に疲れたルネが寝室に退いたあと、入れ替わりでルネの妹アンヌが登場する。アンヌは、義兄サドの逃避行に付き合ってイタリアを回る旅からパリに戻ってきた。そんな旅のあとだけに姉と顔を合わせることを避け、すでに邸内に戻っていたにもかかわらず、身を潜めていたのである。なぜ姉に会おうとしないのかとシャルロットに問われたアンヌは、こう答える。

会へばいろいろ具合の悪いことも言ひ合はなければならないからだわ。〔……〕私、お姉様の、何もかも知つてゐるといふ目つきが気に入らないの。事実、何もかも知つてゐるんだわ。知つてゐて見すごしてゐる。怖ろしい方！　　（24-265）

アンヌが指摘するように、『サド侯爵夫人』において認識者の側面を担っているのは第一にルネである。ひたすらサドを見つめ、理解を試み、サドに関わることならすべてを知ろうとし、妹とサドの関係も知っていて語らないルネには行為者の側面は乏しい。第一幕ではルネはサドを理解しようとしながら、「不思議な人」、「どうにも名のつけやうもないもの」としか語ることができない。それはルネの貞淑がいまだ家庭を守るものにとどまり、家庭のまわりにはりめぐらされた柵を越えることがなかったからである。ルネが本当に認識者になり、サドを理解するためには、その貞淑を突き抜け、家庭の柵を踏み越えなければならない。真実の認識に至るためには、傍観者であることを超克しなければならない。『金閣寺』の溝口が金閣を焼き払うことで人生への壁を突破しようとしたように、ルネがサドを知りサドへの貞淑をまっとうするためには、世俗的な道徳を踏み越えなければならない。

アンヌの口からサドとのイタリア逃避行の話を聞いたモントルイユ夫人は動転し、嫁入り前の娘を「傷物」にしたサドに対する怒りをつのらせる。夫人はシミアーヌ夫人とサン・フォン夫人に依頼したサドの赦免嘆願を撤回する手紙をしたため、さらに現在はサルデニア王国に潜んでいるサドの収監を依頼する手紙を国王宛てに書き、みずから宮中に向かうのである。しかし、この設定は戯曲を劇的たらしめるためのものであって、もともとシミアーヌ夫人もサン・フォン夫人も虚構の人物であるし、モントルイユ夫人がアンヌからサドとのイタリア旅行を聞いてその依頼を取り消したり、ただちにサドの収監を画策するというようなことも実際にはなかった。

澁澤龍彥が記すところでは、史実としては、サドとアンヌの関係が世間の噂になり、妹娘の縁談が困難になっている状況を慮ったモントルイユ夫人が、国王に依頼して勅命拘引状を発行してもらい、サドを捕縛させ、牢獄に閉じこめたというのがことの真相であって、そこには三島の戯曲のような劇的な展開はなかった（「サド侯爵の真の顔」全集8-22以下）。澁澤によれば、家庭の名誉を重んじるモントルイユ夫人の「偽善的な家庭第一主義」（『サド侯爵の生涯』全集5-79）のためにサドは十三年間の獄中生活を送ることになるのである。

4 認識者ルネ

『サド侯爵夫人』に登場する女性たちのうち、最も認識者の性格が濃厚な人物はルネである。モントルイユ夫人は「法」と「正義」の人であって、夫人のサド理解はすべてその観点からなされる。「神」の人、つまり信仰の人であるシミアーヌ夫人は、都合の悪いこと、つまりサドの悪の側面からは目をそらし、やさしく親切だった幼年期のサドをしか語らない。万事あけすけで、サドの乱行を語って、シミアーヌ夫人に耳を塞がせるサン・フォン夫人は、異端の性を生きるだけに認識において研ぎ澄まされたものをもっているが、基本的にはみずからの欲望を大胆に実行していく行動家である。性的嗜好が一致しているだけに、サン・フォン夫人こそはサドの最もよい理解者である。

ただ、作品がルネのサド理解を中心に展開しているので、サン・フォン夫人のサド理解はルネのそれを補完し保証するものでしかない。妹アンヌは、姉とまったく異なる、現実的な享楽主義者で、そこからルネのサド理解の観念性を浮かび上がらせる。
第二幕は一七七八年、第一幕から六年後のことである。サドはそのあいだに、収監され、一度は脱獄に成功するものの、再び捕えられて獄中にある。幕開きは、サドを収監した判決が破棄され、罰金を払えばすむ新たな判決が下ったという朗報をアンヌがルネに伝える場面である。喜びに浸るルネの前にモントルイユ夫人も登場し、祝福の言葉を述べ、三人の話題はサドのことになる。ルネとアンヌはともにサドへの慕情を語り、それが面白くないモントルイユ夫人は、娘二人を奪い、世間的な意味で不幸にしたサドを非難するが、ルネは「あの人は私をないがしろにはしてをりません」と反論し、美しい背徳者である夫を擁護する。

あの人の欲望は冒瀆によつて燃え上る、丁度馬が清らかな霜柱を踏みしだいて勇み立つやうに。〔……〕あの人のおかげで娼婦も女乞食も、一度は聖女にされたのでした、そのあとで鞭打たれるために。ところがあの人はそのすぐあとで、夢は破れて、女乞食や娼婦たちを門からお尻を蹴つて追ひ出します。……あの人はそれらの快楽の瞬間々々から自分のなかに貯へたやさしさの蜜を、誰にも与へる相手がみつからず、結局私のもとへかへつて来て、そのやさしさのありたけを注いでくれるのですわ。眩ゆい強い夏の太陽の下から、汗水垂らしてやさしさの蜜を蒐《あつ》めて来て、暗い涼しい巣の中で待つてゐる私に与へてくれる、あの人は快楽の働き蜂なの

ですわ。（24-276）

娼婦や女乞食を聖女に見立て、その聖性を穢そうとするサドの放蕩は、逆説的なかたちで超越的なものに触れようとする精神の所産である。しかし、サドの行為は、いつでも超越に触れることなく不全に終わり、落胆したサドはそのたびに妻のもとに戻って家庭のなかの人間的な愛によって慰藉されるとルネは言うのである。この科白からわかるのは、少なくとも三島の戯曲にあっては、獄中にいないときのサドが妻が満足する程度に夫婦の営みを行なっていたということである。現実にそうであったかどうかはわからないが、作者である三島はそのように設定している。実際、澁澤の伝記に書かれているルネの献身ぶりを見れば、現実においてもルネはサドによって性的な満足を得ていたのではないかと推測させる点がある。戯曲ではサド夫婦には子供がいないことになっているが、現実には、この結婚から三人の子供が生れていることや、家庭外でのサドの放蕩にもかかわらず、夫婦仲が悪いことをうかがわせる話がほとんど伝えられていないことを考えれば、実際にルネが閨房において夫から完全にないがしろにされていたわけではないと推測することは無理ではない。

澁澤の伝記も、まだ獄につながれていないころのサドの夫婦生活について、「サドが妻を愛していなかったという証拠はない。彼が貞淑な妻のベッドにおいて、美徳の味気なさというものを身にしみて知ったにもせよ、家庭の幸福と自己の快楽とは、少なくともこの頃のサドには、和解させ得る性質のものだった」（全集 5-45）と憶測している。

さて、自分はサドに慰藉を与える妻なのだと語るルネの言葉は、愛人である妹アンヌの感情を刺激する。

お姉様は何でもそんな風に、理解と詩でアルフォンスを飾つておしまひになる。詩で理解する。あんまり神聖なものや、あんまり汚らしいものを理解するただ一つのやり方。それは少なくとも女のやり方ぢやありませんわ。私はあの人を理解しようなどと思つたことさへなかつた。だからあの人も安心して、一人の男になつて私を愛撫し、私も一人の女になつてあの人にこたへました。（24-277）

自分は「女」としてサドを身体で受けとめて理解したが、それに比べて「詩で理解」する姉の理解の仕方は「女のやり方」ではないとアンヌは言うのである。アンヌの言葉にルネは激怒し、ときに凡人になりたがるサドのためにほかならぬ自分こそがアンヌを差し出したのだと語り、アンヌもまたいきり立って、ヴェニスを一緒に旅したときのサドのやさしさを自慢する。

三島がアンヌのために設定した役回りは「女の無邪気さと無節操」であるが、自分は「女」になりきり、官能を通して直接的に「男」としてのサドを受容しているのだというアンヌの自信ありげな言葉は、「詩で理解」するルネのサド理解の迂遠な観念性を直接的な生の立場から突いている。ルネとアンヌの違いは、単に性格の違いというだけではなく、一面では、妻と愛人という立場の違いから来るものでもある。妻という立場の重さのゆえに、ルネは、たとえ観念的であっても、夫を「理解」しておかなければすまないのである。

アンヌがルネのサド理解を貶めるつもりで語る「詩で理解」という言葉には、ルネが芸術家の性格を担っていることが示唆されている。アンヌが指摘するように、サドに対するルネの愛は、サドという詩的存在の理解をめざす愛であって、それ自体がまた詩的な表現をまとうのである。ルネは認識に傾いた詩人として、行動する詩人であるサドを愛している。あるいは、「行為と詩」の芸術家である夫をひたすら見つめ、理解しようとするなかで、ルネは「理解と詩」の芸術家になったのである。もちろんルネのサド理解は、夫への官能的な愛情を基盤にもつものであって、その意味では「女のやり方」ではないというアンヌの難詰にもかかわらず、十分に「女」の理解という面をもっている。認識を冷たいものとみなす三島の考え方にもかかわらず、認識者ルネのサド理解のありようは「冷たい」ものではない。

すでに述べたように、「芸術は認識の冷たさと行為の熱さの中間に」(28-588) 位置すると三島は断じているが、突きつめて考えれば、認識を冷たさと等値する見方は一面的である。三島が行為の「熱さ」に対比して認識の「冷たさ」を語るのは、それが一面の真実を突いた二分法だからであるが、三島が敬愛した作家トーマス・マンの影響もあるだろう。晩年の三好行雄との対談で、三島はマンによって、西欧的二元論に目を開かされ、その二元的思考を自身の思考の根本に置いてきたと述懐している（「三島文学の背景」40-634）。

三島が言う二元論は実際、マンの思考のすみずみまで浸透している。たとえば、マンの自伝的小説の主人公トニオ・クレーガーは、認識と生を二元的にとらえ、芸術家でありながら芸術創造が必然的にはらむ認識の冷たさに憎悪を抱いている。「完全に創作者であるためには死んでいなければならない」（VIII-292）し、「人間的なものに対して不思議に縁遠い、無関係な立場に立つことが必要なのです」（VIII-296）とトニオは語る。芸術を創造するためには、あらゆる人間的な感情から離れて、対象を冷ややかな認識をもって眺めなければならない。ところが、トニオ自身は冷徹になりきれず、「ものごとを洞察することで、たちまち死ぬほど気分が悪くなる」、すなわち「認識の嘔吐」（VIII-300）を覚えてしまうと吐露するのである。

しかし、現実には、行為と認識を熱度において明確に分別することはできない。認識するためにはたしかに対象に距離を置く冷静さが必要だが、認識への欲求を支えるのは、少なくともその発端にあっては対象への「熱い」関心である。これと逆のことが、三島が言う「行為の熱さ」という言葉について言える。行為にも認識と同様の二面性があり、行為はたしかに「熱い」が、まったく無計画な突発的暴力のような行為は論外であって、それが首尾よく達成されるためには、行為にも計算的理性の「冷たさ」が伴なっていなければならない。

第一章で紹介したように、三島が考える行動は、端的には、「武器といふ一定の目的を持つた道具を使つて、人間がその武器と同一化して、目的に向かつてまつしぐらに突進すること」（『行動学入門』35-608）と定義されているが、このような行動は、目的の成就など眼中にない、審美的な純粋行為というべきものであって、目的達成を意図する通常の行為においては、むしろ冷静な現状分析と戦略が肝要である。三島が語る行為が、過度に男性的で、過度に単純で、過度に熱いものになるのは、そこで本当に作動しているものが、現実的な効用などとは無縁の、ひたすら世界や他者と一体化しようとする衝動だからである。

認識者ルネということに話を戻すと、サドを理解しようとするルネの駆動力となっているのは、主として夫サドに対する官能的な愛情であって、サドに対する限りではルネの認識のあり方は「冷たい」ものではない。三島の戯曲に描かれている限りでは、ルネが認識者の性格をつよめたのは、サドと結婚してからである。「法」と「正義」が支配するモントルイユ家のなかでルネは、母親が「私の教育と理想のみごとな花」と自賛する娘だった。そのように称賛されたルネは認識者ではなく、親が用意した鋳型によってみごとに形成された令嬢だった。サドを躊躇なく怪物と呼び、社会から隔離しておくべき存在であると信じる、社会通念そのものであるような母親にとって、ルネは自分の正しさの証拠のように育った娘だった。モントルイユ夫人がルネのなかに満足をもって見ていたのは、認識などといういかがわしいものからは無縁の、「正常」そのもののような娘だった。「正常」な世界のなかで立派に生きていくためには、社会常識を信じ、しきたりを弁えていればよい。しかし、モントルイユ夫人にとって痛恨のきわみであることに、ルネはサドという異端者と結婚し、この夫を愛することによって、「正常」な世界から引き離されてしまう。ルネは認識という怪しげな世界に入りこんだのである。

第一幕のなかで、サン・フォン夫人は、人が認識者になる過程が必然的に悪を知る過程であると語っている。モントルイユ夫人に対してサドの放蕩を同類として弁護しながら、サン・フォン夫人は次のように語っている。

悪徳といふものは、はじめからすべて備はつてゐて何一つ欠けたもののない、自分の領地なのでございますよ。牧の小屋もあれば風車もある。小川もあれば湖もある。いいえ、そんな平和な眺めばかりではなくて、硫黄の火を吹く谷もあれば荒野もある。獣の棲む森もあれば古井戸もある。〔……〕

子供のころ、いいえ、少し成長してからも、私の経験から申すことですから間違ひはございませんが、親や世間から与へられた遠眼鏡を、（卜鞭を使つて）こんな風に逆さに使つて見てをります。健気にも世間の道徳やしきたりの命ずるままに、逆さに眺めた遠眼鏡は、家のまはりのきれいな芝草や花を、なほのこと小さく見せるだけ。子供は安心して、小さな無害な領土の美しさに安住してゐます。〔……〕

……でも、或る日、奥様、突然それが起ります。何の予感もなく、兆もなく、突然それがやつて来ます。今まで眺めてゐた遠眼鏡は逆様で、本当はこんな風に、小さなはうの覗き口に目を当てるのが本当だといふ、その発見をする大きな転機が。

サド侯爵にも、いつかは存じませんが、きつとその発見の日が来た筈です。そのとき今まで見えなかつたものが突然如実に見え、遠い谷間から吹く硫黄の火が見え、森の中で牙をむき出す獣の赤い口が見え、自分の世界は広大で、すべてが備はつてゐることを知るのです。

（24-251以下）

性的冒険に明け暮れしながらそこで得られた認識を語るサン・フォン夫人は、行動しつつ認識するその資質において、サドに近く、サドをよく理解している。しかし、直接的にはサドについて言われたサン・フォン夫人の言葉は、むしろ戯曲におけるルネの変貌をよく言い当てている。サン・フォン夫人がもともとサドの同類であり、サドの代弁者であるのに対して、貞淑な聖女だったルネは、自分の対極者だったサドに惹かれ、悪を理解していくのである。悪から遠ざけられ、親や世間が与えるものの見方にしたがって世界を見ているとき、人間は世界の裏面や多様性を知らぬがゆえの安定のなかにいる。それは、しかし、まだ認識という営為を知ることのない子供の安定である。この安定は、何かの拍子に、たとえば思春期における生理的な変化や、悪を含む世界の複雑さに対する知見の拡大といったことによって揺るがされる。そこで生じた揺らぎが、それまで疑うことなく受け入れていたものの見方が一面的なものに過ぎず、世界には別の見方があり、別の現実があることを教える。

「遠眼鏡」という比喩によって語られるサン・フォン夫人のこの認識論は、ニーチェの「遠近法主義 Perspekitivismus」を容易に連想させる。*9 よく知られているように、ニーチェは、「われわれは自分が生きる片隅よりほかの周辺部を見ることはできない。ほかにどんな種類の知性やパースペクティヴ Perspektive がありうるかを知ろうとすることは、希望のない好奇心でしかない」（『愉しい知識』三七四節、V_2-308）と語り、人間のものの見方は自身が置かれている生存の限定された状況によって決定されているとして、これを「生存の遠近法的性格」と呼んだ。「すべての存在は本質的に解釈する存在ではないだろうか」（同）と語るニーチェは、遠近法、すなわちものごとを認識するパースペクティヴこそが、生の本質的な性格なのだと考えている。ニーチェは、「事実などというものは存在しない。ただもろもろの解釈だけが存在するのだ」（ノート一八八六年末から、VIII_1-323）と語っている。

つまり、ニーチェの考え方では、万人にとっての一つの「事実」や「真実」が存在するのではなく、それぞれの人間のそれぞれの視点から解釈された無数の「事実」や「真実」が存在するだけである。

ニーチェのこの「遠近法主義」は、言葉使いを厳密にみれば、サン・フォン夫人が遠眼鏡の比喩で語る「本当」の認識という観念と完全に一致するものではない。サン・フォン夫人は、幼年期の世界が逆さの遠眼鏡をとおした、実際よりも小さく見える世界であり、目覚めてからの世界は、本来の位置に置かれた遠眼鏡をとおして覗いているときの世界で、この見方、すなわち、「小さなはうの覗き口に目を当てる」見方こそが「本当」の見方であると断じている。ニーチェの「遠近法主義」が無数のパースペクティヴの存在を語るだけで、「真」のパースペクティヴの存在を語っているわけではないのに対して、サン・フォン夫人は「本当」の認識を語っている。しかし、「本当」の世界や認識が存在することを示唆するようなサン・フォン夫人の言葉は、哲学的な厳密さをさほど重視しない、文学作品ゆえのいくぶんあいまいな比喩であって、文字通りに受けとる必要はない。

三島は価値相対主義を超える「絶対」を目指し、そこから行為に突き進む志向を抱く作家だったが、その反面、多様な世界解釈の可能性を常に視野に入れている懐疑的な認識者だった。『金閣寺』の主人公溝口は懐疑的な認識者であることを乗り越えて、放火という行為に突き進むのだが、三島の行為に対する関係も、溝口のそれと同じく、基本的には認識者の自己克服であって、唯一無二の「本当」の世界の存在を信じるようなものの見方はもともとの三島には縁遠いものだった。したがって、三島がサン・フォン夫人に語らせている遠眼鏡の「本当」の覗き方とは、単に、ものごとの上っ面だけではなく、その裏面をも見るようなものの見方ということであって、より広い、より的確な視野の獲得であると考えていいだろう。
ニーチェの「遠近法主義」にあっては、一つしかない絶対の「真実」などというものは問題になりえない。ニーチェにとって、それぞれの人間に固有の「遠近法」と、それをとおして得られる世界解釈とは、それによって人間がその生を保持し、活性化するためのものである。よりよい「遠近法」とは、生にとって有益な作用をするような世界認識をもたらす「遠近法」である。

世界の価値はわれわれの解釈に拠っていること、〔……〕これまで存在した解釈はすべてそれぞれに固有の遠近法による価値評価であり、そのおかげでわれわれはわれわれの生を、すなわち力への意志を、そしてその力の増大に向けた意志を維持してきたのだということ、人間の昂揚はその都度、それ以前の狭小な解釈の克服をもたらしてきたということ、人間が強壮になり、力が増大してくることが、新しい遠近法を開示し、新しい地平が存在することを確信させることになるということ――これらは私の著作に一貫する主張である。

(『遺稿一八八五年秋－一八八七年秋』Ⅷ$_1$-112)

もともと懐疑的な認識者である三島がサン・フォン夫人の遠眼鏡の比喩をとおして語る認識論は、表向きは「本当」の世界、「本当」の認識の存在を語ってはいるが、その内実においては、それぞれの人間がその生を保持し、活性化するための「遠近法」による多様な認識が存在するだけであることを語るニーチェの「遠近法主義」につながるものであるだろう。

5 ルネの回心

サン・フォン夫人が語る、回心による認識者への変貌という事態は、それ自体としては、無垢な少年サドがそれまで親しんでいたものとは別のパースペクティヴを知り、悪を知る過程の説明として語られたものだが、ひとが認識者へと変貌する過程一般を説明するものでもある。したがってまた、すでに述べたように、作品内で描かれた、ルネの回心と認識者への変貌を説明するものでもある。ルネはサドという悪に出会うことで、親が与えた型どおりの教育から脱し、「健気にも世間の道徳やしきたりの命ずるままに、逆さに眺めた遠眼鏡」を反対に持ち替えて見る見方があることを知り、認識者となる。

ニーチェが報われない恋情を捧げた女友だちであるルー・アンドレアス゠ザロメは、身近に接した経験からこの哲学者を語るその著書において、「認識する人間」一般の、したがってまた認識者ニーチェの特質であるものを「多方向に引き裂かれた気質」[*10]と総括している。自分を疑わず、自分自身を一貫した連続性のうちに感受し、確固たる自信をもって世界に向かう者は、認識者ではない。認識者とは自分を含むあらゆるものを疑い、たえず自分自身が危く揺らぐ状態に耐え、認識の困難を知りながら、それでもなおより「真実」に近い世界認識をもとめてやまない者である。

「どうにも名のつけやうのないもの」としてのサドに出会ったルネは、「自分の良人が怪物だつたと片付けることは易しいことです。こちらはまつたうな、世間並みの、誰にもうしろ指さされない人間で」（24-262）と語る。理解を絶する存在を人は「怪物」という言葉で片付け、無縁の存在とすることによって、自分の世界像が崩れることを防ぐ。このとき、人は認識への道を放棄して、「世間並み」を選び、心の安定を選ぶのである。志操堅固なモントルイユ夫人のサド理解はこの方向にある。しかし、サドへの貞節ゆえに、ルネは「世間並みの、誰にもうしろ指さされない人間」であることを放棄して、認識者への道を踏み出す。それは、それまでに形成されてきた、固定し安定した自分を放棄して、「多方向に引き裂かれた」混沌のなかに身を投じることである。恵まれた環境で親の理想の鋳型にはめられて育ちあがった令嬢は、サドによって悪を知り、心身を揺るがされ、苦しみのなかで、夫の、また夫によって裂け目を入れられた世界の「真実」を模索し始めるのである。

話は第二幕冒頭に戻る。サド釈放の朗報にルネは喜ぶが、実はこの朗報にはからくりがあった。ルネとアンヌがサドの愛情をめぐっていがみ合っているところにサン・フォン夫人が登場し、サドの裁判にまつわる真実を告げる。夫人によると、サドは裁判では放免ということになったが、サドをずっと社会から隔離しておきたいモントルイユ夫人は、ルネには知らせず、あらかじめ王家の勅命拘引状を申請しておいた。その結果、サドは裁判所の判決で釈放になると同時に王家の警官に取り囲まれて再び牢獄に舞い戻ったというのである。サン・フォン夫人の暴露は、母の尽力によって夫が釈放されたと信じていたルネを恐慌におとし入れる。サドをずっと獄につないでおきたいモントルイユ夫人と、サドの自由を切望するルネのあいだにははげしい口論が生じる。

サドに対する母の冷酷さを難詰するルネに、モントルイユ夫人は、サドとルネにまつわるある秘密を知ったことが娘をサドから引き離さなければならないと決意した理由なのだと語る。その知らせは、ルネが脱獄したサドとともに四年前のクリスマスを過ごしたラ・コストの城に夫人が放った密偵によってもたらされた。密偵が見たのは、サドが聖夜に城で主宰した性の饗宴であり、裸になった五人の少女と一人の少年が許しを乞いながら逃げまどう室内でサドが鞭を振るう姿であり、天井の燭台に手を吊られた裸のルネだった。

痛みに半ば気を失つたお前の体の、雨の金雀兒《エニシダ》の幹に流れる雨滴のやうな血の滴《しずく》が、暖炉の焔に映えてかがやいてゐた。侯爵は少年を鞭でおどかして、侯爵夫人の身を清めるやうにいひつけた。少年はまだ背が低かつたので、椅子を踏台にしてお前の吊られてゐる体にとりつき、……どこもかしこも、（ト舌を出し）……舌で清めた。（24-294）

モントルイユ夫人が密偵を放ってルネの性の秘密を探ったという話は澁澤の伝記にはないもので、おそらく三島の虚構である。当然、夫人がこの秘密を知ったためにサドをルネから引き離そうとして画策し、サドに対する王家の勅命拘引状を申請したというのも同様で、澁澤の伝記では、モントルイユ夫人がサドを獄中にとどめておこうとしたのは、サドが繰り返し惹き起こす事件が家名を汚すことを恐れたからである。伝記中のモントルイユ夫人は一方で裁判所の軽い判決を勝ちとることで家名の挽回をはかり、他方では勅命拘引状によってサドを永久に獄につないでおけるように姦計をめぐらしたのである。

こうした史実を曲げてルネの痴態を浮かび上がらせ、ルネを恥じ入らせる三島の設定は、サドを愛するルネとサドを忌避するモントルイユ夫人のあいだに異端の性をめぐる議論を戦わせ、性が人間を規定し、その存在様式と深く関わることを示すためのものである。ひたすら良風美俗の世界に生きるモントルイユ夫人は、サドの「悪徳」にルネが感化されてしまったことを立証する猥雑な光景を語りながら感情を高ぶらせ、「私はこんな風に娘を育てたつもりはなかつた。外道の良人に毒されてしまつた」（24-295）と嘆く。ところが、思いもよらない秘め事の露見に動揺しながらも、ルネは毅然として答える。自分の行ないは母にわかるようなことではなく、「貞淑であらうと心に決めた一人の女が、この世の掟も体面ものこらず踏みにじつてゆくその道行」（同）なのだと言うのである。

四年前のノエル、あのときに私は一つの決心を致しました。自分があの人の理解者で、護り手で、杖であるだけでは足りないといふこと。良人の脱獄の手引さへした貞淑な妻といふ幻の、その傲慢さを癒やすには、それだけでは足りないといふこと。……お母様、私が貞淑貞淑と口にするのは、もうそれが世のつねの貞淑の軛を免かれてゐるからですわ。貞淑につきものの傲り高ぶりが、あの怖ろしい一夜から、きれいに吹き払はれてしまひましたの。（24-296）

饗宴に参加し、汚辱にまみれることで、ルネは大きな回心を経験し、世界をより鋭く認識する者になったのである。既成概念としての貞淑から離れて自前の貞淑を生き始めたルネは、遠眼鏡を逆に持ちかえて世界を眺めている。愛する夫を「怪物」、「外道」、「ならずもの」などと罵倒されつづけてきたルネは、反撃に転ずる。道徳を踏み外し、鞭を振るう夫のなかにある真実の姿は、「鳩」や「金髪の白い花」のようなもの、つまり比類なく無垢なものなのであって、因習のなかに生きる母のほうが内に恐ろしい牙を秘めた偽善者なのだと語る。

サドへの尽きることのない愛情を語るルネの鉾先は、世俗道徳ばかりを慮る両親の性愛のありようにも向けられる。ルネは両親の夫婦生活について「お床の中でまで世間に調子を合せていらした」と蔑み、あなた方は「出来合ひの鍵と鍵穴で、合せればいつでも喜びの扉が開くのでした」（24-297）と嘲る。

あなたの胸もお腹も腿も、蛸のやうにこの世のしきたりにぴつたり貼りついておいでになつた。あなた方は、何のことはない、しきたりや道徳や正常さと一緒に寝て、喜びの呻きを立てていらした。それこそは怪物の生活ですわ。そして一寸でも則に外れたものへの憎しみや蔑みを、二度三度の滋養のいい食事のやうに、お腹一杯に召上つて生きていらした。〔……〕あなた方は夢にも、鍵をあければ一面の星空がひろがるふしぎな扉のことなどを、考へてもごらんにはならなかつた。（24-297 以下）

蛸のようにこの世の掟にはりついて生きる両親の生活こそ怪物のそれであり、この世の掟が禁忌とし、断罪するサドの乱倫のなかにこそより高いものへの、超越への欲望が隠されている。それを、ルネは「あの人は私と不可能との間の閾のやうなもの、ともすれば私と神との間の閾」（24-295）なのだという言葉で語る。

　サドを語るこの戯曲において、三島はサドがもつ超越への欲望という資質を幾度も繰り返し、強調している。後述するように、サン・フォン夫人もまた、サドを「神の血みどろの落とし児」（24-282）と呼び、その聖性との関わりを示唆している。サドが教えた夫婦の性の秘儀を「鍵をあければ一面の星空がひろがるふしぎな扉」という幻想的な比喩で語るとき、ルネはサドの性が志向するものが天上の世界につながるような何ものかであることを示唆している。こうしたサド像は、澁澤龍彦のサド評伝にはほとんど見られないものである。

　澁澤はサドをひたすら自分の欲望に忠実な、そしてそれゆえに意識せぬままに社会秩序に反し、投獄された人間として捉えている。澁澤の評伝にインスパイアされながら、三島のサド像はこの点では、澁澤から離れ、宗教的存在としてサドを見るクロソウスキーなどのものに近い[*11]。しかし、三島がサドの超越の欲望をルネに語らせるのは、基本的には、三島自身のなかにある超越への欲望がサドの作品のなかに隠れているものと共振した結果であるだろう。

『サド侯爵夫人』を読んだ澁澤龍彦もまた、この戯曲に寄せた序文のなかで、サドやルネのなかにある超越への衝動を語り、最後には「天界の高みへ翔けあがってしまったサド」（「サド侯爵の真の顔」全集 8-20）を語っているが、これはあくまでも三島が描いたサドを評する言葉であって、澁澤の伝記が表だってサドの超越への欲求に触れることはない。もともと信仰心の篤い三島のルネがサドに惹かれるのは、この背徳漢のうちに潜む超越への欲求ゆえであり、サドの「倒錯」の性に加担するのも、父母の凡俗な性のなかにはない、究極の合一をもとめる魂の渇望をサドのうちに見るからである。『憂国』が描いたような究極の性の合一、ルネは、それを薔薇と蛇の交合という、なまなましくも美しい比喩で語る。

あなた方は薔薇を見れば美しいと仰言り、蛇を見れば気味がわるいと仰言る。あなた方は御存知ないんです、薔薇と蛇が親しい友達で、夜になればお互ひに姿を変へ、蛇が頬を赤らめ、薔薇が鱗を光らす世界を。（24-298）

『憂国』は肉体的な死と引き換えにすることによってのみ得られる究極の自他合一を描いているが、ルネが語っている性愛による自他の境界の喪失もそれに近いものである。サドという「外道」のものと交わることがもたらす社会的な死と引き換えに、ルネは対極にあるものが入れ替わり、同一性を明らかにするような、性の不思議さを知ったのである。ルネが愛するサドは、世俗道徳を踏みにじる放縦な性によって自他の合一を果たそうとする一種の求道者であり、ルネはその求道者ぶりに魅せられている。ルネの貞淑は、それが向けられている対象がサドという巨大な淫蕩の求道者であることによって、独自の法外な性格を帯びることになる。

ルネの言葉を聞くモントルイユ夫人が娘の変貌ぶりにほとんど絶句して「アルフォンスに似てしまつた、怖ろしいほど」と呟くのに応えて、ルネが「アルフォンスは私だつたのです」と見得を切るところで第二幕は終わる。「性倒錯」の世界までをも夫と共有し、心身をあげて夫に同一化しようとするルネは、母が住む世界からはるかに遠いところに来てしまった。サドが主宰する世界、薔薇と蛇が互いに姿を変える世界、「正常」さを誇って生きていたのでは決して到達できない、混沌とした、より「根源」的な世界に身を置くようになったのである。母と娘の口論は、二組の夫婦の対照的な性のありようをとおして、人間の世界との関わり方がそれぞれの性のありようと密接に結びついていることを明るみに出している。

ところで、ルネがサドの乱行に加わっていたという設定は、ルネという一人の女性に焦点をあてて『サド侯爵夫人』という戯曲を見た場合に、その核心的な部分を形成する設定になっている。サドという異端のなかの異端というべき「他者」に出会うことで「成長」していくルネにおいて、この乱行への参加は画期的な通過儀礼となっているのだ。ルネがサドの乱行に加わっていたということの設定は、澁澤龍彥の伝記に書かれた憶測に拠っている（全集 5-178）。この憶測は、澁澤の伝記がほぼ忠実にその記述を追っている伝記作者ジルベール・レリーの憶測を踏襲したものである（「『サド侯爵夫人』の思い出」全集 15-208）。貞淑という美徳を体現するかのようなルネは、その貞淑の延長線上でサドの悪徳に加担し、背徳的な性の喜びを知ったと澁澤は解釈している。ルネが閨房においてサドにないがしろにされていたわけではないと言う澁澤の憶測についてはすでに紹介したが、それどころではなく、ルネは「正常」な夫婦生活を踏み越えて、サドの本来の世界である乱倫の世界にまで足を踏み入れていたと言うのである。

実際、サドが後に獄中から妻にあてた手紙には卑猥な内容のものが多いが、そのなかにかつて妻と行なった鶏姦の思い出を楽しげに書き綴ったものもある。こうしたことから、澁澤は「彼らの夫婦生活が、それほど味気ない、お行儀のよい、美徳一点ばりの堅苦しいものであったとは到底考えられない」(『サド侯爵の生涯』全集5-179)としている。澁澤はこうした臆測をジルベール・レリーを踏襲して書いたが、自著においてはルネの共犯者性をさらに強調したという。基本的に三島が描くルネは澁澤のルネ像を踏襲したものである。「もともと慎しみぶかい性質でありながら、知らず識らずのうちに夫の共犯者になって、夫の悪徳にさえ加担しはじめる妻の姿に、私は何か途方もなく甘美なものを感じる。非常にエロティックなものを感じる」(「『サド侯爵夫人』の思い出」全集15-209)と澁澤は書いている。三島が感応したのもまさにこの点であって、澁澤の言う「私の女性に対する願望」(同15-208)があらわれたルネの描かれ方に三島は共鳴したのである。

三島ほどの異端者、あるいは異端者意識にとらわれた人間にしてはむしろ平凡な嗜好というべきだが、この作家がどこまでも貞淑な女性を一つの理想として思い描いていたことは、大義という男の観念を貫こうとする夫の血みどろの死を母のように見守り、自分もまたそれに殉じる麗子を描いた『憂国』をもっとも自分らしい作品としていることによくあらわれている。すでに述べたようにルネはこの麗子の後継者というべき存在であるが、ただし、麗子がほとんど盲目的な母性であり紋切型の「貞淑」であるのに対して、ルネは月並な「貞淑」と対立する認識者の資質をもつ女性である。『憂国』の麗子はひたすら夫を見守り、夫につき従う女性であるのに対して、ルネは貞淑を貫く過程で認識者になり、父母の住む世界から離れ、さらに先走ることになるが、最終的にはサドという個人への貞淑をすら乗り越えてしまうのである。この違いはそれぞれの作品における男性主人公の性格にも対応している。

麗子の紋切型の貞女ぶりにふさわしく、麗子の貞淑の向けられる相手もまた、紋切型の完璧な軍人であり、単純な思考しかもたない行為者であるのに対して、幾分複雑にものごとを捉えるルネの貞淑が向けられるのは、サドという、みずからの欲望をどこまでも追求する破天荒な無頼漢であり、「行為と詩」に生きる奔放な芸術家である。『憂国』は人工的な書割を思わせる世界で人形のような人物がなまの内臓を露出させることによって読者を驚かせる作品であるが、『サド侯爵夫人』の登場人物たち、すくなくともそのヒロインであるルネにはもっと生きた人間の性格があって、それゆえに「成長」し、変貌していく。乱行への参加がルネにとっての重要な通過儀礼であり、戯曲の要であることについては、三島自身、それを意識していたことを、澁澤が回想する三島との対話が伝えている。

「サド夫人は、あなたの伝記によると、ラ・コストの城中の乱交パーティーに参加したのですね？」と三島氏が確かめるようにきく。

「いや、それはあくまでジルベール・レリーの推測であって、べつに根拠があるわけじゃない。その点に関しては、ぼくの書き方に多少の独断があったかもしれません。」

（「『サド侯爵夫人』の思い出」全集 15-209）

「こんな調子の会話を、私たちは何度も交わしたように記憶している」と澁澤は回想している。これに続けて三島は、「しかし、サド夫人が夫とともに乱行に参加して、エロティックな歓びを感じていないとすると、ぼくの戯曲のモティーフは弱くなるんだよ」と語ったという。すでに述べたように澁澤の伝記を読んだ三島は、「サド自身よりも、サド夫人のうちに私は、ドラマになるべき芽をみとめた」(33-587)と記した。不在のサドは登場人物たちの科白のなかでさまざまな姿を見せるが、戯曲の展開を進めていくのは何よりもルネが胸中に抱えるサドの心象であり、その変化である。

このルネの「ドラマ」のなかで、クリスマスの夜の饗宴への参加とそこでの回心は一つの頂点をなしている。生まじめで上品なルネ夫人が乱倫のなかで「エロティックな歓び」を感じ、人生観を変えられる。この挿話は、澁澤が語るルネ夫人のなかの「非常にエロティックなもの」の核心であるし、また、これなくしては「モティーフは弱くなる」と三島が語るほどに戯曲の焦点となるものである。

ルネが認識者に変貌する契機、ルネがサドを一体のものとして感じるほどに理解したという確信を得た契機は、サドとともに経験した「エロティックな歓び」にあると三島は考えている。三島は、慎ましいルネにその経験の内実を告白させることはないが、万事に露骨なサン・フォン夫人を通してルネの経験を代弁させている。

第二幕で散歩の途次にモントルイユ家に立ち寄ったサン・フォン夫人は、登場するや、いきなり外聞をはばかるような情事の話を始め、世間一般で行なわれているような色恋沙汰にはもう飽き飽きしたと宣言し、次のようなことを得々と語る。

サン・フォン　快楽にだんだん薬味が要るやうになると、人は罰せられた子供のたのしみを思ひ出し、誰も罰してくれないのを不足に思ふやうになります。ですから見えない主に唾を引っかけ、挑発し、怒りをそそり立てようと躍起になるのでございます。それでも神聖さは怠けものの犬です。日向に寝そべつて昼寝に耽り、尻尾を摑まうが、髭を引張らうが、吠えることはおろか、目をひらいてさへくれはしません。

モントルイユ　あなたは神を怠けものの犬だと仰言るのね。

サン・フォン　ええ、それも老いぼれた。

（24-279 以下）

サン・フォン夫人がここで語っているのは、サドが快楽追求のその試みの果てに、尋常なやり方では満足できなくなり、快楽の「薬味」として神を必要とするようになったのだという、はなはだ不謹慎な話である。こうした話の脈絡は、澁澤龍彥が無垢で無自覚な快楽追求者としてサドを把握したことに呼応している。澁澤は、もともとは自身にとっては自然な衝動の発露にすぎないものだった性的冒険が社会によって手ひどく糾弾され罰せられたことに驚いたサドが、自分を異物として扱う社会に対して憎しみを抱くようになり、その延長線上にサドの牢獄文学が成立するという基本的道筋でその半生をたどっている。ときに神への冒瀆ということに触れることもあるが、たとえばサドの悪名を一気にたかめたアルクイユ事件の嗜虐性に関連して、「瀆聖的な快楽がサディズムの重要な因子をなすということを、いつの頃からかサドは理解していたもののようである」（『サド侯爵の生涯』全集 5-68）と述べる一節は、あくまでも快楽の追求が第一義であって、瀆聖は快楽を高める一手段にすぎないもののように澁澤が考えていたという印象を与える。神を単なる快楽の「薬味」

に見立てるサン・フォン夫人の言葉は、三島が部分的には澁澤の伝記の文脈を踏襲していることを示している。

キリスト教徒でない者にとって、澁澤の伝記が示すサド理解はわかりやすいものだが、問題は、それがサドという人間の正当な理解であるか否かということである。思想史的な文脈から見れば、サドの文学はカトリックの世界像に対するもっとも過激な反抗として成立している。周知のように、ジュリエットとジュスティーヌという姉妹の遍歴を辿るその主著のなかでサドが描いたのは、キリスト教が悪とするものことごとくを極限まで追求する怪物のような人間たちの繁栄であり、神を信じる敬虔な人間たちがあらゆる苦しみを嘗めつくし不幸になる世界である。神に対するサドの不信と反抗の、現実世界における直接的な契機は、信心に生き、息子には冷たかった生母への怨恨であり、自分を反社会的な異物として排除しようとする義母モントルイユ夫人や、その義母を代表とする、似非キリスト教道徳にまみれた世間への憎悪であり、さらには、少年時代以来、見聞きしてきたカトリック教会の腐敗（たとえばサドの伯父は遊蕩にふける修道院長だった）と偽善などであっただろう。そうしたさまざまな冷酷さや欺瞞や偽善に満ちたこの世界を生み出す、あるいは放置する元凶として、神はサドによって名指され、罵倒され、無に帰せられるのである。

現実に行なわれた淫蕩な饗宴において、サドは、いつでもキリスト教的な舞台装置を設定し、性的な乱行にふけりながら神を言葉で罵倒し冒瀆することによって快楽を高め、頂点に到達しようとした。たしかにサドにおける快楽追求という傾向は非常に強力な衝動だが、その瀆聖は快楽をたかめる一手段どころではなく、快楽と表裏一体のものであって、宗教的なものへの反発心はサドの資質に食いこんだものだった。

伝記執筆の段階ですでにサドの作品を多数翻訳しており、また、たとえばクロソウスキーをはじめとする神学的理解にもとづくサド論を読んでいたはずの澁澤が、そのことを理解していなかったはずはない。おそらく伝記の記述がサドのキリスト教への反抗に触れることがほとんどないことには、主として澁澤自身のもともと無宗教的な快楽主義者としての資質や、執筆にあたって澁澤がもっとも参考にした（「『サド侯爵夫人』の思い出」全集15-208）というジルベール・レリーの伝記が精神分析的な解釈に傾いていたこと、さらに澁澤自身もフロイトを頻繁に引用するほど精神分析の影響を受けていたことがつよく作用していただろう。

一方の三島は、サドにとっての神が「薬味」であるとサン・フォン夫人に語らせたが、この異様に神を軽んじる言葉使いにもかかわらず、澁澤の伝記よりはサドにおける神という問題を重要視している。神は「薬味」に過ぎないとか「怠けものの犬」とか「老いぼれた」などと言いながら、サン・フォン夫人はサドの同類として、嗜虐的な「異常」性愛が、その究極において、神に対する呼びかけであると語っているのである。

ユイスマンは『さかしま』のなかでサディズムを「カトリシズムの私生児」（翻訳全集7-186）と呼んだが、もともと肉体を蔑視するカトリシズムは、肉体を傷つけ、ときに破壊するサディズムと深く結びついている。ユイスマンは「サディズムは何よりもまず、瀆聖の実行、道徳的反逆、精神的放蕩、完全に観念的でキリスト教的な錯乱の裡にこそ存する」（同7-187）と記し、さらにサディズムが教会の成立と時を同じくして成立し、中世以降の夜宴《サバト》を経て、サドが生きた十八世紀に猖獗をきわめたと書いている。
　サドの思想と文学は、カトリシズムが衰退し、理性が信仰にとって代わる近代のなかに現出した中世的カトリシズムの再来であるともいえるし、また、神が威光を失ったキリスト教世界のなかで、神に代わって人間の肉体を支配し、傷つけ、破壊しようとする人間の出現を告げる近代的な現象であるともいえる。厳格な一神教の衰退と、神を冒瀆し、自身が神の代理となって他者の身体と生命をもてあそぶ怪物のような人間たちを描くサド文学の出現は一連のものである。しかし、サン・フォン夫人は、鞭を振るい、他者を虐げるサドの饗宴が神に対する挑戦であることを明らかにしながらも、サドは単なる「神の代理人」ではなく、何か別の者なのだと語る。

　私はサド侯爵を多分誤解してゐて、白い手をした金髪の罰し手、鞭をふるふ者、執行人、神の代理人かと思つてをりました。今はそれが私の誤解だとわかります。侯爵はただ私のお仲間、私の一党にすぎませんの。昼寝をしてゐる怠けものの犬のまはりでは、鞭打つ者も打たれる者も、罰する者も罰せられる者も、まるで同格の哀れな挑発者にすぎません。（24-280）

サン・フォン夫人がサドのなかに見たものは、神の沈黙の前で空しく乱行にふける「哀れな挑発者」である。神を挑発する乱行のなかでは、サディストもマゾヒストも区別はなく、サディストであって同時にマゾヒストである。サン・フォン夫人がこのことを感じたのは、かつてサドが主宰した瀆聖の饗宴に加わって裸の肉体にいけにえの子羊の血を浴びせられたときのことである。その饗宴のなかで、血まみれになり、「火のやうな喜び」に包まれ、サドに凝視されるなかで、夫人は「アルフォンスが何者であったか」を理解したという。

（サド侯爵は――論者註）私だつたのです。つまり血を浴びた肉のテーブル、目も見えず手足も萎えて、神が三月の流産で流した胎児、さうです、サド侯爵は自分から脱け出したときにしか自分になれない、神の血みどろの落し児だつたのです。その場にゐるアルフォンス以外の者、アルフォンスにいぢめられてゐる女こそアルフォンスだし、アルフォンスを鞭打つてゐる女こそアルフォンスだつた。あなた方がアルフォンスと呼んでゐられる人は、あれはただの影にすぎませんの。（24-282）

この科白が語っているのは、三島が見るサドの人間としてのありようである。それは、造物主が流産した胎児であり、神にもっとも近い存在でありながら、神の意に叶うことのない存在である。それは、何者にもなり得るが、同時に何者でもあり得ない、「影」のような存在である。神の呪いによって、自分自身のなかに安らうことを拒まれているサドは、血みどろの饗宴を主宰することでかろうじて、哀れな胎児である無力な自分から脱け出し、自他融合の混沌のなかで本来の自分を現出させ得るというのである。

サド＝マゾヒズムの乱倫のなかでサン・フォン夫人が知り、ルネが知ったのは、「鞭打つ者も打たれる者も、罰する者も罰せられる者も、まるで同格の哀れな挑発者にすぎません」という事態だった。サドの鞭が志向するのは、すべての者がディオニュソス的な混沌のなかで個体性を脱して同一化する事態である。夫人は、この異教的な乱倫の混沌は、かつては厳格な秩序の主宰者であったが、今ではまったく怠惰になり果てた神への反抗であり挑発だというのである。

　サン・フォン夫人が語っているのは、サドの異端の性のなかに潜む「神」への、超越性への呼びかけという動機である。すでに述べたように、澁澤龍彥の伝記ではこの点は特に強調されていなかったので、三島はこの点については、ある程度、澁澤以外の論者を参考にしたか、固有のサド理解を展開していることになる。おそらく、事実はその両方であって、すでに触れたクロソウスキーを代表とする、サドの神学的な理解[*12]や、それに触発されたもろもろのサド論を三島が読んでいて、影響を受けていたということもあるだろうし[*13]、だれよりも世界への違和感に苦しみ、それゆえに超越への欲望を抱えてあがいていた三島の性向が、サドの文学のうちに自身と同じ性向を見いだすのは自然なことだっただろう。

　サドの悪の哲学がサドの宗教性の逆説的なあらわれであるということは、まったく自明のことだといっていい。ルネはどんな乱行にふけろうと、その乱倫のなかで「あの人が求めてゐるのは不可能なことで、どれほどの人数の女や男があの人の遊びに加はらうと、その不可能に鼻つきつけてゐるのはあの人ひとりだつたといふこと。アルフォンスは誰も愛したことがないんです」（24-273）とサドの乱倫の核心にある彼岸への衝動を語っている。サドの行為はどんなに多くの男女を巻き添えにしているときでもなお、おのれ一人の孤独に突き当たる。それは、サドが目指しているものが、もともとこの世では決してありえないような経験だからである。

尾崎一雄や上林暁などの私小説を高く評価していたにもかかわらず、三島はその生涯において、自分自身の生活や心境を綴る形式の私小説を書くことはほとんどなかった。その一つの理由として考えられるのは、幼児期以来、現実が拘束であり幽閉そのものである宿命を生きた三島が、あまりにつよい脱出願望や飛翔願望を抱えていたということである。わざわざ言うまでもないことだが、三島文学がたいていの場合、その舞台を作者の身辺の現実から離れた過去や、遠隔の地にもとめ、絶世の美男美女などを登場させる、つまりすべてが非日常的に設定されることの多い一つの理由は、その脱出＝飛翔願望のつよさにある。

すでに述べたように、芸術家になるような人間は、孤独な自閉的空間をもとめる一方で、現実という不自由な空間からの脱出願望を抱えている。一種の監禁状態のなかにあった三島の幼児期の生育環境は、作家という想像力を売る職業人を生み出すには打ってつけのものだった。しかし、それは三島を現実に過不足なくおさまり、安住することのできない人間にするものだった。

人は行動によって能力の限界にぶつかり、その限界によって輪郭のある、実在感のある自我を形成していく。三島の場合、幼児期における行動の欠落は実在感のある自我を形成するという側面においては致命的なものだった。祖母の病室で読書にふけり、空想ばかりが膨れあがるなかで、幼い三島のなかには自分からはるかに遠い、隔絶した人物のなかにあるべき自分を感受して一体化する傾向が生れた。

『仮面の告白』の幼い「私」は汚穢屋や花電車の運転手や地下鉄の切符売りに憧れるが、その憧れは彼らが自分が到達しえないところにいると感受されるところから来る。彼らには「悲劇的な生活」の匂いがつきまとっていて、それが幼い自分を魅了したと「私」は語る。彼らのような生活は自分には「永遠に拒まれている」と幼い「私」は予感し、その拒まれているということの悲哀を「彼ら及び彼らの生活に転化」し、そこに「悲劇的なもの」を感受したという(1-181)。幼くしてすでに生活感のある生活が自分には拒まれているということを、三島の分身であるこの幼い「私」は予感していた。

汚穢屋や花電車の運転手や地下鉄の切符売りにはうらぶれた生活感がつきまとっているが、たとえば自身がつましい暮らしをしている下町の庶民だったら、そこに「悲劇的なもの」はほとんど感じないだろう。しかし、山の手の高級官僚の家庭のなかで祖母の病室に隔離されて育つ「私」は、自分がそこから疎外されているものとしてそれを感受し、哀感を覚えるのである。この奇妙な疎外感は、単に三島の恵まれた生活環境から来るだけのものではなく、すでに幼い三島が抱えていた世界との根深い断絶感から生じるものでもあるだろう。

生活と無縁な、絢爛たる舞台上の人物や童話のなかの王子などに対しては、幼い「私」は疎外を感じない。反日常のオーラを強烈に放つ女奇術師松旭斎天勝の舞台を見た「私」は非常な感銘を受け、その扮装を真似て家のなかを歩き回るが、それでいて、「私」は天勝という存在に対して「悲劇的なもの」への「ひりつくやうな」渇望はまったく感じなかったのである。祖母の病室における一種の拘禁状態のなかで男の子らしい行為と無縁に育つ過程で、幼い三島は非日常や荒唐無稽のなかにこそ自分本来の場所を見いだすようになっていった。

三島の幼年期に由来するこの事態、つまり現実から遊離した空想的なものこそが自分本来のものとして感受されるという事態が、サドにおいて本格的に生じたのは、成人して獄につながれてからのことであるだろう。牢獄のなかにあって、執筆以外に何一つ行為をなすことができない状態に陥ったことによって、サドの想像力は燃え上がり、自身がおかれている監禁状態を逆転させた世界が描かれることになった。すなわち、サドの代弁者である極悪非道の無神論者たちこそが無辜の者たちを監禁し、あらゆる残虐行為をなすところの全能の悪の世界が描かれることになった。前述したように、入獄以前のたびたびの乱倫のなかで瀆聖的な行為に及んでいたサドのなかには、すでに超越的な世界へのつよい関心が逆説的なかたちで認められるが、サドがサドになった、つまり悪が全権を振るう反ユートピアの牢獄文学者になるのは収監後のことである。

拘束によって生れた想像の世界における万能と、彼岸的なものへの強力な志向は、三島とサドの共通項である。超越性をつよく志向するこのような芸術的資質は、『サド侯爵夫人』のなかでは、サン・フォン夫人が語る「サド侯爵は自分から脱け出したときにしか自分になれない、神の血みどろの落し児だつたのです」という言葉に集約的に言い表されている。サドのありように仮託して三島が語っているのは、自足することを知らない自身の心のありようである。

三島はきわめて不鮮明な自己感覚しかもたない人間だった。たとえばそのままにしておけば、男であるということにすら明確な自意識がもてず、たえず男であることを自他に証明しなければいられない人間だった。強烈な感覚的刺激を経験したり、想像しなければ、自分が生きているという感覚を得られなかった。三島が、自分という存在を明確に感じるのは、はげしい痛苦と快感が一体となり、同時に訪れるような劇的な事態を現実に経験したり、なまなましく予感し、想像するときだけだった。

6 マゾヒストであるルネ

サディズムやマゾヒズムという現象は、穏当な性愛の形式では他者との交感の喜びを感じとれないところに生じる。それは、他者とのあいだにあまりに高く厚い壁があったり、自身の存在感が希薄であることと関わっている。痛苦こそは、その壁を打ち砕き、しばしの間、濃密な一体感や存在感を味わわせてくれる。少なくとも三島の場合はそうである。『鏡子の家』の俳優舟木収は存在感の欠如に苦しむナルシシストであるが、「他人の不幸と自分の絶望とに鍛へられた」(7-353)サディストの愛人清美に刃物で肉体を切り刻まれる性的遊戯を繰り返し、あげくの果てに情死を遂げる。はじめて肌を切り裂かれたときに、収は自分が求めていたものが、そこにあったことを知る。

自分の脇腹に流れる血を見たときに、収は一度もしつかりとわがものにしたことのなかつた存在の確信に目ざめたのである。〔……〕『これこそは世界の裡における存在のまぎれもない感覚なのだ』と収は思つた。(7-351)

ここでは、マゾヒズムが存在の確証を得ようとするところに生じるものとして描かれている。サディストの清美の心理には触れられていないが、悪逆非道な金貸しである清美が人を傷つけることに喜びと充足を見出す人間であることは明らかである。収に対する残忍な加虐行為もまた、存在の充足をもとめてなされていると考えていい。サドとルネの関係は、より精神的なものではあるが、性別を裏返したかたちで清美と収の関係を反復している。清美はサドの作品に登場する極悪非道な無神論者たちを下敷きにして三島が創造した人物である。清美はその悪辣な事業において、一件の一家心中と七件の自殺を惹き起こしたことに多大な誇りを抱いていて、それを「社会的善行」と考えている。自分がやっていることは、「一寸手荒な安死術」にすぎず、先に何の望みもない人びとに裸の現実を見せてやり、彼らがみずからの人生に終止符を打つことの手助けをしていると清美は言うのである（7-318）。

清美の所業は、自分が醜悪な容姿をもち、愛されない運命に生れついた現実への絶望から生じている。その絶望と怒りゆえに、清美は収という美青年の肉体を毀損することに、復讐の喜びを覚えるのである。ある者は美しくある者は醜いという不平等を生みだす「自然」は不条理そのものであるが、清美は自分の不幸に居直り、この「自然」を進んで肯定し、みずからを「自然」の意志を促進する存在として位置づけ、弱者たちをその所定の運命に導こうというのである。

清美は、自分が高利貸しによって他人を破滅させることは、「本来自然がなすべきこと」を自分が「代行」するだけのことであると言う。清美の思想は、サドが悪人たちの科白に仮託してそのさまざまな作品のなかにちりばめる「自然」についての考えを引き継いでいる。たとえば、サドが獄中で書いた最初の作品である『末期の対話』のなかで無神論者である「臨終の男」が語るのもそうした思想である。この対話体の小説のなかで、「臨終の男」は司祭に向かって、「自然」は善と同じくらいに悪を必要としているという持論を語る。

世の人間は絞首台を横目に見ながら、やっぱり罪を犯さずにはいられないのですよ。われわれはある不可抗的な力の誘惑をしりぞけることができないらしい。〔……〕これを要するに、自然が必要としない美徳は一つとしてなく、逆にまた、自然がその必要を認めない罪悪は一つとしてないのです。かかる完璧な均衡において、自然は相互に維持し合い、全自然の科学は成り立っているのです。とすれば、自然がわれわれを駆り立てる方向にわれわれがおもむいたからとて、どうしてそれが罪になるでしょう?

（翻訳全集 1-205）

牢獄文学者サドの出発点となった著作が示すこの思想、すなわち悪徳は美徳に劣らず、「自然」を成立させ、維持するのに役立っているのだという思想は、後年のさまざまな作品で語られるものの原型である。たとえば、サドの代表作である『悪徳の栄え』の悪人は、「差別と不平等」こそ「自然の法則」の「第一の基礎」であって、憐憫や同胞愛という「善」は、この「自然の法則」を乱すものであるがゆえにむしろ「悪徳」なのだと語る（翻訳全集 5-75）。自分は世間的に「悪」とされるものの実践によって、実は「自然」の摂理を代行しているにすぎないという清美の考え方は、「臨終の男」の、そして『悪徳の栄え』をはじめとするサド作品に登場する悪人の思想の延長線上にある。

『末期の対話』を含むサドの作品集『恋の駆引』を澁澤が翻訳して出版したのは、昭和三十年のことであり、これを読んだ三島がその訳業を称賛するエッセイ「澁澤龍彦訳『マルキ・ド・サド選集』序」を書いたのはその一年後だった(翻訳全集一巻解題)。清美の考え方に近いものがよりはっきりと語られている『悪徳の栄え』を澁澤が翻訳して出版したのは『鏡子の家』のあとであるが、その悪人の思想の原型はすでに『末期の対話』の「臨終の男」の言説のなかにある。

『鏡子の家』は、昭和三十三年に書き始められた小説であるが、そこに登場する清美の人物造型は、すでにその当時にあって、三島が澁澤の翻訳などによってサドの作品を読み、その影響を受けていたことを示している。清美は、契約によって収を意のままに支配し、傷つけるという点でも、きわめてサド的な人物である。収は自分の母親が清美に負っている借金のかたとして清美に引き渡され、その生命と身体を売り渡すという証文に署名させられ、身体を切り刻まれる。清美と収のこの支配＝被支配関係は、たとえば『ソドムの百二十日』におけるサドの代弁者である悪人たちと犠牲者である無辜の少年少女たちの関係と同様のものである。欲望の追求者である悪人たちは、美しく高貴な少年少女たちを誘拐させ、人里離れた山中の城塞に監禁し、ありとあらゆる拷問と殺戮に興じるのである。

三島は、澁澤の翻訳を知る前から、澁澤以前のサド文学の紹介や、英訳などによってサドを知り、親しんできたことを澁澤のサド選集序文で明かしている(29-227)。『鏡子の家』執筆の段階で『ソドムの百二十日』や『悪徳の栄え』を読んでいなかったとしても、そこに描かれた悪人たちの思想や生態のおおよその輪郭は知っていたにちがいない。ちなみに、清美の思想はニーチェが弱者について語る無慈悲な言葉とも響き合うものである。たとえば、『アンチクリスト』のなかでニーチェは次のように語っている。

弱者と低能は滅びるがよい。これこそはわれわれの人間愛の第一原理。加えて、彼らの滅亡には手を貸してやらねばならない。

どんな悪徳よりもなお一層有害なこととは何か？――それはあらゆる低能と弱者に同情の手を差し伸べること――すなわち、キリスト教……

（VI₃-168）

第一章で確認したように、ニーチェのこうした激しい言葉を文字通りに受けとることについてはニーチェ自身の警告があるが、それでもしばしば繰り返されるこの種の弱者への罵倒にはレトリックといってすまされないものがある。キリスト教が説く同情の精神への徹底的な反感と侮蔑において、ニーチェがサドの系譜に連なる者であることをこの種の言葉は如実に示している。

さて、収が清美に切り刻まれることに喜びを覚え、愛着するのと同様に、三島が描くルネは、苦しみを与えてくれるサドに傾倒し、愛着を抱く。ルネにとってサドとの結婚は、自身の資質を知り、あるべき自分に至る僥倖をもたらす運命的なものだった。あくまでもサドに尽すこと、それゆえにサドの釈放こそが「一番の喜び、一番の仕合せ」だと訴えるルネにモントルイユ夫人は、それは「どんな性質の、どんな類ひの仕合せ」なのかと問いつめる。ルネは答える。

それなら申しませう。来る夜も来る夜も良人に家を明けられる仕合せ。冬のきびしいラ・コストの城内で、寝床にもぐつてやつと寒さを凌ぎながら、今ごろどこかの温かい小部屋で、良人が縛つた女の裸の背に燃えさかる薪を近づけてゐるところを、ありありと目に思ひ浮べる仕合せ。次々と募る血の醜聞を、戴冠式の赤い裳裾のやうに世間いつぱいに拡げていただく仕合せ。領内の町をゆくにも目を伏せて、領主の妻が道の軒端《のきば》を辿つて忍び歩くといふ仕合せ。貧しさの仕合せ。恥の仕合せ。……それがアルフォンスを自由にしていただく代りに、私の受ける報いの仕合せ。（24-292）

ルネの言葉は自嘲を含みながら、その貞淑のなかに潜むマゾヒズムの快楽を語っている。そのマゾヒズムは大筋において精神的なものである。三島はルネにとってサドとの肉体的な結びつきが大切なものであったように描きながらも、この夫婦が肉体的なサド＝マゾヒズムそのものによって結びつけられていたようには書いていない。密偵が覗き見たクリスマスの饗宴についても、モントルイユ夫人は「お前はきつとそんな夜を、どれがどの日と見分けのつかぬほど、くりかへしてゐたにちがひない」と邪推するが、ルネは「それはたつた一度、強ひられてしたことでございます」（24-294）と否定している。この点においては、三島の戯曲はルネが繰り返し禁断の性をサドと共にしていたとする澁澤の伝記と一線を画している。

澁澤は「ルネがサドの性愛の秘儀にしばしば参加」していたという持論について、「三島氏も私と見解を同じくしているらしい」（「サド侯爵の真の顔」全集8-19）と語っているが、澁澤が「しばしば」という言葉で「倒錯」的な性による夫婦の肉体的な和合こそがルネの貞淑の根底にあったとする見方をしているのに対して、三島はルネの貞淑をより精神的なものとして見ている。すなわち、すでに見たように、三島のルネにとって快楽の饗宴への参加は自分に回心をもたらすものとして、つまり「貞淑につきものの傲り高ぶり」を一掃する契機として画期的であった。しかし、三島のルネは異端の性の虜になることはなく、二度とその種の饗宴に加わることはなかったのである。「性倒錯」の饗宴が三島のルネにとって意義深いものであったのは、異端の性の快楽もさることながら、いまだに自分の道徳性を誇っていた傲慢さに気づかされ、汚辱のなかで自分のなかにある「女といふこの手に負へない獣」（24-296）を自覚させられる体験だったからである。サドという悪を受容し、背徳の快楽を味わいながら、三島のルネのなかには、自分をどこまでも罪深い者として自省する、キリスト教的なマゾヒズムが一貫して存在している。伝記的な事実としても、その瞠目に値するマゾヒズムをもって、妹を愛人にしたことをはじめとするサドのあらゆる非道にルネは耐え、獄中にいるサドの横暴な注文や要求にもすべて応えた。ルネがいかにサドの不断の暴虐に耐えたかについて、澁澤龍彥は驚嘆の念をもって記している。

ルネ夫人が犠牲者としての役割を一つ一つ忠実に果して行くのは、驚くばかりである。いかに不当な非難を浴びせられようとも、不当な要求を押しつけられようとも、あくまで彼女は忍耐強く、条理をつくして相手を納得させようとする。相手に信じてもらおうとする。変らぬ愛の証拠を見せようとする。どんな要求でも素直に受け容れる。

（全集 5-175 以下）

しかし、澁澤の伝記は、こうしたルネの貞淑を精神的なマゾヒズムのなせるものとは見ない。澁澤のルネに対する見方は、最初からサドの放つ魅力に眩惑され、結婚後は肉体的につよく惹きつけられて貞淑を貫いた女性ということで、官能的な面で夫に結びついた側面を強調している。しかし、三島は肉体的な愛着の側面を描きつつ、それと表裏一体のものとして潜在するルネの精神的なマゾヒズムをあぶりだしている。そしてそれはきわめてキリスト教的な、受難をよろこぶ精神のありようなのである。

澁澤と三島のルネ理解の相違は、二人の資質の違いを垣間見せる。澁澤にはマゾヒスト的な要素はほとんどなく、したがってルネを理解する上でマゾヒズムをそこに見ることもないのに対して、三島はみずからの濃厚なマゾヒズムゆえにルネのなかにあるそれをつよく感受し、あぶり出して見せた。澁澤は基本的には三島と違って「健全」なセクシュアリティの持主であり、その異端の性への関心はおおよそのところ博物学的な好奇心に由来するものだった。

ルネに対する見方の相違に対応して、サドに対する見方にも両者の違いがある。すなわち、サドが抱えていた「性倒錯」について、三島がそれを「死と夜と血潮」（『仮面の告白』1-190）に惹きつけられる自身のセクシュアリティと同質のものとして捉えていたのに対して、澁澤はそれをもっぱら究理的な精神のあらわれとして眺めていた。澁澤は、対象を分析し、その内実を究明しようとする知的な働きが、性的な次元におけるサディズムと通底すると考えていたのである。三島のサド観と自身のサド観の違いについて澁澤は次のような判断を下している。

私のサド観は、徹頭徹尾、地中海的な伝統の上に立つ、十八世紀のリベルタンとしてのそれである。しかるに、三島由紀夫氏のサド観は、これといくらか相違していたように思われる。だから、ロジェ・ヴァディムの映画『悪徳の栄え』を三島氏が絶賛して、サドとワグナー、サドとニーチェを結びつけ、「拷問や奴隷化のかなたには、永遠の歓喜と死と美が横たわっているという哲学を、この映画はぬかりなく表現している」などと書いているのを読むと、私はいささか鼻白む思いをしたものである。

私のサドが、明るい幾何学的精神のサド、ユートピストとしてのサドだったとすれば、三島氏のサドは、暗い官能的陶酔のサド、「神々の黄昏」としてのサドだった。

（「『サド侯爵夫人』の思い出」全集 15-207）

ここで澁澤が言及している三島の文章は「拷問と死のよろこび――映画『悪徳の栄え』をみて」というエッセイで、サドの作品の舞台をナチスの高官たちの悪逆非道の饗宴に移しかえて描いた一九六二年のロジェ・ヴァディム監督の映画『悪徳の栄え』に感銘を受けて書かれたものである。三島はこの映画を絶賛し、さらにはっきりワグナーのものかどうかはわからないが、ワグナー風の音楽が使われていることにいたく感動し、ニーチェまで持ちだして、「ワグナー、ニーチェ、ナチスといふ三題噺に、マルキ・ド・サドが加はることによつて、映画『悪徳の栄え』の趣向は完全なものになる」（32-491）と語った。フランス人ヴァディムがフランス人サドの原作をドイツ的なものの極みと目されるもの、すなわち受苦と死と夜に向かうロマン派的なドイツ精神に結びつけて描いたことに対して、三島は、「ドイツ人の形而上学的かつ官能的歓喜の不気味さ、（私はベートーヴェンの「第九」にすらそれを感じる）を、これほどみごとにあらはしたものはない」、「映画でかういふことをやつたヴァディム監督は偉い」と称賛したのである。

この手放しの賛美を読んで「鼻白む思い」をしたと言う澁澤は、そこで、自身と三島のサド観の違いに触れ、みずからのサドは「明るい幾何学的精神のサド」、三島のサドは、「暗い官能的陶酔のサド」だったと語るのである。しかし、サドが描いた残忍この上ない世界は、当然のことながら、「明るい幾何学的精神」だけではとうてい説明のつかないものである。サドのなかにはたしかに「明るい幾何学的精神」もあっただろう。しかし、『悪徳の栄え』や『ソドムの百二十日』の暗黒の世界が、「暗い官能的陶酔」のサドにおいてはじめて成立しうるものであることは言うまでもない。

三島がサドのなかに見いだしたドイツ的な不気味なものは、ニーチェの言うディオニュソス的なものに言い換えられる。それは、もともと「明るい幾何学的精神」として考えられてきたギリシャ・地中海文化のなかに潜んでいたものをニーチェが掘り起こして命名したものである。ニーチェがドイツ人らしい「暗い官能的陶酔」に満ちた人だったことが、その発掘を可能にした理由の一つである。サドのなかのディオニュソス的な要素をドイツ的と呼ぶのは、たしかにドイツ人ニーチェの使徒である三島にふさわしかった。三島がディオニュソス的な精神をドイツ的な精神と呼ぶならば、それと対のアポロン的な精神は必然的に澁澤が持ちだしてきた地中海的な精神ということになる。澁澤がサドのなかにある地中海的精神を単に「明るい幾何学的精神」、つまりアポロン的な精神と呼ぶのは、三島に触発されたものである。

しかし、ニーチェの文脈から見れば、「明るい幾何学的精神」、すなわちアポロン的精神は、実際には地中海的精神の一面に過ぎない。ニーチェが見るところでは、地中海的精神の大元であるギリシャ精神はアポロン的なものとディオニュソス的なものの両面から成り立っていて、しかも、両者のうちでより根源的なのはディオニュソス的な精神ということになる。[*14] 澁澤は、「私のサド観は、徹頭徹尾、地中海的な伝統の上に立つ、十八世紀のリベルタンとしてのそれで」あって、三島のドイツ的なサド観とは違うと強調しているが、三島がドイツ的精神とサドを結びつけて悦にいったのは、もともとニーチェやマンに傾倒する三島の趣味がたまたま、ナチスとサドを結びつけた映画によって活性化されただけのことである。

実際のところ、『サド侯爵夫人』における三島のサド観は、澁澤が言うほど「暗い官能的陶酔のサド」に偏しているわけではなく、澁澤の明晰なサド像を忠実に踏襲しつつ、その裏にあるものを描いているという点で正鵠を得たものである。三島戯曲におけるサド像は、激しく陰鬱なディオニュソス的な要素を根底にもちながら、アポロン的な明るさをたたえたものとして描かれている。モントルイユ夫人はサドを「毒々しい熟れた果実」にたとえ、「地獄の王」と呼ぶが、サン・フォン夫人はサドを明るい南国の陽光を受けて育った「オレンヂ」にたとえ、ルネはサドが垣間見せてくれた世界を闇のなかに無数の光が点滅する「一面の星空」にたとえる。ルネはサドについて「私はともするとあの人の陽気な額、輝く眼差の下に隠されてゐた、その影を愛してゐたのかもしれませんの」と語るのである。

澁澤龍彥は、三島と自身のサド観の違いを際立たせるために、そこに二元的対立があるかのように強引に論じているが、公平にみれば三島のサド観が、サドの明晰をも理解した上での正当なものであったことを最終的には認めている。「『サド侯爵夫人』の思い出」の末尾で、澁澤は「私は三島氏のサドが、暗い官能的陶酔のサド、『神々の黄昏』のサドだったと書いたが、もちろん、氏は同時に幾何学的精神のサドをも知っていた」と記し、次のような三島の言葉を引用している。

サドは「神なき中世」を創造し演出したのにとどまらず、ヴォルテエルの世紀たる十八世紀に生れ、誰よりも夙く、理性の容認の度合を測定し、理性の劇に自ら耐へた実験家だといふことである。サドの小説には、今日錯乱と名付けられるあらゆる症状が描破されてゐるにもかかはらず、サド自身はつひに永遠に錯乱に到達しない。

（「澁澤龍彥訳『マルキ・ド・サド選集』序」29-228以下）

さて、マゾヒズムに話を戻す。ルネのマゾヒズムの根源には、中世以来のヨーロッパを支配してきたキリスト教道徳の影響があるが、それはまた「法」と「正義」を体現する厳格なモントルイユ夫人が娘に施した教育の成果でもある。すでに見たように、三島のルネは夫人が「私の教育と理想のみごとな花」と誇るような、つまり夫人が信奉する社会道徳を体現するような娘だった。ルネのサドへの献身は一面では母親の他罰的な教育によって育まれたマゾヒズムの皮肉な結実である。だがそれと同時に、ルネがサドという社会の異物に出会い、たちまち幻惑され、徹底的に献身を尽すようになったのは、意識していたかどうかはともかくとして、実は母親に与えられた役割のなかで生きることにすでに倦んでいたからである。サドに出会うことによってルネは、社会道徳を背後から支えるキリスト教がもつ内省と自虐の精神を、サドの暴虐をよろこぶマゾヒズムに置き換え、母親を批判の目で見るようになった。

もともとモントルイユ夫人とサドの対立は、自己絶対化をはかる、他罰性と嗜虐性を本領とする同種の人間同士の対立であって、折り合うことのきわめてむずかしいものだった。特に、社会制度を後ろ楯にして居丈高に自説を主張するモントルイユ夫人は、ときに鞭打たれることを好む、マゾヒスティックなところもあるサドよりもさらにつよい他罰性と嗜虐性をもっている。行動においても、作品においても、サドの嗜虐性は性的なものとの関わりで発揮されるものであって、性的なものが介在しない場面ではしばしば意外な柔和さと寛大さを示したことは、澁澤の伝記にもあらわれている。

たとえば、革命によって解放されたサドは、たまたま革命委員会の重職に登用されたことを利用して、旧社会の特権者として罪を問われかねなかったモントルイユ夫妻を、自分を牢獄に幽閉しつづけた張本人であるにもかかわらず、救った。また、革命後、サドは結果的に家族からほとんど見捨てられ、天涯孤独同然の身となるが、その貧窮したサドを支えた愛人ケネー夫人の幼い息子には、あふれる情愛を注いで慈しんだ。これに対して、少なくとも澁澤の伝記に書かれたモントルイユ夫人は、世間体を第一とする、権力志向の、他罰的な女性であり、三島の戯曲はその夫人像を継承しつつ、さらにつよいアクセントでそのサディスティックな権威主義者ぶりを描いている。

威嚇するサディスティックな母親に育てられた子供が、この母親に反抗するつよい気性をもたず、自分に対する他罰的な評価を従順に受け入れれば、みずからを罪深い存在として見る反省過剰な、マゾヒスティックな傾向をもつ子供になることは容易に想像される。ルネの従順で被虐的な性格は、モントルイユ夫人という心理的サディズムの権化が施した教育の精華である。

ところで、モントルイユ夫人の他罰性がアンシャン・レジームの、内実は形骸化したキリスト教的道徳によって支えられていたのとは対照的に、サドの嗜虐性はアンシャン・レジームとそれを背後から支えるキリスト教への挑戦として成立している。モントルイユ夫人とサドの対立は、旧世代と新世代の相克という要素を含んでおり、ルネが母からサドに忠誠の対象を移したことには同世代への共感という側面があるだろう。この世代の相克があらわす時代の変化は、やがてフランス革命という激震となってあらわれ、貴族社会に従属するモントルイユの家は劇的な変化をこうむることになる。ルネのなかにはこのことの予感があり、それは第二幕終りの次のような親子の対話となって表現される。

ルネ　あなた方はそれぞれの抽斗に、ハンカチや手袋を区分けしてお入れになるやうに、兎には愛らしさを、蛙にはいやらしさをといふ風に、人間を区分けしてお入れになる。モントルイユ夫人には正しさを、アルフォンスにはぞつとする悪徳を。
モントルイユ　それぞれの抽斗に入れられるのも、それぞれの心柄で仕方がない。
ルネ　でも地震で抽斗がひつくりかへり、あなたは悪徳の抽斗に、アルフォンスは正しさの抽斗に入れかはるかもしれませんわ。〔……〕御自分のいやらしさを鏡にかけて御覧になれたら、どこの抽斗に入れたらいいかお迷ひになることでせうね。サド侯爵家の家名に目がくらんで、娘をアルフォンスの嫁にやり、さあ今度は母屋に火がつきさうになると、あわてて買ひ戻さうと躍起におなりになる。

（24-299 以下）

社会道徳を踏み越え、欲望に忠実であろうとするサドのようなリベルタンの出現は、それ自体、ブルボン王朝の土台が揺らぎ、新しい時代が到来することの予兆だった。認識者ルネは、母モントルイユ夫人の道徳がすでに過去のものであり、サドこそが新しい時代の息吹を伝える精神であることを感受していたのである。

7 マゾヒズムと認識

第三幕はフランス革命が勃発してから九ヶ月後の一七九〇年五月、第二幕から十二年後である。サドは間もなく牢獄から解放され、自由の身になって戻ってくる。それはルネがみずからの不幸と引きかえにしてでも願っていたことだった。第三幕の舞台もこれまでの二幕と同じモントルイユ家のサロンで、それぞれに年老いたモントルイユ夫人とルネの親娘の対話から始まる。時代と状況の変化はモントルイユ夫人の科白が端的に表現している。

今では何もかもをはつた。先月憲法制定議会が、勅命逮捕状を無効にして以来、私が永年信じてきた法と正義は死んでしまつた。罪人といふ罪人、狂人といふ狂人が、日の目を見るのも今日明日のうち。……お前はそれ以来、ふつつりアルフォンスのところへ行かなくなつたね。

（24-301 以下）

サドが獄中にいるあいだ、食べ物を持って頻繁に夫を訪ねていたルネは、最近では家にこもって刺繍ばかりしている。待ちに待った春、しかも夫が帰ってくるというのに、あまりそれを喜んでいるようでもない娘の様子をいぶかるモントルイユ夫人に、ルネはただ「年のせゐ」で春がうれしくもなくなったと答えるばかりである。

そこに結婚したアンヌが登場して、剣呑な情勢から逃れてヴェニスに行くことを告げ、母を誘う。現実にはアンヌは若くして病没し、革命まで生き長らえることはなかったのだが、この戯曲ではまだ健在である。アンヌは、革命は一時的に収まって今はつかの間の平穏が世を支配しているが、いつ何時、究極の破局がやってくるかわからないというのである。かつてはサドとともに逃避行をした思い出のヴェニスへ今度は夫とともに行くのだというアンヌの話を聞いたルネは心穏やかでない。

ここで、ルネとアンヌ、この対照的な姉妹は、以前と同じように、互いの生き方をめぐって口論を始める。ルネはアンヌの要領よく男にすがって生きる浮薄な生き方を難詰し、アンヌはルネの内省的で静観的な生き方を「あなたが面と向つておいでなのは、動かない一枚の白い塀。よく見れば血しぶきの黒く凝《こご》つた跡もある、涙のやうな雨水の跡もある、動かない塀があるばかり」と言って批判する。ルネはそれに応えて言う。

私が人間の底の底、深みの深み、いちばん動かない澱みへだけ、顔を向けてきたのは本当だわ。それが私の運命でした。
（24-306）

私の思ひ出は虫入りの琥珀の虫、あなたのやうに、折にふれては水に映る影ではないわ。
（同）

来し方を振り返ってルネが語っているのは、認識者としての自分の宿命である。アンヌはルネがついに持つことができなかった、そして自分が持ちえたものとして、愛するサドとともに行った「ヴェニス」、つまり華やかな思い出の日々と、「仕合せ」を挙げて勝ち誇るが、ルネは自分が本当に求めてきたものはそんなものではないと言う。

私の思ひ出に残つたものは、私の琥珀の中に残つた虫は、ヴェニスでもなければ仕合せでもない、ずつと怖ろしいもの、言ふに言はれないものでした。若い私が望むどころか、夢にさへ見なかつたもの。でも、今では少しづつわかつてきました。この世で一番自分の望まなかつたものにぶつかるとき、それこそ実は自分がわれしらず一番望んでゐたものなのです。それだけが思ひ出になる資格があり、それだけが琥珀の中へ閉ぢ込めることができるのよ。それだけが何千回繰り返しても飽きることのない、思ひ出の果物の核《さね》なのだわ。
（24-307）

『サド侯爵夫人』のなかで、これほどルネが認識者そのものであってそれ以外のものではないことを示す科白はないだろう。認識という営為は、サディズムに親和性をもつ、対象を解体し、その秘密を暴こうとする究理的な傾向と、マゾヒズムに親和性をもつ、真実を知るためにはどんな痛苦にもあえて身をさらす被虐性の両面から成り立っている。すでに見たように、ルネは外的生活においてはサディズムの能動性よりははるかにマゾヒズムの受動性に傾いた精神であるが、その内的な真実追求の姿勢は、究理的なサディズムがそのままおのれの忍苦をよろこぶマゾヒズムにつながるところに成立している。外的な現実において忍従に甘んじるマゾヒスティックなルネは、みずからの経験の意味を探る内的な作業においては、それをあらゆる側面から眺め、隠されているものを暴きだすサディスティックな追求の精神を持っている。

外的な現実においてサディズムに親和性をもつ能動的な行為者が、多くの場合、内的にはなんらかの出来合いの思想にインスパイアされているだけの受動的な存在であるのと対照的に、外的な現実においてマゾヒズムに親和性をもつ受動的な認識者は、内的にはむしろ徹底的に物事を精査し、その実体に迫ろうとする粘着的な能動性を備えているのが通例である。ニーチェもまた、そのような認識者だった。その作品において批評の対象を完膚なきまでに攻撃するサディズムを発揮したニーチェは、現実の生活では、あらゆる苦しみに耐え、そこに喜びさえ見いだすマゾヒストだった。生涯の多くの時期においてほとんど原因不明のすさまじい病苦に悩まされたニーチェは、その苦しみを認識にとってきわめて有益なものとして肯定し、みずからのために喜んだ。

重病に苦しむ人間は、彼自身のその状態から発する恐るべき冷たさをもって事物を眺める。健康な人間の目が眺める事物は、ふつうは小さな魔法のような惑わしの状態のなかに漂っているものであるが、病者の目にはそんな魔術は消え去ってしまう。まさに、彼自身が、何ら身を覆うもののない裸形の姿で自分の前に横たわるのである。もし彼がこれまで何らかの危険な幻想のうちに生きていたとすれば、苦痛によるこの最高の覚醒は、彼をそこから引っぱり出してくる手立てであり、あるいは唯一の手立てであろう〔……〕健康な人間がなんの考えもなく歩きまわっている気持のよい暖かな霧の世界を、病者は軽蔑の念をもって思い返す。彼が以前、そのなかで戯れていた最も高貴な、最も好ましかった幻想のあれこれを、軽蔑の念をもって思い返すのである。彼はこの軽蔑を地獄の底から魔法で呼び出し、魂に対してこれほどに激烈な苦しみを与えることに快感を覚えるのである。

(『曙光』一一四節、V_1-103.)

ニーチェがここで語っているのは直接的には病が認識に対してもつ効用であるが、この考えをさらに一歩進めれば、認識が病を前提として成り立つという命題、すなわち認識者は必然的に「病者」であるという命題に行きつくだろう。もちろん、この苦しみにのたうつ「病者」は、肉体的な病者でもありうるし、精神的な「病者」でもありうる。いずれにしても、病んだ人間こそが、その病苦ゆえに覚醒し、認識の刃を研ぎ澄まし、能動的に世界の実相に切りこみ、その上、自身の魂を苛むのだとニーチェは語っている。サドが牢獄のなかで行動の自由を奪われ、受動的で無害な存在になりながら、作品世界では無辜の少年少女たちに襲いかかり、その身体を切り刻む残忍な悪人を自分の代弁者として描いたように、病に対してなす術を知らないニーチェは、牢獄と化した身体のなかで認識の刃を研ぎ澄まし、世界に対して襲いかかり、自分の魂を苦痛でみたしたのである。

アンヌが「ヴェニス」や「仕合せ」という「気持のよい暖かな霧の世界」をさまよう「健康者」であるのに対して、苦悩に親しみ、苦悩を喜ぶ認識者ルネは「病者」である。この対照的な姉妹を生んだのは、モントルイユ夫人という他罰的な母親である。現実を「法」と「正義」で裁断する母の厳格な教育を姉が生真面目に受けとめて内省過剰な、自罰的な性格を形成していったのに対して、妹は要領よく母の監視の目をかいくぐり、人生から多くの享楽を引き出す現実的な性格を形成したのである。もっとも、「法」と「正義」に守られて盤石であったはずの母の峻厳な現実主義も結局は一つの脆弱な幻想でしかなかったことがフランス革命によって明らかになってしまったあとでは、アンヌの快楽主義の現実もまた、浮薄な幻想と言いうるものである。ルネが「折にふれては水に映る影」と呼ぶように、アンヌの「仕合せ」に包まれたはずの現実は、自己陶酔に包まれた幻想と見ることもできるものである。

母が生きていた事大主義の「現実」や、妹が今も生きている享楽主義的な「現実」に比べると、ルネが耐え忍び、その思いつめる生真面目さによって反芻しつづけた末に出来上がった「虫入りの琥珀の虫」のような思い出は、認識の苦しみによって鍛え上げられた、より実在感のあるものかもしれない。しかし、苦悩に満ちた認識者が経験する「現実」が、実際家や行動家が経験する「現実」よりも、確実に実在性のある、堅固なものであるという保証は、本当はどこにもない。ニーチェが説くような病気の効用はたしかに存在するものであるだろうが、外的経験の乏しさや、迂遠な思考のもつれが真実を見えにくくするということもまたありうるのである。待ちに待ったサドの帰還を目前にしながら、ルネは再会を回避することになるが、そこには決して完了することのない認識という営為に倦み疲れた者の自己放棄があるだろう。

8 物語作者サドの誕生とルネの決意

アンヌが去ると信心深いシミアーヌ夫人が登場し、ルネの出家の「決心」を褒めたたえる。はじめて聞く話に、「アルフォンスが出てくるといふ今日になつて」と驚くモントルイユ夫人に、ルネは隠遁の思いはずっと以前からのものであり、サドへの未練もあるなかで行きつ戻りつ思案を重ねたあげくの「決意」なのだと答える。しかし、モントルイユ夫人にはこの「決意」は気に入らない。夫人は、貴族の身が危なくなった時勢のなかでは「アルフォンスの悪徳が、本人ばかりか私共一族の免罪符になるかもしれません」と語り、今や「わが家の宝」になるかもしれないサドを手放さないためにルネの出家に反対する。実はサドからモントルイユ夫人宛てに、自分は新政府に有力な伝手をもっているので、夫人が窮地に陥った場合には、助けてあげたいと申してる手紙が来ていたのである。

サドのリベルタンぶりが革命騒ぎのなかではかえってわが身の安全に役に立つと見るや、夫人は実際家ぶりを発揮して、かつては罵倒していたサドを褒めたたえる。自分を牢獄に入れるために画策した仇敵であるはずの義母を救おうというサドを夫人は、「もともとあれの心の底に、ふだんは人目に触れない地下水のやうなやさしさがあることは、私も夙うから見抜いてゐました」（24-307）とうそぶく。

「法」と「正義」をふりかざし、サドを目の敵にしてきたモントルイユ夫人がサドを認めるような言辞を吐き、サドの情けにすがろうとする豹変ぶりをルネは「お母様はずいぶん尽しておやりになりましたもの、お返しもたんとございませう」（24-315）と皮肉る。しかし、夫人の身もふたもない実利主義は革命後の世界の現実を的確に認識している。夫人が「法」と「正義」を金科玉条としてきたのは、王制が安泰だった時代に即した世過ぎだったからで、状況が変わった現在ではその信念を放棄している。信心家のシミアーヌ夫人が「世の中がどうあらうと、正しいことと正しくないことは、子供が舗石の上にあざやかに蠟石で引く線のやうに、神がはつきりお分けになつておいでです」と十年一日のごとき道徳観を語るのに対して、モントルイユ夫人はこう答える。

モントルイユ　さあ、どうでせうか。その線は海の岸辺の、潮の差引で移る堺のやうに、いつも揺れ動いてゐるのではございませんか。アルフォンスは丁度その波打際で、片へはいつも波に涵しながら、貝拾ひをしてゐただけではございませんか。〔……〕
ルネ　お母様のそのお考へは、今ではアルフォンスの考へにそつくりですわ。帰つてきたら、さぞお話が合ふことでございませう。（24-317）

ルネが言うように、サドとモントルイユ夫人は対極の立場から出発して同じ場所に到達し、今は互いによき理解者になったのかもしれない。正義と悪、正統と異端、正常と異常を仕切る境界線は革命によって動揺し、曖昧になった。「法」と「正義」をかざしつつこの世の表舞台で生きてきたモントルイユ夫人と、瀆神を含む「性倒錯」によってこの世の舞台裏に追いやられていたサドの境遇が入れ替わる変化のなかで、モントルイユ夫人もこの世の無常を知り、既成道徳を犯してでもみずからの欲望に生きようとするリベルタンとしてのサドの立場に一理あることを身をもって理解した。旧体制の秩序を転覆した革命はモントルイユ夫人をも反逆者サドの世界観に近づけたのである。

シミアーヌ夫人は、モントルイユ夫人が危急のときは救いの手を差し伸べる旨の手紙をサドが書いたと聞いて、以前と同じようにサドの「美しい心」を褒めそやす。罪を認め、かつての敵を許す気持になったサドは信仰の光のなかに足を踏み入れたのだと語り、この上はルネの信仰篤き心がさらに夫を信仰の世界に導いていくであろうと予言する。シミアーヌ夫人はこの世のあらゆることを美化し、無害化して、自分の安心立命をはかることにたけた婦人である。サドを美化し、修道院に入ろうとするルネを賛美してやまない。「あなたこそ、この世のあらゆる女の、貞淑の鏡」とルネを褒めたたえる。修道院に入ることを決意したルネは、神という「聖い光りの源のはうへ一歩を進め、さうして少しづつ侯爵を、光りへ導かうとしておいでになる」(24-318)と言うのである。

ところが、それに対するルネの返答は、たしかに自分が修道院入りを決意したのは、一つの「光り」を見たからではあるが、その光源は神ではなく、どこか別のところにあるように思われるというものだった。いぶかるシミアーヌ夫人にルネは、サドが牢獄で書いたジュスティーヌの物語の梗概を話して聞かせる。

それは急に両親を失つて世の中へ放り出された、ジュリエットといふ姉とジュスティーヌといふ妹の、遍歴の物語でございます。でも世の常の物語とちがつて、美徳を守らうとする妹はあらゆる不幸に遭ひ、悪徳を推し進める姉はあらゆる幸運を得て富み栄え、しかも神の怒りは姉には下らず、みじめな最期を遂げるのは妹のジュスティーヌのはうなのでございます。心は美しく身持は固いのに、哀れなジュスティーヌは次々と、恥かしめられ、虐たげられ、足の指は切られ、歯は抜かれ、烙印を押され、打たれ、盗まれ、つひには無実の罪で刑を受けようといふ瀬戸際に、姉のジュリエットに再会して救ひ出され、やつとありあまる幸福に恵まれたのもつかのま、雷に打たれて無残な最期を遂げます。

アルフォンスは日に夜を継いで、牢屋のなかでこれを書きつづけました。何のために？　小母さま、こんな怖ろしい物語を書くことは、心の罪ではありますまいか？（24-320）

ジュスティーヌの物語にはいくつかの異本があるが、ここでルネが語っているのは、澁澤龍彥が翻訳して昭和三十一年に『ジュスティイヌ　あるいは淑徳の不幸』という表題で出版した小説（後に『美徳の不幸』と改題、以下、この表題であらわす）である。バスティーユの監獄で執筆されたこの小説を読んだ三島は、ルネに次のように言わせた。

あの哀れな女主人公は、心のやさしい、感じやすい、どちらかといへば陰気な淋しい人となりで、姉の媚態にひきかへて羞じらひ深く、乙女らしい姿、思ひやりにみちた大きな瞳、まばゆい肌、華車な体つき、やるせなげな声音……まるでアルフォンスが、何も知らなかつた時分の若い私の姿絵を描いたやう。

それで、私の気づいたことは、この淑徳のために不運を重ねる女の話を、あの人は私のために書いたのではないかといふことですの。（24-321）

澁澤龍彥の伝記は、サドがその創作においてルネをジュスティーヌに重ね合わせたというようなことは何も語っていない。ジュスティーヌをルネが自分と同一視するのは、ひとえに三島の設定である。この設定は、たとえば両者ともに二人姉妹であるという境遇や、姉妹の性格が対照的であることなどの共通点を考えれば無理なものではない。姉と妹が入れ替わっていて、姉であるルネと違ってジュスティーヌは妹であるものの、両人ともに二人姉妹の片割れであって、しかも姉妹の性格は陰陽において対照的だった。

ちなみに、ポーヴェールの浩瀚な伝記によれば、モントルイユの家に何人の子供がいたかということについては、実際は詳らかでないが[*15]、澁澤の伝記にはルネとアンヌしか登場しない。また、ジュスティーヌは、母親を毒殺する悪人ドルバックに熱烈な恋心を抱くが、敬虔な母親を憎悪する点でサドを思わせるこの悪人へのジュスティーヌの恋心などにも、たしかにサドに対するルネの愛着を思わせるところがある。しかし、ジュスティーヌに備わっている沈みがちな気質や、穏やかさ、ブロンドの髪などは、当時の人びとに人気を博し、サドも愛好していた暗黒小説の女主人公一般の特質で、[16]サドは当時の流行の女性像を自作に取り入れたにすぎないという可能性もある。また、ジュスティーヌは絶世の美少女で、三島のルネも目の覚めるような美女として設定されているが、すでに述べたように、実際のルネはそれほど容姿に恵まれた女性ではなかったようである。[17]

ジュスティーヌという、その名前からしてすでにキリスト教的美徳の化身である少女は、少なくとも一面では、当時の小説の定型的人物像をもとに、サドがみずからの瀆神的な欲求の餌食として作りだした観念的な人形であるといっていい。作家にとってのモデルとは、基本的には、自分の情動を刺激する人間像を作りだして作品を創造するための触媒であるだろう。ジュスティーヌという人物像はたしかにサドの情動をつよく刺激するものであり、だからこそサドはジュスティーヌが登場する小説の異本をいくつも書いたのにちがいない。そして、サドの人生に深く関わり、その情動を突き動かす可能性の大きい女性としては、サドの母親と並んで妻であるルネがまず第一に挙げられるだろう。

際限なく不幸に見舞われるジュスティーヌの物語には愛の対象を傷つけようとするサドの幼児的な欲求が存分にあらわれているが、そこには自分を十分に愛さなかった生母マリーや、囚われの身である自分に愛の手を差し伸べてくれる大切な存在でありながら、その生まじめな貞女ぶりがおそらくサドの信条と感覚に合わなかったルネへの愛憎が込められているとみていいだろう。最終的にはサドの母親と同様に修道院に入るルネには、もともと信心深いところがあったようで、結婚当初のサドはルネについて「あまりに冷たく、あまりに信心深い」(『サド侯爵の生涯』全集5-44)と不満を語っていたともいう。

獄にあってルネの助けにすがらざるを得ないという状況も、神を認めない、過激なほどの自力主義者であるサドにとっては屈辱であり腹立たしいことだった。『美徳の不幸』にも、他人に恩義を施し、自己満足に浸る人間への激しい憎悪を語る悪人が登場する。ジュスティーヌによって命を救われた贋金つくりのダルヴィルは、「自然の法則の中には、ある者が他人の世話をするという快楽にふけったがために、その世話を受けた者が相手に行使し得る権限を譲歩しなければならない、などという定まりはないのだ」（翻訳全集 1-370）とうそぶき、おのれの忘恩を正当化して、ジュスティーヌを牛馬のように働かせたり暴行したりするのである。

敬虔さと表裏一体の無知ゆえに極悪非道な放蕩者たちの格好の餌食となるジュスティーヌは、おそらくはサドがその生涯において出会った信仰の篤い女性たちの総体から生れたもので、なかんずく信心に凝り固まって息子に関心をもたなかった母マリーこそはそのモデルの筆頭に挙げられるべきかもしれない。この母親と並んで、ルネもまた、たしかにサドの生涯において決定的に重要な役割を果たした女性であり、そのキリスト者らしいマゾヒズムは、ジュスティーヌという人物像を生みだすための恰好の触媒であっただろう。少なくとも、三島のルネは、直感的にジュスティーヌが自分であると理解し、そのときサドにとって自分が何であったかを理解した。

牢屋の中で考へに考へ、書きに書いて、アルフォンスは私を一つの物語のなかへ閉ぢ込めてしまつた。牢の外側にゐる私たちのはうが、のこらず牢に入れられてしまつた。私たちの一生は、私たちの苦難の数々は、おかげではかない徒労に終つた。一つの怖ろしい物語の、こんな成就を助けるためだけに、私たちは生き、動き、悲しみ、叫んでゐたのでございます。

（24-322）

ジュスティーヌの物語を読んだルネは、獄中のサドがいつの間にか文学がすべてであるような怪物になっていたことを悟る。真正の物語作者に変貌したサドにとって現実のすべては作品の素材と化し、ルネもまた、ジュスティーヌという作品を完成させる一つの道具になり代わっていたのである。かつては現実の性の世界をきわめようとする行動家だったサド、目につくものすべてをその天衣無縫な振舞いによって詩に変えてしまう無垢な詩人だったサドは牢獄のなかで消滅し、物語作者であってそれ以外の何者でもない真正の作家が誕生していた。想像力の世界に籠ったサドは、みずからが創造する世界のなかで全能の神のような存在になっていたのである。

その物語を読んだときから、私にははじめてあの人が、牢屋のなかで何をしてゐたかを悟りました。バスティユの牢が外側の力で破られたのに引きかへて、あの人は内側から鑢《やすり》一つ使はずに牢を破つてゐたのです。〔……〕

充ち足りると思へば忽ちに消える肉の行ひの空しさよりも、あの人は朽ちない悪徳の大伽藍を、築き上げようといたしました。点々とした悪行よりも悪の掟を、行ひよりも法則を、快楽の一夜よりも未来永劫につづく長い夜を、鞭の奴隷よりも鞭の王国を、この世に打ち建てよう

といたしました。　　　　（24-322）

行動の自由を失ったサドは、行動によっては得られないような無際限の自由を得た。想像力の世界であらゆる人間の身体を所有し、意のままにするサドは、もはや人間という範疇を超えた何ものかに変貌している。そしてこの人外の何ものかこそはサドの究極の姿なのだという認識にルネは立っている。もともと行為者としてのサドがサドのあるべき姿でないということは、サドをよく知る二人の女性、すなわちサン・フォン夫人とルネの共通の認識だった。第二幕でサン・フォン夫人は乱倫の饗宴のなかで鞭をふるうサドを「ただの影」と呼び、ルネは「性倒錯」の行為をとおして超越に近づこうとするサドの願望を、「望みのない恋にかける望みよりももっと空し」いもの、「獲物はといへば、つかのまにその手から辷り落ちてしまふに決つてゐる」（24-289）ものだと語っていた。大胆な行為者の側面をもちながら、究極においてサドは行為によって十全に満たされるためにはあまりにもつよい超越への欲求に駆り立てられる人間だった。

行為者になろうとあがいていた三島は、すでに行為者だったサドの宿命的なアポリアがみずからのものとなる予感を抱きながら、サン・フォン夫人とルネの科白を書いている。そして牢獄で文学者となったサドに捧げるルネのオマージュを書きながら、芸術こそはサドの超越への欲望を満たす唯一の手立てであることを、狂気のように行為に憧れつつも確認しているのである。この世で実現することが不可能な夢を追っていた行為者サドは、投獄され、行為の可能性を失い、想像の世界に閉じこもることでかえって「不可能の堺」を越え、本来、人間が到達しえない場所に超出してしまった。ルネは、性の秘儀によって自分がサドと同一化したと信じていたことが誤りであって、サドはもともと自分が考えていたような現実の住人ではなく、この世ならぬところに住まう人外の存在だったのだと思う。そこで、ルネは十二年前の母親との口論の際に言った「アルフォンスは私です」という言葉を撤回し、「ジュスティーヌは私です」と語るのである。

サドが作りだしたものが、「充ち足りると思へば忽ちに消える肉の行ひの空しさ」を超える「朽ちない悪徳の大伽藍」であり、「悪の中でももつとも澄みやかな、悪の水晶」だと語るルネは、一個の芸術至上主義者として、サドの作品こそはこの世のすべてに優る価値だと考えている。「私たちが住んでゐるこの世界は、サド侯爵が創つた世界」なのだと言うとき、ルネは自分自身を含む現実のすべてが、その価値あるものを生みだすための触媒にすぎないと考えている（24-322 以下）。

実は、サドが獄中でかつてのサドから脱皮し変性していたのに対応して、ルネもまたかつてのルネとは違う何者かに変容している。サドが作家という怪物に成りかわっていたのに対応して、ルネはサドという経験を持前の内省癖で反芻し、「虫入りの琥珀の虫」という確かな所有物に変容させ、みずからもかつてのただ従順であるだけのルネとは異なる、堅固な認識者に変容していたのである。繰り返すことになるが、「ヴェニス」と「仕合せ」を誇る世俗的な妹アンヌに対して、ルネは自分のなかに残ったものは、「ずつと怖ろしいもの、言ふに言はれないもの」、「若い私が望むどころか、夢にさへ見なかつたもの」であったと、また、「この世で一番望まなかつたもの」こそは、実は「われ知らず一番望んでゐたもの」だったのだと語っていた（24-306 以下）。この「倒錯」的な認識は、恥辱が喜びに、苦痛が快楽に、不幸が幸福に変わるようなサドとの奇妙な共生のなかでルネが体得したものである。

行為から完全に疎外されているという意識にとりつかれ、行為者近江に憧れていた『仮面の告白』の「私」のように、無垢な行為者サドに恋い焦がれていた無知なルネは、サドという経験を反芻することによって、透徹した認識者へと変貌していた。第二幕の終りの母との口論のなかでルネは「薔薇と蛇が親しい友達で、夜になればお互ひに姿を変へ」る世界の奥深いありようを語り、「兎には愛らしさを、蛙にはいやらしさを」というような、そして「モントルイユ夫人には正しさを、アルフォンスにはぞっとする悪徳を」というような、常識的な裁断の浅薄さを論難していた。サドを夫としてもつという数奇な経験をルネは繰り返し内省し、確かな認識として心のなかに凝結させた。サドがルネをジュスティーヌという少女に結晶化させたように、ルネもまたサドという経験を結晶化し、みずからが拠って立つ思想に変えてしまったのである。

9 ルネの拒絶とサドの老醜

物語をつづるという営為、また、それを読むという営為は、意に満たぬ現実から離れ、自分にとってのあるべき世界に触れたいという欲求を含んでなされる。経験そのものよりも、その経験が生みだす心のなかの内部の結晶にこそ価値を見いだすルネは、現実のなかで実際に行為にふけっていたサドよりも、獄中で物語をつづるサドこそが本来のサドであり、サドが物語として打ちたてた世界こそがサド本来の世界であると信じている。

「私たちが住んでゐるこの世界は、サド侯爵が創つた世界なのでございます」とルネが言うとき、ルネは、サドの想像力の世界が現実を凌駕するものであり、それこそがサドに寄り添う自分にとっての真正の世界であるという思いを表白している。そして、自分にとってすべてであるはずの夫が愛憎をこめて創造した一人物であるジュスティーヌがサドにとってのより本来的なルネであることを受け入れ、ジュスティーヌこそが自分なのだと語る。ジュスティーヌが小説のなかであらゆる残虐な仕打ちを受けることが、ひたすらサドに尽す自分への、その献身に対する憎悪を含んだ報酬であることすらをもルネは受け入れるのである。それほどまでに愛し、敬服するサドの帰還を目前にしながら、ルネはすでに修道院入りを決意している。ルネはなぜサドから離れることを決意したのだろうか。

あの人の心にならついてまゐりませう。あの人の肉にならついてまゐりませう。私はさうやつて、どこまでもついて行きました。それなのに突然あの人の手が鉄になつて、私を薙ぎ倒した。もうあの人には心がありません。あのやうなものを書く心は、人の心ではありません。もつと別なもの。心を捨てた人が、人のこの世をそつくり鉄格子のなかへ閉じ込めてしまつた。そのまはりをあの人は鍵をじやらつかせながら廻つて歩く。鍵の持主はあの人ひとり。もう私には手が届きません。鉄格子から空しく手をさしのべて、憐れみを乞ふ気力も残つてはをりません。
（24-323）

「ジュスティーヌは私です」と言いながら、しかし、ルネは大伽藍の番人となったサドが「私を薙ぎ倒した」ことを嘆いている。ルネにとって、作家となったサドは、かつての十全に愛することのできた無垢な行動の詩人ではなく、自分を一個の抽象的な作中人物に変えてしまった、一面では残忍な暴君である。獄中のサドにとって、物語の創作は、あらゆる現状打開の方途を失った窮境のなかにいながら、それでもなお、不如意な現実を転覆しようとする最後の武器である。囚われの身となり、究極の不自由のなかにいたサドは、創作という魔術によって、逆に自分以外の人間たちを生け捕りにし、究極の自由を獲得したのである。

しかし、そのような魔術の結果として、小説家は人間の心を喪失する、つまり人外のものになるのかもしれない。ルネは「もうあの人には心がありません」と語る。このようなやり方で究極の自由を手に入れることは、現実の人間を「薙ぎ倒」し、「鉄格子のなかへ閉じ込めて」しまうことに等しい。つまり現実を否定し、自分を脅かすことのない「鉄格子のなか」に閉じこめてしまうことに等しく、作者はそのときあたりまえの人間としての人生を放棄する。物語の創作をこのように理解するルネの言葉には、三島自身の幼年期の体験が明らかに反映している。

男の子供と遊ぶことを禁じられ、祖母の病室に幽閉された三島は、幼くしてすでに作家だった。『仮面の告白』には、頭のなかで奔放な空想を繰り広げるだけでなく、童話を読みながら気に入らない箇所があるとそれを思うままに改竄して、自分の世界に変えてしまう幼い「私」の作家ぶりが描かれている。王子が竜に噛み砕かれながら、最後はかすり傷ひとつない体に戻るというハンガリー童話の一節を読んだ幼い三島は、何ごともなかったかのようなその再生が気に入らず、その部分を次のように改竄する。

竜はすぐに、がりがりと王子をかみくだきました。王子は小さくかみ切られる間は、痛くて痛くてたまりませんでしたが、それをじつとこらへて、すつかりきれぎれにされてしまひますと、その場へ倒れて死んでしまひました。（1-192）

創作一般がそうであるともいえるが、特に三島の創作は既存の物語を改変する「本歌取り」の要素がつよい。ハンガリー童話を思うがままに書き換えるこの幼児期の作家ぶりには、すでにそうした後年の作家的特質が如実にあらわれている。死と病の匂いにむせかえる祖母の病室に閉じこめられた幼児は、活発に動きまわろうとする衝動を抑制されたことへの代償として、そんな「作家」ぶりを発揮していた。学習院初等科に入っても、集団の遊戯や運動に加わるのが苦手だった三島は体育の授業もほとんど見学ですませ、その代わりに本をよく読む子供だった。

中等科に進んだ三島は、校内雑誌で旺盛な創作活動を始め、作家としての天凛をはっきりと見せることになる。中等科から高等科にかけての三島は、死の影に覆われた戦時下にあって、将来を考えることもなく、現実から遊離した耽美的な世界を構築し、みずからの天才ぶりに酔いしれていた。思春期から青年期の初めまでを三島は大きな破局が迫りくる予感のなかで暮らしていたが、この時代の三島は、「批評家もゐなければ競争者もゐない、自分一人だけの文学的快楽」のなかで過ごしていた。「私はいはば無重力状態にあり、〔……〕私の住んでゐたのは、小さな堅固な城であつた」

と三島は後に述懐している（「私の遍歴時代」32-281）。

獄中のサドが行動の自由を束縛された状態のなかで心的世界における万能の自由を獲得したのと同様の経験を、三島は死の匂いがする幼児期の祖母の病室と、おびただしい死に取り囲まれた戦時期における孤独な「小さな堅固な城」のなかで経験した。祖母の病室で送った特異な幼年期は、後年の三島の孤独と不適応の元凶となるものだったが、主観的にはたぶんに幸福なものだったようである。幼年期の回想として読むことができる短篇『椅子』は、祖母のいびつな溺愛が幼い息子を「変態」にしていくことを危惧する母親の正当な気遣いを記した育児日記を成人した「私」が読んだ感想を記したものであるが、往時を振り返る「私」は、母親の思いとは裏腹に、本当は祖母の枕元にじっとすわっていることが好きで、「祖母の病的な絶望的な執拗な愛情が満更でもなかつた」（18-352）幼いときの心の内実を明かしている。

幼児期の特異な環境は三島の生涯を貫く異類意識の元凶となり、戦時期に孤独な「城」で貪った「文学的快楽」は戦後における三島の生きにくさの元凶となるものだったが、後先を考えず、そのなかでまどろんでいる限りは幸福なものだった。後年の作家としての生活のなかでもこうした幸福感はありえたが[*18]、それは幼年期や青年期の持続的な、十全な幸福とは違って、創作から離れて戦後の日常のなかに戻れば、たちまち消え去るものだった。職業作家として一定の義務と責任を負って社会に組み込まれていた三島は、その社会のなかでいやおうなしにさまざまな軋轢にさらされていた。

戦後の三島は、一切の現実から隔離された一種の監禁状態で過ごした幼年時代と、破滅を前にした戦時の二つの時代の幸福への郷愁のなかで、現在の社会への耐えがたい違和感を抱きつつ生きていた。読書や創作のなかで万能の自由を手に入れ、自分に酔いしれていたときの三島の幸福なセルフ・イメージは、牢獄のなかで創作にふけるサドに対するルネの次のようなオマージュによって代弁されている。ルネは修道院入りの決意は変わらないといいながら、作家として万能の力を持つに至ったサドを讃えるのである。

アルフォンス。私がこの世で逢つた一番ふしぎな人。悪の中から光りを紡ぎ出し、汚濁を集めて神聖さを作り出し、あの人はもう一度、由緒正しい侯爵家の甲冑を身につけて、敬虔な騎士になりました。〔……〕あの人は飛ぶのです。天翔けるのです。銀《しろがね》の鎧の胸に、血みどろの殺戮のあと、この世でもつとも静かな百万の屍の宴のさまをありありと宿して。あの人の冷たい氷の力で、血に濡れた百合はふたたび白く、血のまだらに染まつた白い馬は、帆船の船首《みよし》のやうに胸を張つて、朝の稲妻のさし交はす空へ進んでゆく。そのとき空は破れて、洪水のやうな光りが、見た人の目をのこらず盲らにするあの聖い光りが溢れるのです。アルフォンス。あの人はその光りの精なのかもしれませんわ。（24-324）

ここに語られているような非現実的な万能の英雄というセルフ・イメージは、ナルシシストで鳴る三島の生涯を貫くものであっただろう。創作だけにとどまらない三島の自己顕示的な活動の原動力になっていたのは、究極的には、ルネのオマージュに表現されているような、現実から遊離した無比のセルフ・イメージだった。しかし、ナルシシズムに酔いしれる一方で、冷徹きわまりない認識者の目をもつ三島は、ナルシシズムにつきまとう滑稽と悲惨をみずから暴かずにはいない。

ルネが物語作者サドの栄光を讃えるそのさなか、家政婦のシャルロットが出獄してきたサドの来訪を告げる。ちなみに、史実では自由の身になったサドはたしかにまず第一にルネに会いに行くのだが、その行先はモントルイユ家ではなく、すでにルネが身を寄せていた修道院だった。もちろん、史実とは違う三島の設定のほうが、劇的効果は高まることになる。再会を目前にした三島のルネは、しかし、会うことをためらい、シャルロットにサドの様子を尋ねる。シャルロットは、かつてその美貌を讃えられ、伊達者で鳴らしたサドの変わり果てた姿を伝える。

黒い羅紗の上着をお召しですが、肱のあたりに継ぎが当つて、シャツの襟元もひどく汚れておいでなので、失礼ですがはじめは物乞ひの老人かと思ひました。そしてあのお肥りになつたこと。蒼白いふくれたお顔に、お召物も身幅が合はず、うちの戸口をお通りになれるかと危ぶまれるほど、醜く肥えておしまひになりました。目はおどおどして、顎を軽くおゆすぶりになり、何か不明瞭に物を仰言るお口もとには、黄ばんだ歯が幾本か残つてゐるばかり。でもお名前を名乗るときは威厳を以て、こんな風に仰言いました。「忘れたか、シャルロット」そして一語一語を区切るやうに、「私は、ドナチアン・アルフォンス・フランソワ・ド・サド侯爵だ」と。（24-325）

創作のなかで天翔ける騎士となる作家の現実の姿がここで語られている。牢獄のなかで作家という怪物へと脱皮したサドは、そのことの代償としてかつての美貌を失い、醜悪な老人へと変貌していたのである。史実においても、サドの外貌は獄中での運動不足によって蝕まれ、ここに表現されたようなものへと変貌していた。戯曲は、ルネがシャルロットの報告によってはじめてそれを知り、その上でサドに会うか否かの最終決断をすることになったと観客が思うような設定をしている。しかし、これは劇的な結末を狙う三島の粉飾である。史実におけるルネは入獄中も頻繁にサドを訪ねていたので、サドの外貌が徐々に変化し、醜悪なものになっていることを出獄以前に知っていた。

実は、戯曲でも第三幕の冒頭にモントルイユ夫人がルネの頻々たる獄舎訪問について語っているので、サドの外貌の変化をルネが知らなかったかのような最後の場面のやりとりはつじつまの合わないものになっている。しかし、シャルロットの報告を聞くことでルネが最終的な決断を下すという設定によって、この戯曲の結末はあざといほどの劇的効果をもつことになった。ルネはあれほど貞淑を捧げ、自由の身になることを切望し、母からの離別の要請を頑なに拒んで待ちわびていた夫との再会を拒絶するのである。

お帰ししておくれ。さうして、かう申し上げて。「侯爵夫人はもう決してお目にかかることはありますまい」と。（24-326）

繰り返すことになるが、三島は『サド侯爵夫人』の跋のなかで、この戯曲が、「サド侯爵夫人があれほど貞節を貫き、獄中の良人に終始一貫尽してゐながら、なぜサドが、老年に及んではじめて自由の身になると、とたんに別れてしまふのか、といふ謎」から「出発し、その謎の論理的解明を試みたものである」(33-585)と書いていた。戯曲の棹尾を飾るルネの言葉は、この「謎」へのもっとも直截的な回答である。ルネは現実をはるかに超えた作家サドの精神世界への限りない称賛の言葉を連ねたあとで、現実のサドのみすぼらしく醜悪な姿を峻拒したのである。ここには、生涯をとおして外観の美に徹底的にこだわった三島の価値観が端的に表現されている。

前に見たとおり、ルネがサドと別れて修道院に入る決意はすでに語られていて、その理由はサドが牢獄のなかで獄外の人びとを逆に自分の作った牢獄に封じこめる完全無欠な物語作者へと変身し、人外のものになったということだった。しかし、それでもなお、ルネの思いは「あの人に会ひたい心」と「世を捨てようといふ心」のあいだで揺れ動いてきたのだが、ここでルネはその迷いを振り切って最終的な結論を下す。ルネの心に最後の跳躍をさせる契機となったのはサドの外貌の変化を伝えるシャルロットの報告だった。みすぼらしい、異様な老人への変化は、物語作者への脱皮という内的過程の裏面である。そして、その視覚化された怪物性こそは、三島のルネがサドを見捨てる決定的な理由となる。

三島について言えば、みずからの外観への違和感は「青びょうたん」とか「女」と呼ばれて蔑まれた学童期から強烈につきまとうものだった。三十歳にしてようやく始まる肉体改造以前の三島は、想像力の城塞にこもって創作に励むしかない、自身の病的で貧弱な外貌をはげしく憎悪していた。「人間ならぬ何か奇妙に悲しい生物」(『仮面の告白』1-343)、「比類なく小さい、醜い虫」(『金閣寺』6-78)

といった、矮小で醜悪な異類性をあらわす作中人物たちのセルフ・イメージは、三島自身が切実に抱いていた劣等感の反映である。ボディビルによる肉体改造はその劣等感を原動力として開始され、類いまれな意志力で続けられた。人工的な筋肉をまとうようになった三島はそれまでの劣等感の反動としてその成果を誇り、しばしば他人の貧弱な肉体への軽蔑を語った。ところが、そのナルシシスティックな自己顕示の反面で、作中には肉体改造以前と同じく、醜悪だったり尋常でなかったりする異形の人物が、作者の分身的存在としてしばしば登場している。

晩年の作品でもっとも鮮明に作者の否定的な自己像を表現しているのは、『春の雪』の終章近くに登場する「お化け」とあだなされる侯爵の息子である。この情熱的で破滅的な恋愛小説の主人公である松枝清顕が、学習院の「在校生の中の美の総代」だったとすれば、「お化け」は、「同じ侯爵の息子でありながら、彼は醜と影と陰惨を代表していた」と評されるような生徒である(13-358)。癩病とうわさされるような外貌で、誰一人話す者もいないこの孤独な学友に、不如意な恋愛に苦しむ清顕はやさしさを与えたい気まぐれから近づいていく。読書家の「お化け」はいつも休み時間は校庭の隅の草地に行き、一人で本を読んでいるのだが、話のきっかけとして、清顕はその本の内容を尋ねる。返答がないので、清顕は少し離れたところに足を投げ出して座るのだが、そのとき、「お化け」は不思議な行動に出る。

彼の屈した足はおそるおそる伸ばされ、清顕と反対の肱を支へて、頭のかしげ方、肩の聳やかし方、体の角度も清顕とそのままに、あたかも一対の狛犬のやうな形に納まつたのである。

目深な制帽の庇の下の唇は、別して笑つてゐるやうには見えないけれども、少くとも彼が諧謔を試みてゐたのはたしかだつた。

美しい侯爵の息子と、醜い侯爵の息子は対になつた。清顕の気まぐれなやさしさや憐憫に対抗して、お化けは怒りも感謝も示さない代りに、正確な鏡像のやうな自意識のありたけを駆使して、とにかく対等の一つの形を描いてみせた。顔を見ずにゐれば、制服の上着の蛇腹からズボンの裾にいたるまで、二人は明るい枯芝の上に、みごとな対称をなしてゐた。

清顕の接近の試みに対して、これほど親しみに充ちた完全な拒絶はなかつた。しかし清顕は、拒絶されることによつて、これほどひたひたと漂ひ寄せるやさしさに接したこともなかつた。

（13-359 以下）


この挿話は、小説の展開の上で、外的には特別な必然性もなく、一見、気まぐれのように置かれている。しかし、作者のなかには、この挿話を入れる十分な必然性があったにちがいない。「お化け」の登場は、あまりにも紋切り型の美男美女が登場する恋愛小説を書く作者自身を相対化するアイロニーである。松枝清顕という美しい主人公を描く作者のなかにこの人物を描くことの陶酔に水を差すものとして「お化け」は登場している。美男の清顕と醜悪な「お化け」が一対になる情景には、生涯をとおして外見にこだわりつづけた作者の自意識の葛藤が反映している。人工的な筋肉をまとって美しくなったはずの三島の意識には、病によって外観を蝕まれた読書家の「お化け」のようなかつての異形の自分の姿が貼りついていて、そのナルシシズムに水を差していたのである。

『サド侯爵夫人』の終幕におけるサドのイメージの両極性にも、三島という稀有の芸術家のナルシシスティックなセルフ・イメージと、認識者の眼で厳しく見つめられ、点検された自身のあいかわらず冴えない姿の落差が鮮明に反映している。美と醜のあいだで大きく揺れ動くセルフ・イメージの分裂は、三島の生涯の切実な問題だった。

空想の世界における誇大にふくれあがった自己と、現実の世界における、万能ではありえない自己の分裂と葛藤は誰しもが抱える問題であり、多くの青年はこの理想と現実の落差を理想に近づくことで埋めていこうとする。しかし、社会のなかで一定の役割を得て活動し、その役割に適応するようになれば、次第にセルフ・イメージへのこだわりは弱まり、理想の自己と現実の自己のあいだにある葛藤は、現実の自分と折り合う方向で解決されていくものである。しかし、三十歳からのボディビルによる肉体改造が端的に示すように、三島は青年期を脱する年齢になっても、ひたすら理想のセルフ・イメージにこだわりつづけ、理想と現実の落差を理想にしゃにむに近づくことで埋めていこうとしつづけた。もちろん、このような努力には、肉体が疲弊し、安逸を欲するようになっているにもかかわらず、絶えまなく全力疾走を行なうような無理があり、致命的な破綻の危険がつきまとう。三島自身、この危険を認識しないはずはなかったが、美しい自己イメージへの執着は、年齢を重ねてもなお、自制できないほどにつよかった。

『太陽と鉄』の最後の章に、三島はみずからをギリシャ神話のイカロスになぞらえ、その飛翔をうたう詩を掲げている。「私はそもそも天に属するのか？／さうでなければ何故天は／かくも絶えざる青の注視を私へ投げ／私をいざなひ心もそらに／もつと高くもつと高く／人間的なものよりもはるかな高みへ／たえず私をおびきよせる？」と詩のなかの「私」は自問する。この「昇天の欲望」は狂気に似て、「私を満ち足らはせるものは何一つ」ない。「上昇と接近への／不可解な胸苦しさ」に駆られ、「空の青の中に身をひたす」飛翔が、最終的に「私」にもたらすのは、「柔らかな大地」が「鉄板の一打」で「私に思ひ知らせる」墜落である。この飛翔と失墜は「私の属する地」と「天」の共謀による、「私」への懲罰なのではないかと「私」は疑う。

空の青は一つの仮想であり
すべてははじめから翼の蠟の
つかのまの灼熱の陶酔のために
私の属する地が仕組み
かつは天がひそかにその企図を助け
私に懲罰を下したのか？
私が私といふものを信ぜず
あるひは私が私といふものを信じすぎ
自分が何に属するかを性急に知りたがり
あるひはすべてを知つたと傲り
未知へ
あるひは既知へ

いづれも一点の青い表象へ
私が飛び翔《た》たうとした罪の懲罰に？

（33-583 以下）

この詩は驚くべき率直さで語られた自己分析である。「飛翔」への、飽くなき欲望は、「陶酔」をもとめ、自足することを知らない「私」に課せられた宿命であり、「懲罰」なのではないかと疑われる。三島はここで、さまざまな劣等感や自己不全感に苦しみながらも一貫して自身の根底にあった誇大な万能感を語り、そこに罪の意識が伴っていたことを告白している。「ナルシシズム論」において三島は徹底して男の肉体的ナルシシズムを擁護し、正当化したが、最後は「ナルシシズムが幸福であらう筈がない」（34-151）と突き放している。

セルフ・イメージへのこだわりは、もともと自分が周囲の環境と溶け合わないことから生じるものである。それは、それ自体が反社会的・反共同体的な性格を帯びており、自分が置かれた世界のなかでの安定と相反するものである以上、幸福なことであるはずがない。ナルシシズムにとらわれた人間ではあったが、三島は決してみずからのナルシシズムを手放しで許容する人間ではなかった。その強気にも見えるナルシシスティックな姿勢の裏に、いつもおのれのナルシシズムへの懐疑と罪悪感があったことを「イカロス」という詩は物語っている。ナルシシスティックな自己拡張衝動に駆られる一方で、それが孤立を生み、共同存在としての安定したありようを崩すものであることに三島は怯えていた。それでいて、ナルシシスティックな自己拡張衝動、すなわち、「飛翔」への渇望は、妄執のように「私」を支配し、しかも決して満たされることがなかった。

常に失墜の危険にさらされる「飛翔」は、三島自身の生存感覚の隠喩である。おそらく、三島がサドにおいて最も好感を抱いたのは、獄にあって自由を喪失しながら、それを肯んじず、どこまでも自由な万能のセルフ・イメージに固執した不屈さであっただろう。自分が他者によって拘束されている現実を作品のなかでは逆転し、他者の肉体に対して暴虐の限りをつくす極悪の人間を自分の代理人として描くことで、サドはその不屈さを表現しつづけたのである。

獄中のサドの不屈さは、三島が文学者として、また「男」として持ちつづけようとした「強さ」の模範であったにちがいない。そして、サドの「強さ」を支えたのは、出自や美貌や才能への自負に支えられた、自分が特別な存在であると信じるナルシシズムであった。しかし、想像力によるサドの「飛翔」は、出獄後に怖ろしい「懲罰」を下される。あくまでも万能感に固執し、頑なに現実を否認しようとしつづけてきた意志は、実は牢獄によって守られていたものであり、出獄したサドはそのときから現実の手痛い報いを受けつづけることになる。

10 伝記作者と劇作家

繰り返すことになるが、史実では出所したサドが訪ねていったとき、ルネは修道院に暮らしていて、そこでサドとの面会を拒絶している。澁澤龍彦の伝記は、拒絶の理由は主として宗教的なもので、年を重ねるにつれてサドへの執着が薄れ、信心深くなっていったルネの心境の変化にあると推測している。次第に夫への愛情が冷め、別れを望むようになったルネの気持の変化を、サドはすでに獄中で感じとっていたという。現実のルネについて憶測されるこのありふれた事情と、シャルロットをとおしてサドの外貌の変化を聞いた三島のルネの劇的な決断は、必ずしも折り合わないものではないが、その精神の張りつめ方においては雲泥の差がある。

三島のルネのあまりにも劇的で文学的な心情の変化は、三島自身のあまりにも文学的な心のありようの反映である。あらゆる言葉を尽して文学者サドを称賛したその直後に現し身のサドを峻拒するルネの言葉によって三島が示しているのは、美しくない現実は拒否して理想に殉じようとするロマン主義的な心の構えである。戯曲の結末のルネの言葉は、三島自身の心情を反映したものであり、三島を知る人間にはこれ以外ありえないと思わせるものである。少年期以来、めざましい文学的才能と、貧弱な外貌や肉体的な能力の欠落の懸隔に苦しみつづけた末に、その落差を埋めることにある程度は成功した。そのように吹聴し、強がってはいたものの、自分の過去を払拭し、生れ変わることがそんなに都合よくできるはずもない。

老残のサドの姿を映し出して終わる『サド侯爵夫人』を脱稿したあと、すでに若くない三島は、若々しい情熱をはらむ悲恋の物語である『春の雪』を書き始める。しかし、情熱的な夢想家である反面、冷徹な認識者でもあるその資質のおもむくところ、青春の美と情熱を体現する主人公のかたわらに病身の醜悪な学友を配置し、その対照性を強調することによって、みずからのナルシシズムに水を差し、相対化して見せた。

際立って古い家柄の出自で、髪が抜け落ち、光沢のない黒ずんだ肌をもち、背中のまがった「お化け」は、青春のさなかにありながら、すでに生命の衰滅を示す、「老い」に蝕まれた存在である。

「老い」は早くから三島を脅かすものだった。そして、『豊饒の海』を書くころの三島は四十代初頭にしてすでに恒常的に痛風に苦しみ、具体的なかたちで「老い」の恐怖に脅かされていた。[19] 外観の美と肉体的な活力にこだわる三島は、青年の美しさと老年の醜さを繰り返し語った。

私の癒やしがたい観念のなかでは、老年は永遠に醜く、青年は永遠に美しい。老年の知恵は永遠に迷蒙であり、青年の行動は永遠に透徹してゐる。だから、生きてゐればゐるほど悪くなるのであり、人生はつまり真逆様の頽落である。（「二・二六事件と私」34-110）

青春の活力にあふれ、老いの意識と無縁の人間が、このように青春を賛美し、老いを嫌悪することはありえない。老人と密着して暮らし、自身も病弱だった幼少期以来、三島は一貫して若さから疎外された、老いを抱える存在だった。青春のさなか、しかも『仮面の告白』が文学界において絶賛され、世間的にも大きな成功をおさめて小説家としての地歩もたしかになったころにあってなお、三島は、「世間の平凡な青春を妬み、自分のことを『へんな、ニヤ〳〵した廿五歳の老人だ』と思つてゐた」（「私の遍歴時代」32-313）という。三十歳になって始めた肉体改造は遅まきながら三島に青春の活力をわがものにしたという満足をもたらすが、しばらくすると今度は現実の加齢による本物の老いへの恐怖が三島を襲う。

想像力の世界において比類のない英雄でありながら現実には老残の身をさらすサドの姿には、三島自身の加齢への恐怖が投影されている。老醜のサドに対するルネの拒絶は、一つには、早くから老いの意識を抱え、今は老いを意識することが当然の年齢に達した自分自身に対する三島の嫌悪の所産であるだろう。卑小な現実を拒否して夢想の世界に生きようとするロマン主義的精神が、老年を疎んじ、若さを偏愛することは必然であるだろう。ロマン主義者三島の宿痾である死への憧憬は一見すると若さへの執着と背反するが、実際は、同じことがらの裏表である。死に対するロマン主義の親近性はその現実否定の帰結であり、夭折の願望は若さへの偏愛の所産である。三島由紀夫はあくことのない現実の探究者であり認識者だったが、最終的なところでは現実を捨てて夢に殉じることを選ぶロマン主義者だった。

ロマン主義者はその現実否定ゆえについに「大人」になることがない。三島ほどではないものの、澁澤龍彦もロマン主義の精神を生きる永遠の少年だった。老醜のサドをルネが峻拒するという三島戯曲の結末は、老醜をさらす出獄後のサドに対する澁澤の伝記の否定的評価に呼応している。澁澤は、出獄後の、生きることに汲々とする老いたサドを「もはやサドではない別の人間」と断じている。

> マルキ・ド・サドの生涯は、一七九〇年にシャラントンを出所したところで終ったのだ、と見るべきであろう。その後、身の置きどころを知らぬ肥満した老体を持ち扱いながら、ふたたびパリの舗道をおぼつかない足どりで歩き出した五十歳の人物は、もはやサドではない別の人間である。「一言をもってすれば、私は（牢獄で）眼と肺とを失いました」とサド自身が語っている、「そして運動不足のため、ほとんど身動きもできないほどの肥満した体躯になりまし

た。わたしの感覚はすべて消えてしまったようです。もはや何者にも興味がなく、何者にも愛着を抱くことはありますまい。かつて、あんなに狂気のように憧憬れた世界は、今ではわたしには、退屈な、鬱陶しい世界のようにしか思われません。（以下略）」（一七九〇年五月初め、ゴォフリディ宛）と。

悲しい告白である。が、これほど文学というものの秘密を見事に解き明かす文章も、稀であろう。牢獄の孤独のさなかで、外の世界に「狂気のように憧憬れ」ながら、彼は、あらゆる文学の究極目標である自由の火を、ことごとく燃やしつくしてしまったらしいのだ。

（『サド侯爵の生涯』全集 5-232）

本来のサドが出獄とともに終ったという澁澤の言葉は、サドにとりつかれた伝記作者にしては異様に突き放した言葉である。サドが牢獄のなかで「あらゆる文学の究極目標である自由の火を、ことごとく燃やしつくしてしまった」というのも言い過ぎだろう。用済みになった主役を突き放して幕を引くことは劇作家には許されても、伝記作者に許されることではない。肥満し、足どりのおぼつかないサドを裁断する言葉は、颯爽たるロマン主義者澁澤にはいかにも似つかわしいものだが、一人の人間に寄り添い、最期までその人生をたどらねばならない伝記作者の職分にはふさわしくない。実際には、サドは出獄したあとも、その過激な著作ゆえにあえてみずからを危険にさらす筋金入りの作家でありつづけた。しかし、澁澤の冷淡にも見える言葉は、たぶんに筆の勢いでもあったのだろう、ここまで一貫してサドに共感的でありつづけた澁澤は、すぐにみずからの冷淡さを償うかのように、伝記作者としてそうあるべき、サドに寄り添う姿勢を取り戻している。

澁澤は、出獄後の晩年のサドの人生行路にも少なからぬページを割いているが、その筆致はそれまでと変わらぬ共感的なものである。出獄後のサドの人生行路を追う澁澤の叙述は、革命によって貴族の特権をほとんど失い、世間の荒波に放り出されたサドの、生活無能力者ぶりをさらけだしながら、生きるために苦闘する姿をいたわりと畏敬の念をもって描いている。生きるためには「信念も節操もなく時の権力者に迎合する」姿を「笑止であり、醜態である」としながらも、文学者として大きな実績を挙げたことを評価している。

生活の資を得るべくあらためて職業作家であることを選びとったサドは、『アリーヌとヴァルクール』、『閨房哲学』、『新ジュスティーヌ』、『ガンジュ侯爵夫人』などの傑作を次々に発表する。いくつかの作品は生活の資を稼ぐための一般受けを狙う無難なものだが、いくつかは獄中で書いたものと同様に過激な、反ヒューマニズムの精神にあふれたものである。革命政権下のサドは、辛酸の限りというべき現実の不如意に屈せず、獄中にあったときと変わらず、文学への情熱を燃やしつづけた。妻に去られ、革命の嵐に翻弄され、貧窮にあえぐ老残のサドの姿に、かつての伊達者の面影はないが、食事にもこと欠く貧困の極みにあってなお、サドは情熱的に書きつづけるのである。

革命によって解放された五十歳のサドには、それから二十四年余りの人生があった。見方によっては、フランス革命の激流に呑みこまれ、翻弄され、波乱万丈の晩年を送るサドの姿は、その振幅の大きさにおいてかつての奔放な蕩児サドや、獄中の不屈のサドの姿以上に興味深いものである。ルネに捨てられたサドはケネー夫人という若い、善良な伴侶を新たに見いだし、サド同様、あわれにも配偶者に捨てられたこの夫人に深い情愛を注ぎ、支えられ、貧しい晩年の生活をともにすることになる。反体制的な経歴ゆえに革命政権のなかで一時は要職に就くが、その作品とは裏腹に見える寛容さで反革命的と見なされる人びとに救いの手を差し伸べ、革命政権に疑われることになる。結果的に反革命のかどで裁かれてふたたび収監され、あちこちの監獄をたらい回しにされ、釈放されても乞食同然の状態でみずから慈善病院に入らなければならなかった。

ナポレオンの世になって言論統制が厳しくなるなかで、その著作の過激な性描写が当局の逆鱗に触れ、六十歳を超えるサドは狂人として精神病院に送られ、一八一四年の死に至るまでの歳月をそこで暮らすことになる。出獄後のサドはもはやサドではなくなったと断じながら、澁澤が晩年のサドを描くくだりはしばしば感傷的といっていいほどに共感的である。献身的なケネー夫人との愛情に満ちた生活を「サドの生涯の最後に咲いた美しい花」と呼び、革命政権の要職にあったときに、自分を牢獄に閉じこめた張本人として憎んでもあまりあるはずのモントルイユ夫妻を処刑の危機から救ったことをはじめとする善行を紹介してその心の広さを強調している。苦しみに満ちた生涯を終えようとするサドの遺言状には次のように書かれていた。

遺体は〔……〕いかなる形の葬式をも藉りず、前記の森の右手に位置する最寄りの叢林に安置してほしい。〔……〕墓穴の蓋を閉めたら、その上に樫の実を蒔き、以前のごとく墓穴の場所が叢林に覆われ、余の墓の跡が地表から隠れるようにしてほしい。余は人類の精神から余の記憶が消し去られることを望む。（全集 5-319）

この遺言に対して、澁澤は、「神への服従を絶えざる努力によって拒否するロマン主義者の苦悩と、ニーチェの運命愛にも比すべき、宿命の肯定から生ずる兇暴な歓喜とが、行間に脈々と流れているのを読者諸子は見ないだろうか」とほとんど手放しの讃辞を与え、さらに、「晩年の彼は、よし闘うことに疲れていたとはいえ、あのバスティユで得た確信を何ひとつ捨ててはいなかったのである」(5-320) と続けている。澁澤は、結局は、サドが一貫してサドであり、自由をもとめる不屈の文学精神を失わなかったことを認めているのである。

「文学の究極目標」は自由をもとめる心であると喝破する澁澤の文学観は、飛翔へのつよい衝動に駆られた三島のロマン派的な精神のありように通じている。そして、ロマン主義の隠れた暗い源泉と見なされる(『サド侯爵の生涯』補遺、全集5-327) サドは、澁澤や三島の精神的な血族である。しかし、伝記作者澁澤がそのロマン主義的精神にもかかわらず、見ばえのしないサドの晩年を結局は共感的に描いたのに対して、三島はそのロマン主義を貫いて老年のサドを峻拒した。三島はみずからの似姿をサドに見いだし、描いたが、三島が何の抵抗もなく愛することができたのは、若いころの美しく、輝かしいリベルタンとしてのサド、そして牢獄のなかにあって自由を熱望し、異端の性を追求しつづけた不羈奔放な精神としてのサドであって、天涯孤独の老人としてパリの陋巷をさまようサドではなかった。

老醜のサドを拒絶する三島のルネは、青春の美と倨傲の精神を讃えるロマン主義者三島の分身である。サドに物語作者としてのおのれの精神のありようを託した三島は、醜く変貌したサドへの拒絶をこれもまた認識者としてのおのれの分身であるルネに託したのである。それは来るべき三島自身の老醜への拒絶であり、行為者として死ぬことへの決意表明である。三島のサドへの関心は、出獄後のサドの人生を描くことには向かわず、戯曲はルネの拒絶で終わる。

第三章

人間の真贋

『サド侯爵夫人』において、三島はサドの老いを拒絶するルネを描くことで、みずからの内なる老いを処決する姿勢を示した。これはロマン主義者である三島のなかにあった若さへの執着の必然的な帰結だった。しかし、作中のことであるとはいえ、老いに対するそのあまりにも劇的な、果断な拒否は、現に老いつつあった三島のなかで重大な決意がなされつつあったことを示唆している。本章では、前章の最後で浮上した老いの問題を引き継ぎつつ、それに絡まるもろもろの問題を掘り下げ、『サド侯爵夫人』で老いを拒絶した三島がその最期に向けてどのような道筋を辿ったかを確認する。

1　偉大な祖母

人生のごく初期の段階から三島は、現実の問題として老いという主題にとらえられていた。離乳もしていない時期に母親から取りあげられ、祖母の病床に床を並べて育った幼い三島にとって、老いは人生の開始とともに直面させられた問題である。この環境は後年の三島の不幸の大きな原因となるものだったが、その時点の三島がそれを居心地のよいものとして感じていたことは、自身の幼年期を描いた短篇『椅子』に書かれている。すなわち、幼い「私」には「祖母の病的な絶望的な執拗な愛情が満更でもなかつたのだ」（18-532）というのである。幼い三島を慈しんだ祖母の「狷介不屈なある狂ほしい詩的な魂」（『仮面の告白』1-178）は、三島に大きな影響を与え、多くの面でその生涯を貫く規範になった。三島の小説には、その人格と風貌のうちに「偉大」さをたたえた老女がときとして登場し、三島を思わせる孫とひそかな結託を結び、孫が反骨の資質を見せるたびにそれを喜ぶ。たとえば昭和二十六年に発表された短篇『偉大な姉妹』は、三島自身が祖母をモデルにしたことを認める老女を描いた小説である。

浅子と槙子は二十貫を超える巨躯をもつ双生児の姉妹である。日露戦争における功績で知られる唐沢将軍の娘であるこの姉妹は、明治という時代のなかで立身出世を果たした父の時代を懐かしみ、その後は一気に下り坂となった一族の現状に飽き足りない気持を抱いている。「一族の偉大の名残は、この二人の巨躯だけに」（18-263）しかないのである。浅子は会社員の息子と一緒に暮らしているが、小市民的な息子夫婦とは折り合いが悪く、夫婦にとって悩みの種である孫の興造に救いを見い出している。興造は型にはまらない、不良じみたところのある少年で、それが神経質な息子夫婦には気に入らないのだが、浅子にとっては、この孫の不平不満をいっぱいにたたえた破格は明治という偉大な時代を生きた男たちの剛腹を思い起こさせるのである。

義侠心から教師の頰をナイフで切り裂いたことで、興造は蟄居して学校の処分を待つ身となる。浅子は寛大な処置をもとめて学校に直談判に行き、副校長に懇願するが、色よい返事をもらえない。

しびれを切らした浅子は、副校長に向かって、「私は正直、孫のいたしましたことは立派な行ひだと存じてをります。気に入らない先生に怪我をさせる位でなくては偉いものにはなれません」（18-304）と本音を言ってしまう。小心な息子夫婦を怒らせ、家に居場所がなくなった浅子は貧苦に苦しむ姉槙子と一緒に出奔し、槙子は自殺し、浅子のゆくえは杳として知れなくなる。三島はこの小説を含む作品集のあとがきにこう書いている。

「偉大な姉妹」はN一族をカリカチュアライズしたものである。私の祖母は小柄な女性で、女主人公のやうな偉大な体躯は持ち合はせてゐなかつたが、この二人の女主人公の古風な言葉遣ひや、古い礼儀作法の中に、私は亡き祖母の思ひ出を書き込んだ。（28-20）

N一族とは三島の祖母の出自である永井一族である。作中の興造は祖母によって「こうちゃん」と呼ばれているが、本名が平岡公威である三島由紀夫もまた「こうちゃん」だった。青白い女性的な虚弱児童だった三島は、大胆な不良である興造とは似ていないように見えるが、内に秘めていた反骨が興造という分身において外在化されて描かれていると理解することができる。

『偉大な姉妹』の祖母と孫の関係は、『春の雪』でも反復されている。皇族の許婚者となった聡子を妊娠させた主人公清顕は、父である侯爵の激しい叱責を受けるが、そこに現れた祖母は、清顕にことの真相を問いただし、「本当です」という答えを得るや、有頂天になってこう語るのである。

「宮様の許婚を孕ましたとは天晴れだね。そこらの、今時の腰抜け男にはできないことだ。それや大したことだ。さすがに清顕はお祖父さまの孫だ。それだけのことをしたのだから、牢へ入つても本望だらう。まさか死刑にはなりますまいよ」（13-301）

「野趣に富んだいかつい」（同）顔をした明治の女である祖母は、この物語の舞台である大正という平穏な時代に違和を感じている。この破天荒な言葉は、清顕の行為のなかに維新の元勲だった夫の気骨を見いだしたところから発せられている。祖母は、すべてが小粒になったと感じられる大正という時代の閉塞感を打ち破るものを孫の所業に感じて狂喜したのである。祖母の声は、「あの、今は忘れられた動乱の時代、下獄や死刑を誰も怖れず、生活のすぐかたはらに死と牢獄の匂ひが寄せてゐたあの時代から響いて」（同）来る声だった。

怖れを知らない、剛腹な明治の女である祖母、そしてその祖母と孫の、一代を飛び越えて結ばれている固い絆、それは気丈な祖母なつの懐で育った三島の、哀惜の念のこもった記憶から生れた、理想化された過去の映像であるだろう。現実の三島の祖母なつは、勝気で、気丈で、反骨の気風をもってはいたものの、不平不満でこりかたまった、意固地な、始終、坐骨神経痛の発作でのたうち回るあわれな老女にすぎなかった。豪傑肌だが低い家柄の出身で浮気性の夫と、偏屈な性格で農林官僚としても今一つだった一人息子に失望していたなつは、初孫の三島に唯一の救いをもとめて偏愛の限りをつくした。自分を愛した祖母への哀惜の念をこめて、三島は祖母を剛腹な明治の女としてよみがえらせたのである。

三島の母倭文重によれば、この祖母は自身がほとんど見切りをつけていた一人息子である偏屈な役人の梓にそっくりだったという。すなわち、倭文重は三島の死後の夫との対談で、夫梓を「お母様をそのまま男に仕立てた感じだからいやになっちゃう」*1と語っているが、特に夫からの反論がないところを見ても妥当と思えるこの言葉から判断すれば、三島の小説の偉大な祖母の姿は大部分、三島の哀惜の念と虚栄心による美化の産物ということになる。

祖母なつはその規格外の人格によって三島の幼年期を規格外のものにした。生涯の宿痾となった異端者意識と疎外感のかなりの部分がおそらくそこから生じたことを考えれば、この祖母に対して三島が全面的に肯定的な感情を抱いていたとは思えない。しかし、三島は実在する誰かを激しく憎み、完全に否定しようとするためには、あまりにも認識者でありすぎた。おそらく、距離を置いて対象を冷静に眺める認識者としての資質が、祖母が自分に歪んだ愛情を注いだことのなかにある諸般の事情を公平に理解させ、憎むことを阻んだのである。

祖母なつの理想化、その狷介不屈の精神への共感が、この祖母を生んだ永井一族の血脈へのいささかエクセントリックな偏愛として表現されている小説もある。昭和二十四年に発表された短篇『怪物』は、悪への純粋な情熱にかられた一人の老人を描いている。『怪物』の主人公である松平斉《なり》茂《もち》子爵は、他人の不幸を見ることに「つきせぬ慰め」(17-684)を見いだす人間で、生涯をとおして他人が「故ない幸福」(17-685)を享受することを憎み、それを破壊することに情熱を傾けてきた。しかし、その悪行も脳溢血で半身不随の身になり、口もきけなくなったことでついに終わりを告げたかのように見える。来客の四歳の男の子に面白半分のいたずらを仕掛けられ、危うく死にかけたこともある。ところが、そのような体たらくであるにもかかわらず、人の幸福を破壊しようとする悪意は健在で、気に食わない男と恋仲になった自分の娘をまだ使える左足で転倒させ、左手に持ったろうそくでその顔を焼いて大やけどを負わせる。結局、娘の結婚を破壊しようという斉茂の悪意は成就せず、「今時めずらしい人道的な」恋の相手は「頬一面に醜いひきつりのある女と敢然と結婚し」(17-703)、失意の斉茂は再度の脳溢血で急逝する。

ほとんど荒唐無稽な作り物のように見えるこの「怪物」のモデルは、祖母なつと同じ永井家の血族の一人であると三島の母は証言している。[*2] モデルとなった人物の性向を極端化したところに斉茂という人物が生れたのであろうが、祖母なつの狷介を考えれば、その血族に斉茂に近い奇矯な人物がいたことは不思議ではない。心理的なサディズムは祖母なつの特質でもあったが、その一族の血のなかにこうした「怪物」性が宿っていたことを、そしてそれを継承したところに自身の反俗的な文学が成立していることを三島は確認し、肯定しているようである。半身不随になっても、弱者であることを肯じない斉茂のような老人は、その不屈の反俗性において、三島がみずからの老年を思い描くとき、比較的受け入れやすいものだったにちがいない。

『怪物』の第一の主題は、三島が祖母の一族から受け継いだエクセントリックな気質であって、老年はむしろ副次的な主題であるかもしれない。しかし、ここには、身体の自由を失ってなお、反俗の精神を失わず、意気軒高として悪をなす老年への共感が読みとれる。斉茂は若さに固執した三島が自分自身についてかろうじて許容しうる晩年の姿であっただろう。『私の遍歴時代』のなかで、三島は二十代のころを振り返ってみずからを「へんな、ニヤ〳〵した廿五歳の老人」(32-313)のように感じていたと告白しているが、そこで自己嫌悪とともに語られている老人性は、「ニヤ〱した」、つまり照れ笑いで弱さをごまかすような優柔を露出させた老人性であって、斉茂のような老人は精神的な強者として肯定されている。

若さに固執した三島が、このような一つの老いのかたちを屈折したユーモアをもって好意的に描いていることは注目に値する。周囲の人間にとって一つの災禍であるような老人、それは幼いころから周囲の思惑を過敏に受けとめ、反抗らしい反抗もせずに生きてきた青年三島の内心の鬱屈を反映した理想であっただろう。

2 老人のような若者

『怪物』だけでなく、二十代の三島の作品には三島自身の思いを反映させた老人がよく登場する。昭和二十九年の短篇『志賀寺上人の恋』は、誰もが現世を超越したと見なす老いた高僧を突然襲った激しい情欲を描いている。上人は、生涯、女犯の罪を犯すことなく生きてきて、今はどのような現世の快楽にも心を動かされず、遠からぬうちに安んじて入寂するはずだった。ところが、いささかも揺らぐことがないと思われた上人のその心が、一瞬のうちにはげしい煩悩にとらえられる。たまたま草庵を出て琵琶湖のほとりにたたずんでいたとき、そこを通りかかった京極の御息所が、花見のために物見を上げてその比類なく美しい顔をのぞかせたのである。

その日から物狂いのようになった上人の噂はまたたく間に都中に知れ渡り、御息所の耳にも届く。

不可能な恋と知りつつ、愛欲に身を焦がす上人はついに意を決し、歩くこともおぼつかない老躯に鞭打って御息所の屋敷を訪れ、庭に立ちつづける。浄土の夢をなげうって恋に殉じようとする上人の情熱のすさまじさに御息所は恐怖を感じるが、やがてほだされ、その思いに応えるべく、御簾のなかに招き入れようとする。しかし、涙を流しながら御息所の手を握った上人は、慕いつづけた女人の気持を拒絶して草庵に戻り、間もなく入寂する。現世を超越していたはずの上人を襲った破滅的な情熱について、作者は「現世が一瞬のうちに、おそろしい力で上人に復讐したのである」(19-308)と記している。

冒頭で説明されているように、この小説は『太平記第三十七巻』のなかにある簡潔な挿話をもとに書かれたものであるが、老年の男を襲う激しい恋情を描いた点で、トーマス・マンの『ヴェニスに死す』を思わせる。『ヴェニスに死す』の作家アッシェンバッハも、激しい情熱を内に秘めながら、それを頑なに抑えつけることで自分を守ってきた人間である。しかし、克己によって入念に築かれてきたその平穏な市民的生活は、老年にさしかかって美しい少年を目にしたとき瞬時に崩れ、不可能な愛の苦しみからアッシェンバッハを救うものは死以外にはなかった。マンがこの小説を発表したのは三十七歳のときのことで、老年にはまだ遠い年齢で老いた大作家に託して自身の葛藤を描いている。「正常」な市民生活のなかで抑圧された「倒錯」的な情熱によって滅んでいく老作家の姿をとおして、マンは自身の秘められた苦しみを描いたのである。

『志賀寺上人の恋』はマンをよく読んでいた時期[*3]に書かれたものであるだけに、意識的なものかどうかはともかくとして『ヴェニスに死す』の影響は十分に考えられる。同性愛的傾向、芸術家であり認識者であることへの自己嫌悪、人生からの疎外感、二元論的思考、ロマン派的な死への親和性など、三島とマンにはたしかに精神的な血族といえる要素が少なからずあった。市民的な生活様式や古典的文体によって激しい情念から自分を守ろうとするマンの生き方は、二十代から三十代前半、つまり結婚前後までの三島が範として仰いだものである。しかし、『ヴェニスに死す』はこのマンという三島の模範そのものが、名声や立派な生活という外観と満たされない心の内実のあいだで引き裂かれている葛藤を表現したものだった。

『ヴェニスに死す』は一見静謐な生活が抑えつけられた情熱によって復讐され、崩壊する過程を描いている点で、『志賀寺上人の恋』と同一の構造をもっている。『志賀寺上人の恋』は、常に「人生」から隔てられて生きてきたという三島の切実な思いが書かせたものであるだろう。青春のさなかにあって青春を生きていないと感じる三島は、人生の最後に情熱のほとばしりを見せた志賀寺上人の老年を共感をもって描いている。

幼年期以来、密室が根源的な居場所だった三島は、なまの人生から疎隔されているという感覚を抱きつづけた。すべての個体を混沌のなかに溶解させるディオニュソス的な現象への三島の渇望は、疎外感の苦しみから生じている。第一章で述べたように、少年期の三島は、すべてをひとしなみに呑みこむ破局につながる「椿事」への期待を詩『凶《まが》ごと』に表現した。「椿事」への期待は三島にとって、すべての破壊のあとに再生をもたらすディオニュソス神の顕現を見ることへの期待であり、「椿事」を期待する少年三島は基本的にディオニュソスの徒だった。あえていえば、超越的なもの、神的なものへの三島の志向は、ディオニュソスという一つの神を核心として成立している。

二十代最後の年に書かれた『海と夕焼』は、かつて戦時の大破局のなかでディオニュソス的な万物融合の奇蹟を夢見ていた少年の心情が、平和が常態となった戦後に持ち越されたところから生れている。『海と夕焼』は、神の奇蹟が実現することを信じながら、ついにそれを見ることができず、諦念のなかに沈んでいった老人を描いている。主人公の安里はもとフランスの羊飼いだったが、数奇な運命を経て、今は鎌倉の建長寺で寺男として働いている。ヨーロッパでは十字軍がさかんに行なわれた時代で、安里は少年の日に丘の上にあらわれたキリストから、エルサレムを取り戻す使命を言い渡される。少年仲間を集めてマルセイユに行けば地中海が二つに分かれて、聖地に導かれるだろうというのである。

噂は広まり、フランスとドイツのあちこちから数千の子供が行軍に加わり、マルセイユを目指した。苦難のなかで多くの仲間が脱落し、マルセイユにたどり着いたのはもとの人数の三分の一だった。しかし、そこで左右に分かれるはずの海は、いくら祈っても、いくら待ちつづけても分かれなかった。安里を含めた子供たちは、だまされて船に乗せられ、アレクサンドリアの奴隷市場でことごとく売られてしまう。信仰を失った安里は、ペルシャからインドに到り、そこで大覚禅師を知り、師の導きで日本に来たのである。今の安里は日本に骨を埋める覚悟で、心穏やかな日々を送っている。しかし、夕焼けのときには、いつでも海が一望できる山に登り、マルセイユでついに訪れることのなかった奇蹟を思わずにはいられない。

夕焼を見る。海の反射を見る。すると安里は、生涯のはじめのころに、一度たしかに我身を訪れた不思議を思ひ返さずにはゐられない。あの奇蹟、あの未知なるものへの翹望、マルセイユへ自分等を追ひやつた異様な力、さういふものの不思議を、今一度確かめずにはゐられない。さうして最後に思ふのは、大ぜいの子供たちに囲まれてマルセイユの埠頭で祈つたとき、つひに分れることなく、夕日にかがやいて沈静な波を打ち寄せてゐた海のことである。

安里は自分がいつ、信仰を失つたか、思ひ出すことができない。ただ、今もありありと思ひ出すのは、いくら祈つても分れなかつた夕映えの海の不思議である。奇蹟の幻影より一層不可解なその事実。何のふしぎもなく、基督の幻をうけ入れた少年の心が、決して分れようとしない夕焼の海に直面したときのあの不思議……。

（19-386）

晩年、みずから気に入った短篇を選んで作品集『花ざかりの森・憂国』（新潮文庫）を編んだ際に、三島はそれらの選りすぐりの作品のなかから特に『海と夕焼』を取りだして『詩を書く少年』や『憂国』と並べ、「私にとってもっとも切実な問題を秘めたもの」（35-175）と解説している。この小説で描いたのは、奇蹟の到来を信じ、それがついに訪れなかったときに人間を襲う不思議の感覚であり、それは「おそらく私の一生を貫く主題」であると三島は語っている。それは、読者には、戦争末期に日本の国民のなかに生れた「神風」への期待を容易に連想させるだろうが、しかし、この小説は、当時、国民のあいだに広範にあったその期待を裏切られた経験の「寓話化」ではなく、自身のなかにもともとあった「問題性」を描いたものであると三島は言う。

この「問題性」とは、もちろん、ロマン主義者三島の「不可能」への固執である。とどのつまり、ロマン主義者は現実が自分の思いを裏切ることに納得せず、その願望が「不可能」であることに納得しない。それは幼児的なナルシシズムというべき人生への態度だが、あらゆる創造性の根源にこの種の幼児性が付きまとうことは否定できないだろう。戦時下において純正のロマン主義者だった三島が固執していた「不可能」の内実は、『海と夕焼』のしばらくあとに着手された『金閣寺』の主人公溝口の独白によってはっきりと語られている。『金閣寺』の主人公である醜い修行僧溝口は、美に対する劣等感から、憧れの金閣に親しむことができないでいたが、戦争末期、空襲によって金閣が滅びるという期待のなかで、その疎外感から解放されていくのである。

この世に私と金閣との共通の苦難があることが私をはげました。美と私とを結ぶ媒立が見つかつたのだ。私を拒絶し、私を疎外しているやうに思はれたものとの間に、橋が懸けられたと私は感じた。

〔……〕

私はただ災禍を、大破局を、人間的規模を絶した悲劇を、人間も物質も、醜いものも美しいものも、おしなべて同一の条件下に押しつぶしてしまふ巨大な天の圧搾機のやうなものを夢見てゐた。

(6-53 以下)

ここには三島が戦時中に感じていた幸福感の大本が表現されているだけでなく、三島が人生に期待する究極のものが語られている。それは、劣等意識を伴なう疎外感に苦しんでいた人間が、死の予感による劇的な昂揚のなかで共同体のすべてと融合する至福である。空襲がもたらしたものは、米国との戦争がまだ始まる以前、十四歳の三島が熱望していた「椿事」の実現だった。詩『凶ごと』の、窓辺に立って破局をもたらす「椿事」を待つ少年が夕焼のなかに幻視したのは、「空には悲惨きはまる／黒奴たちあらはれきて／夜もすがら争い合ひ／星の血を滴ら」(37-400)す光景だった。少年三島が期待していた終末の光景はその数年後、「黒奴」ならぬ米軍の空襲によってもたらされた。

老いた安里は夕焼で「血潮を流したやうになつた」(19-387)鎌倉の海を眺めては、マルセイユの海を思い、故郷を想起するが、帰りたいとは思わない。すべては「あの海が二つに分れなかつたときに」消滅してしまったからである。『海と夕焼』は三島の創造性が頂点に達しようとする時期に書かれた小説である。戦後ほぼ十年を経過し、戦争から距離をおくことができたところで三十歳を目前にした三島は、あの戦争が自身にとって何を意味していたかをあらためて考えなおし、見つめなおす時期にあった。安里の人生は奇蹟がついに起きなかったときに実質的に終ってしまっている。三島が安里という老人に託して表現したのは、戦後の平穏な生活のなかで感じていた虚無感である。空襲下であらゆるものが滅亡する事態を待ち望んでいた生活こそ自分の精神にふさわしいものであり、死に損ねて入りこんだ平穏な戦後の空間は本来的な自分の生きる場所ではないという違和感であり、空しさである。

三十代の終りに書かれた「私の遍歴時代」の末尾で三島は、自分は「現在の、瞬時の、刻々の死の観念」にとりつかれた人間であり、「生来、どうしても根治しがたいところの、ロマンチックの病ひを病んでゐるのかもしれない」（32-323）と語っている。そして、自分が育った時代があまりにもはげしい動乱の時代だったことを振り返りつつ、そこに「時代と社会の急激な変化はあつたが、一つのじつくりした有機的な形成」はなく、「大きな外延を持つてひろがり育つ、一つの思想の成熟もなかつた」（32-322）と回顧している。三島の刹那的なロマン主義は、部分的にはそうした時代の転変のはげしさに由来している。森鷗外に傾倒し、ギリシャを訪れたことで高まった古典主義への傾斜は、「ロマンチックの病ひ」を克服し、時代の寄る辺なさから自身の生を守るものとして生れたはずだが、その当時の、「廿六歳の私、古典主義者の私、もつとも生のちかくにゐると感じた私」は「ニセモノ」で、実は自分は「生来」、「根治しがたい」ロマン主義者ではないかと三十八歳の三島は自問する（32-323）。四十歳を前にした三島は「本来的な自己」の実現が死と不可分なものであることを痛切に自覚し、平和な時代のなかでおだやかに生をまっとうすることを断念し始めていた。

『海と夕焼』の老いは、老年にふさわしいものである諦念に等値されている。諦念は夜と死に焦がれるロマン主義者のものではなく、いかにたえがたいものであるにしても生にとどまろうとする古典主義者のものである。ロマン主義と古典主義のあいだで揺れ動きながら三十代に入ろうとしていた三島は、夕焼の残影に心をかきみだされながらも今は諦念のうちに安らかに生きる老いた安里の姿に託して自分の心境を語っている。しかし、この作品を書いた三島のなかには、みずからのうちなる安里から脱け出ようとする衝迫が蠢動している。認識者でしかありえない内向的な吃音者の行為への夢を描く『金閣寺』は、安里のような諦念を踏み越えて、自分が本当に欲する人生を生きようとする三島の思いから生れたのである。

3 老いからの脱出と父性への接近

三島は、『金閣寺』の溝口に託してすべてが融合して滅んでいく大破局への夢想とそれが実現しなかったことへの失望を描いた。その失望ゆえに溝口は自分にとってすべてであるともいえる金閣を焼き、ともに死のうとするが、果しえなかった。『金閣寺』は、老いの意識にとりつかれていた二十代への三島の訣別の意志が生んだ作品である。三十代に入ってまもなく書かれたこの長篇には、青春のさなかにあって青春の不在を感じつづけてきた三島の、その空虚さから訣別しようという意志が表現されている。

終戦によって平穏な日常が復活したことに絶望する溝口は、失われた悲劇を自分で招来すべく金閣への放火を決意する。もともと内向的な吃音者である上に僧侶になったことで行為からほど遠い人生を生きてきた溝口が破滅的な行為に突き進む過程は、幼時から空想の世界に生きるしかなかった三島自身の、破壊衝動を含んだ行為への願望と重なっている。炎上する金閣とともに死ぬという溝口の企図は果たされなかったが、三島は戦時中に実現しなかった自他融合の夢をあきらめることができなかった。見果てぬ夢を三島は、こんどはみずからの能動的な意志で実現する方向に向かおうとしていた。たとえば、『金閣寺』から四年後の『憂国』において、一組の男女の、みずから決意した死のなかに、三島が念願とする、主体的な意志による自他融合の至福が描かれることになる。

『金閣寺』は、他者とつながることのできない、自家中毒のような生からの出口をもとめる観念的な青年の彷徨を描いた青春小説であるが、注目に値いすることとして、この迷える青年が教えを乞い、救いをもとめる相手として二人の老人が登場する。これらの老人に主人公は道を尋ね、一方では失望し、他方では励まされながら、宿願だった「行為」に突き進んでいくのである。二人の老人は、溝口の父が僧坊で青春をともにした旧友である。溝口の父は現実的には無力な田舎の寺の住職で、美しい金閣への憧れを息子に植えつけて早世した。息子を美の虜囚にした上で、金閣寺の徒弟に送りこんだこと以外、ついに父親らしい役割を果たし得なかったこの父のいわば穴埋め的な後継者として、二人の和尚は溝口に大きな影響を与える。

金閣寺住職の田山道詮和尚は、父が持たなかった世俗の権力を握っていることで、修行僧になり将来の住職候補にもなった溝口の上に厳然と君臨する父性だった。ところが、この住職が変装して芸妓と歩いているところに溝口が遭遇したその日から、この子弟関係はきしみ始める。老師は溝口が自分を追跡していたと誤解し、溝口は自棄的な気持からその誤解を上塗りするような行動にあえて出る。溝口は老師が厳しく叱咤してくれることをむしろ待望するのだが、女性的で姑息な老師は沈黙し、よそよそしい態度で溝口を失望させる。陰湿な心理的確執のなかで、溝口のあらゆる問いをはぐらかし、無力をさらけだす道詮和尚に溝口は見切りをつけていく。老師の「排便の姿を想像し」、「女と寝てゐる姿を想像し」、「快感にだらけた顔が笑ひとも苦痛ともつかぬ表情をうかべるところを空想」(6-176)するのである。住職に疎まれたことで溝口が将来の金閣寺住職になる可能性はなくなり、金閣を焼いてすべてを無にしようという溝口の意志も固まっていく。

ある朝、境内の一隅に老師が見るも哀れな懊悩する姿をさらしてうずくまっているのを溝口は目撃する。それは「矜りも威信も失くして、卑しさがほとんど獣の寝姿を思はせ」（6-248）る姿だった。溝口は、これを自分との確執に関連づけ、老師が自分の苦悩を見せつけ、同情を乞うているのだと解釈し、その姑息な懐柔策につよい反発を覚える。反抗しながらも、これまでは心のどこかで老師を慕っていたのだが、ここで完全に老師を見限り、金閣を焼くことへの最終的な決断に至るのである。

宗門の一つの頂点に立ちながら、道詮和尚は徹底して現世の塵にまみれた存在である。現世を侮蔑するニヒリストでありながら、「生活の細目、金、女、あらゆるもの」に手を汚す道詮和尚を、溝口は「血色のよい温かみのある屍」（6-187）にたとえる。女性的で好色で、個人としては無力でありながら世俗の権力をにぎるこの禅僧は、三島がもっとも軽蔑する老人の姿であるだろう。溝口の金閣への放火は、この否定的な老いた父性への致命的な痛打としてなされる。

しかし、『金閣寺』にはもう一人、同じ老いた父性でありながら、道詮とはまったく対照的な人柄によって、溝口の行為を後押しする禅僧が登場する。道詮の友人である禅海和尚は、その男性的で活力にあふれた人柄によって溝口を魅了する。「外見も性格もまことに男性的な、荒削りな禅僧の典型」（6-256）である禅海和尚には、道詮和尚が持たない「素朴さ」と父が持たなかった力があった。福井の寺の住職である禅海は、金閣を訪ねた折、かつての友人の息子である溝口を呼んで歓談する。丈高く、容貌魁偉で、「轟くやうな大声で話す」（6-257）のだが、それでいて、この和尚には、「私の心にひびくやさしさ」、「旅人に木蔭の憩ひを与へる大樹の荒々しい根方のやうなやさしさ」

がある。

「単純な強い目」で「見たまま感じたまま」(6-259)を語り、ことさらに異をたてようとせず、「他人が見るであらうとほりに」事物を見る禅海に溝口は透徹した洞察を期待し、「私を見抜いて下さい」と迫る。禅海はしばらく溝口を凝視したあと大笑し、「見抜く必要はない。みんなお前の面上にあらはれてをる」と答える。これははぐらかしとも取れる応答だが、禅海を理想化する溝口は「完全に、残る隈なく理解された」と感じ、「行為」への勇気に満たされる。

禅海は小説の最後にわずかに登場するだけだが、溝口を「行為」に向けて後押しする父性的役割を果している。道詮と禅海という二人の和尚が、否定と肯定の両面の、対照的な父性として主人公の運命に大きく関わる展開は、図式的に過ぎるともいえるが、女性ばかりのなかで幼年期を過ごした三島のなかにある父性へのこだわりを示しているようで興味深い。

禅海のような父性を三島の近親者のなかにもとめるとすれば、それは誰よりも父方の祖父である平岡定太郎だろう。岡山県の農家から出て樺太庁長官になった定太郎は明治の立身出世の体現者であり、『偉大な姉妹』の浅子が理想の時代として懐かしむ明治維新という「動乱の時代」を生きた「破格」の人である。三島の父梓は「父はまったく大変な豪傑で、酒よし女よし、一世紀ぐらい時代ずれのした男」*4だったと評している。三島の幼年期を支配した祖母なつは、もともとその出自の低さを軽蔑していた定太郎の「天衣無縫の行動」に苦しんだ。夫婦仲は悪く、定太郎が疑獄事件に巻き込まれて失脚してからは、祖母が夫に代わって家の実権を握る。

『仮面の告白』には祖母は、「祖父を憎み蔑んでゐた」(1-178)と書かれている。おそらく幼い三島を溺愛し独占しようとしていた祖母は、祖父を悪しざまに語り、三島に接近するのも妨げていただろう。『仮面の告白』には、父梓も祖父もほとんど登場しない。誰よりも祖母の大きな影響下に育った三島が、幼年期において祖母の祖父に対する憎悪と軽蔑を鵜呑みにし、刷りこまれていたことは想像にかたくない。

奥野健男は、三島由紀夫に関して「不思議なのは、祖父平岡定太郎と祖父の故郷に対する徹底的な無視、黙殺である[*5]」と語っている。しかし、容貌魁偉な豪傑だった祖父は完全に「無視、黙殺」されていたわけではなく、たとえば禅海和尚の造型などに三島の心に与えた影響の片鱗が見えるのではないだろうか。

幼年期における刷りこみが人格形成に与える影響はたしかにきわめて大きいものだが、しかしその後の成長のなかで是正されていく例はいくらでもあるだろう。三島は思春期にさしかかるころまで祖母と密着し、その過剰な薫陶を受けて育っただけに、刷りこみはかなり強力だったはずだが、祖母以外の家族と没交渉だったわけではない。祖父は祖母が死去した六年後、三島が十九歳のときに八十歳で死去した。『仮面の告白』のわずかな記述を除けば、祖父についての直接の言及はきわめて少ないが、三島が祖母に刷りこまれた祖父への見方を是正する機会は少なからずあったと思われる。成長して祖母との直接的な接触が減ずるにつれて祖母の感化は次第に相対化され弱まっていったはずだが、特に互いに恋人のような感情を抱いていたという母の影響は、祖母の手中にあったときでも過小に見積もることができないものがあっただろうし、祖母から離れ、父母のもとに戻ってからはさらにつよまったはずである。

この母は舅である定太郎には非常な好意を抱いていたらしく、三島の祖父に対する見方を大いに肯定的な方向に導くのに与ったと思われる。横暴な姑や偏屈な夫と暮らすなかで、豪放磊落だが女性にはやさしかった定太郎は一抹の救いだったようで、倭文重は「私にはやさしいいいお父様でした」と回顧し、「息子とちがって、女心をよくご存知の方でした。（笑）救いといえばこれが救いでしたね」と語っている。*6 すでに見たように三島には祖母に連なる永井一族のエクセントリックな反俗的気質が濃厚だったが、男らしさや破格への憧憬がつよかっただけにそれを体現する祖父の人となりにまったく魅力を覚えていなかったとは思えない。

父梓は、農林省でもあまり目立つ働きのなかった自分を「平々凡々の鈍才」と自嘲する一方で、祖父の傑物ぶりを讃え、平岡家の優秀な血統が自分を素通りして祖父から孫の三島に受け継がれたと語っているが、*7 すべてに冷笑的な梓も自分の父と息子にだけはきわめて肯定的な見方をしていたようで、内心いくらか父を軽んじていたと思われる三島もこうした父の祖父への畏敬にはいくらかは影響を受けていただろう。『仮面の告白』には、「祖父がもつてゐたやうな、人間に対する愚かな信頼の完璧さは、私の半生でも他に比べられるものを見なかつた」（1-177）と記されているが、こうした記述にも祖父への好意がほの見えるのではないだろうか。

幼年期のほとんどの時間を、祖母をはじめとする女性たちのなかで過ごした三島にとって、父も祖父もそれほど重要な存在ではなく、影響を受けることも少なかったことはたしかである。父や祖父は単にあまり関わることのない相手だっただけでなく、家庭の実権を祖母に握られてしまっていたということでも幼い三島にとって影の薄い存在だった。しかし、成長し、男であることの自覚が深まるにつれて、父性の導きが必要であることを自覚し、身の回りにそれを探しもとめたとき、あらためて父や祖父の姿が浮かびあがってきたことはまちがいない。

たとえば三島はことあるごとに作家や知識人を悪しざまに語ったが、それは三島特有の自己嫌悪からくる言説ということだっただけでなく、祖父や父の影響がいくばくかはあったことが三島の父・平岡梓の証言から推測される。梓は、「僕も僕の父も、何かきたない話が出ると文士などと付合うななどと申し、これが知らず知らずのうちに伜の頭にじわりじわりとしみ込んでいったためか、自分も同じような考えになっていったらしく、服装などもいろんな非作家非文化人の真似をして、みんなを顰蹙させたり、ゴルフを嫌い、剣道空手ボディビルの連中などに凝り、とにかく事毎にすべて逆々の生活態度で、友人などは強いて文化人以外のなどにこれを求め、文化人すなわち作家評論家などには、心の友はおろかただ一人の友人も持たなかったと言っても過言ではありません」と語っている[*8]。

この言葉には多分に梓の思いこみという側面もあるかもしれないが、たしかに、熱烈な文学の読者だった祖母と母と、文学嫌いの祖父や父という、互いに文化的嗜好の面で対立する二組の親族の影響を受けたことが、生涯をとおして三島が文学にのめりこみながら作家であることに自己嫌悪を抱きつづけた矛盾の要因になったということは十分にありうるだろう。祖父については、祖母から離れ、母と密着するようになった思春期以降の三島にとって、父が自分よりも数段上の傑物であると考えていた、そして母もまた好感を抱いていたその人となりが父性を体現するもののように見えてきたことは容易に想像できる。

思春期のころから三島は自己鍛錬によって男性的な資質を獲得しようとする意志を示していた。その模範となるのは、たとえば同性愛的感情を向ける不良じみた筋肉質の同級生であったり、たとえば森鷗外やトーマス・マンのような家父長型の作家であったりした。『金閣寺』に至る自身の文体の変遷を語るエッセイ「自己改造の試み」は、その変遷が「感性的なものから知的なものへ、女性的なものから男性的なものへの変化」であり、現在の自分が至りついた規範は「鷗外の清澄な知的文体」、重々しさも備えたその文体であると総括している（29-246）。

『金閣寺』の文体を作家の影響という観点から定式化するとそれは、「鷗外プラス、トオマス・マン」であると三島は語っているが、家父長的な性格をもつこの二人の作家の影響下にあったことは、『金閣寺』という小説が少なからず父性を主題とすることにつながっている。溝口の「行為」への跳躍を描くにあたって、三島は男性的で大きな父性が登場することの必要性をつよく感じたにちがいない。磊落ではあるが常識人の禅海の人となりには溝口のファナティックな犯罪を教唆する要素はまったくないが、結果的に溝口の行為は禅海との出会いによって後押しされている。このことは三島において「行為」の可能性が、父性と結びつけて考えられていたことを示唆している。

三島は「男性的特徴とは知性と行動である」が、この両立は難しく、知性を伴わない行動は、感性的特色を帯びた、女性的なものになる危険があると語っているが（「自己改造の試み」29-246）、これは男性的な行動を志す三島においてその行動を律する父性的な倫理の必要性が痛感されていたことを示している。三十代に入った三島は肉体改造によって行為への展望を開くことになるが、それ以上に行為に必要なものが実は父性的規範であることを禅海と溝口の関わりは物語っている。『金閣寺』は内向的な吃音者で、およそ行動とは無縁だった溝口という認識者が、乾坤一擲の決意をもって行動に踏み出す顛末を描いている。三島は溝口に自身を重ね合わせつつ、男性的な行動家になる道を探っていた。

三十代の終りに差しかかったころ、三島は過去を振り返って「二十代には、当然のことだが、父親というものには否定的でした。『金閣寺』まではそうでしたね」（「著者と一時間」33-213）と語っているが、この言葉は一面の真実しか語っていない。つまり、溝口の父や道詮和尚を見る限り、『金閣寺』においておおむね父性は否定的に描かれているが、結末近くで登場する禅海はこの作品において三島が父性の重要性をすでに認めていることを示しているのである。二十代の作品については、たしかに『青の時代』などのようにきわめて露骨なかたちでシニカルに父性を描いているものがあるが、三島の文学的志向の底流にはすでに森鷗外やトーマス・マンへの愛着というかたちで、父性をもとめる傾向が見られる。そして、『金閣寺』を嚆矢とする三十代の主要な作品では、二十代の作品では目立たなかった父性という問題が顕在化してくるのである。

三十二歳で書かれた『美徳のよろめき』では、婚外恋愛に心身ともに深く傷ついた女主人公節子の恋人との訣別に際して、分別ある円満な常識人である父が登場し、その決意を促す。節子の父は、「世の敬慕の的」となるような、「あらゆる点から見て申し分のない人格」の、「白髪の美しい立派な家長」（6-629）である。愛欲の泥沼に入りこんでいた節子に愛人との別れを決意させたのはこの父との対話だった。節子を深く愛する父との久々の会話は、自分の出自が「平和な、明るい、道徳的な一族、矩を超えようともせず、欲望に煩はされもしない一族」（6-632）にあることを節子に思い起させ、その一員であるという自覚に至らしめる。父との二人だけの午餐のあと、節子は「偽善にもなかなかいいところがある」と思い、性愛の充足をもとめる「心の渇き」を「偽善」のうちに抑えこむ道を選んだのである（6-633）。

この作品は女性を主人公とするだけに、そこで描かれる「父子」関係には、男性同士の場合につきまとう権力闘争の要素がなく、敬意をもって安心してよりかかることのできる理想的な父性が描かれている。三島はここでは自身が男性であるがゆえに父性に対して抱く葛藤から解放され、寄る辺ない苦境にある若い人妻にとっての父性の頼もしさ好もしさだけを表現している。

『美徳のよろめき』における父性は、名望ある一族の年配の家父長のなかに体現されている。『金閣寺』の禅海も含めて、三十代前半の三島は、長い人生の経験によって練磨された老境の父性をしばしば描いている。このことは、ボディビルによる肉体改造や結婚などの人生上の大きな転機のなかで、三島が老年の「叡智」に拠り所をもとめる気持を少なからず抱いていたことを示唆している。『鏡子の家』に並走するかたちで書かれた日記体のエッセイ『裸体と衣裳』は、焦慮と危機感に満ちた三島の人生においてもっとも安定した、息の長い精神が宿った幸福な時期の産物である。そこでは、「海水の上に浮身をするやうな身の処し方」（五月九日付、30-111）が理想的な人生態度として語られ、ゲーテの『ヴィルヘルム・マイスタア』の「あの退屈さ」（十月二十日付、30-161）こそが長篇小説の鑑として称揚される。この時期の三島は、生来の緊張感にあふれた劇的な気質をできるだけ磨滅させて、長篇小説の作者にふさわしい、悠然とした叙事的な精神を獲得しようとしていた。このような意志は、この時期の三島が老年の充実の例証としてゲーテを挙げているところにもあらわれている。

自身の文体の変遷を語るエッセイ「自己改造の試み」の最後は、「最後の文体とは、作家の老年にみのる美しい果実であらう」と記し、晩年のゲーテの文体は、「自在の感じがゆきわたり、欲望はことごとく満たされ、文体はいささかのぎごちなさもなく世界を抱擁する」（29-247）ようなものであると称賛している。老年のゲーテは、世界と宥和的な関係に立つ、包容力に満ちた老境の父性を体現する作家として、三十代に入り、いくぶん老いに近づいたと自覚する三島の理想になっている。しかし、自分が生きる時代と社会、そして自分の資質を考えるとき、ゲーテのような老境がやがて自分に訪れるなどと三島が期待するはずもなかったことは、『美徳のよろめき』に続いて書かれた『鏡子の家』がはっきりと示している。

『鏡子の家』は戦後という時代を空虚な、父性不在の時代として描いている。題名となっている鏡子の邸宅は、戦後の混乱と無秩序を愛し、小市民的な安定を嫌う鏡子が夫を家から追い出したあと、空虚な心を抱えて現代の社会をさまよう四人の若者たちの集まるサロンになっている。それぞれに時代を象徴するこの若者たちはそれぞれに人生に行きづまり、あるいは死に、あるいは虚無に埋没し、あるいは新しい道へと出発していく。若者たちの離散と同時に、鏡子のサロンも財政的な破綻によって解体し、鏡子は意に染まぬが裕福な夫を再び迎え入れることになるというのがそのストーリーである。

鏡子の夫は作品の最後で愛犬たちとともに妻のもとに帰還してくるが、サド侯爵の帰還と同じように姿は現さない。裕福な夫は、一応は鏡子の夫で一人娘の父親である者、すなわち家長として迎えられるが、その帰還を喜ぶ気持も夫への信頼感もないまま、鏡子は結婚生活の再開をやむをえないこととして諦念をもって受けとめている。この夫は、小説中に姿を見せることはなく、鏡子の幼い娘がひそかに持っている写真のなかに、かすかにその風貌を覗かせる。それは、「いかにも気力のない、肉の薄い、しかし端麗な若い男で、縁なし眼鏡をかけ、頭を七三に分け、神経質に固く締めたネクタイのごく小さな結び目を襟のあひだに見せてゐる」(7-42)男の写真である。写真の上の存在感までもがいかにも薄弱なこの父性は、戦後という時代を父性の希薄な時代として批判的に見る三島の思いを体現するものであろう。

『鏡子の家』もそうだが、これに続く『宴のあと』も女性が中心に据えられた作品である。貧困から身を起こし、体を張って一流料亭の女将にのしあがった主人公かづは、初老を迎え、死が身近になったことを感じている。そのかづの前に父性を体現するような理想化肌の高潔な政治家野口があらわれ、かづは結婚してその籍に入ることに不安な魂の救済をもとめる。あたかも都知事選に革新党の候補として出馬した野口のためにかづは料亭を売却し、持てるすべてを投げ打って奮闘するが、選挙は保守党の金力の前に敗北する。かづは野口とともに静謐な引退生活に入ることになるが、「全身を動かして飛びまはることへの生れながらの熱情」(8-210)に満ちたかづは、平穏な隠居暮らしに耐えられず、保守党の政治家とのなまぐさい付合いを復活させる。野口と別れて料亭を再興し、活力に満ちた騒々しい生活に戻っていくのである。

この作品は、『美徳のよろめき』と同様に父性を重要な主題としながら、対照的な結末をもっている。『美徳のよろめき』の梗概は、育ちのよい、世間知らずの夫人が性的冒険の果てに父親によって体現される、偽善的ではあるが、堅実な血脈にふさわしい生活に戻っていくというものであるが、『宴のあと』の主人公は、その父性的な人格を慕って結婚した相手との、そのあまりに静謐な生活に耐えられず、猥雑で生臭い、混沌とした現実に回帰していく。下層階級から這い上がった行動的な女傑であるだけに、かづのなかには作者がもつ自己顕示的な行動欲求が付与されており、隠遁生活に自足しようとする老境の父性との葛藤を生み出すのである。

両作品は、作者が父性に対して抱くアンビヴァレントな心情を、娘と父、妻と夫の関係に置き換えて描いたものだが、その対蹠的な結末は、市民的な平穏をもとめる気持と、冒険的な行動への飢餓感のあいだで揺れ動く三島の気持を反映している。さらに、両作品のあいだに書かれた『鏡子の家』の主人公は、戦後社会への違和感を抱えながらそれと妥協する道を選び、好きでもない夫が家長として帰還してくることを生活のための方便として諦念とともに受け入れることになる。これらの主人公たちが女性であるがゆえの苦しみや老いの自覚に際して父性的な規範を必要とし、そこに回帰したり惹きつけられていくことには、三島という、その人格の基盤において女性的な作家の抱える問題が色濃く反映している。過剰な感受性に流されがちなその女性的な資質を抑止するものとして、倫理的な父性がもとめられ、それがまたときに葛藤を生むことになったのである。

4「息子」と「父」

『美徳のよろめき』、『鏡子の家』、『宴のあと』の三作が、父性に拠りどころをもとめる三島の内なる心情を女性主人公に託して比較的素直に表現しているのに対して、これらの作品に続くいくつかの長篇は、「息子」を主人公に据え、作者が父性に対して抱く屈折した、激しい感情を反映したものになっている。

たとえば、昭和三十八年に出版された『午後の曳航』は父性そのものを否定する作品である。主人公登が所属している秘密結社の少年たちは、いずれも父親への激しい敵意を抱いている。グループの首領は、「父親といふものは！　考へても見ろよ。あれは本当に反吐の出るやうな存在だ。あれは害悪そのもので、人間の醜さをみんな背負つてゐるんだ」(9-342)と吐き捨てる。登は母の愛人である船員竜二を冒険的な精神をもつ男のなかの男として崇拝していたが、竜二が海上生活の現実に倦んで母と結婚を約し、家に転がりこんで自分の義父になろうとするや、幻滅して激しく憎み、仲間とかたらって殺してしまう。男性的な行動家の精神を捨てて小さな家庭に収まろうとする竜二の変貌は、三島が憎む小市民的な戦後社会への順応と同列の所業であり、三島はこれを登とともに厳しく裁断したのである。

『午後の曳航』の竜二はこれを書いた当時の作者の年齢に近い、まだ比較的若い男である。この小説には、結婚しても両親と同居を続け、「子供」でありつづける一方で、みずからも子供をもうけ、父となった三島の葛藤が濃厚に表現されている。『午後の曳航』は、ほとんど父性不在の幼年期を送り、結婚後も両親とともに暮らす作者が「父」になることのむずかしさを表現している。

昭和三十九年に出版された長篇『絹と明察』もまた、「父」と「息子」の相克を描いている。しかし、『午後の曳航』ではげしい父性忌避の思いを表現したあとに続くこの、古い日本の「父」を描く小説は、「父」との闘争を主題としながら、最終的には「父」の必要性を説くものになっている。

『絹と明察』は、作者みずから解説するように、日本の社会にかつて君臨していた古い父性を描いている。三島は、朝日新聞に掲載されたインタヴューのなかで、「この数年の作品は、すべて父親といふテーマ」を描こうとしてきたが、この追求の果てに「企業の中の父親、家父長的な経営者」という問題にぶつかり、そこで父性という主題の総決算をなすものとしてこの小説が生れたと執筆のモティーフを説明している（「著者と一時間（「絹と明察」）」33-213）。

主人公は、泥臭い人情家を自任し、社員を自分の子供になぞらえながら、過酷な労働を強いる紡績会社の独裁的経営者駒沢である。この無意識的な行動家の主人公に対立するもう一人の主人公が、信じるものをもたない、哲学者くずれのフィクサー岡野である。岡野は、合理主義的な近代型の経営を信奉する企業家たちの意を受けて、駒沢の会社を破綻させるべく、社員を扇動して労働争議を起こす。駒沢は、自分の子供と信じていた者たちの反乱に破れ、失意のうちに死んでいく。しかし、仕事を達成したはずの岡野は、駒沢の死後、言い知れぬ寂しさを覚える。そして、時代遅れだったはずの駒沢の旧弊な父性への郷愁にひたるのである。

先のインタヴューのなかで三島は、岡野は「駒沢の死によつて決定的に勝つわけですが、ある意味では負けるのです。〝絹〟（日本的なもの）の代表である駒沢が最後に〝明察〟の中で死ぬのに、岡野は逆にじめじめした絹的なものにひかれ、ここにドンデン返しが起るわけです」（33-213以下）と語っている。すべてに無意識な、古風な家父長的人間である駒沢は、すべてに意識的で知的な孤独者である三島の対極に位置するタイプの人間である。作中で三島に近い人物は、虚無的で、破壊的な策謀家の岡野だが、その岡野が駒沢を打倒したあとで、駒沢の死を哀惜する結末には、古い伝統的な日本の家族を支配した父性への三島の郷愁の念がこめられている。

戦前にハイデッガーのもとで学んだ岡野は駒沢の「息子」という年代ではなく、年齢にこだわれば、作中、駒沢の「息子」と躊躇なく呼べるのは、労働争議の表向きの指導者となる大槻という若者である。しかし、虚無的で寄る辺ない知識人である岡野が駒沢に郷愁を覚える結末には、家庭をもち子供をもってもなお父性として熟することのない作者の、古い父性への思いが反映している。駒沢という土着的で、無意識的で専横な家長はいったん葬られたが、この家長の退場を喜ぶ人びともやがて駒沢のような家長が必要であることに気づき、駒沢が作ったような大きな擬似家族のもとに帰ってくると作者は考えていた。

作者の分身ともいえる岡野に父性への懐かしさを覚えさせる駒沢は、善悪を大量に合わせもつ、無意識の活力にあふれた人物であり、『偉大な姉妹』の浅子が懐かしむ明治の破格をたたえた人物である。この破格という点で、『金閣寺』の禅海和尚と同様、駒沢のなかにも明治の豪傑だった祖父定太郎の面影をいくらか見い出すことができる。前記のインタヴュー談話で三島は、駒沢が最終的に「明察」に達すると語っているが、無意識的で素朴な行動家が「明察」に達するという点でも禅海に近く、ここにも認識者よりも行為者のほうが「明察」に近いところにいるという三島の思いが反映している。

しかし、社員をわが子になぞらえながら抑圧し、過酷な仕事に追いやる駒沢の人物像は、溝口が一夜、会話を交わしただけでその男性的な包容力に魅せられた理想的な父性である禅海よりもはるかに複雑で、問題をはらんでいる。村松剛の『三島由紀夫の世界』は、三島があるとき村松に「駒澤は天皇なんだよ」と語ったというが、[*9]駒沢の人物像は戦後、人間宣言をして親しみやすい好々爺となった現実の昭和天皇とは大きく隔たっている。しかし、日本における究極の権力という問題を扱うとすれば、すべては天皇制の問題に収斂していくという面があり、三島の言は、「天皇」という言葉を天皇制というシステムとして解する限りにおいて、戦時中、家族主義的なかたちをとりつつ国民を戦争に巻きこんでいった天皇制のシステムそのものの問題性に触れたものとして首肯されるべきものだろう。

5 再び『サド侯爵夫人』

『絹と明察』を書き終えた三島は、この作品を父性の探究の総決算と位置づけ、その上で、「二十代には女性的原理、三十代は男性的原理を追求したわけですが、来年からはまた次のテーマに取組むことになるでせう」(「著者と一時間(「絹と明察」)」33-214)と予告している。作家が描く主題が、意識的な選択によって年代ごとに明確に区分されるということは、きわめて異例のことのように思われる。が、常に意識的に自身の生と文学を構築しようとしていた三島であってみれば、ありえないことではないだろう。現実には、この予告にいくぶん反して、三島の早すぎる晩年となった四十代前半の作品は、むしろ男性的原理をそれまで以上に、文字どおり死に至るまでに徹底して追求するものとなったし、後述するように、父性の問題も大きな比重で扱われている。

しかし、少なくとも、翌年発表された『サド侯爵夫人』に関する限りは、三島の予告はほぼそのとおりに遂行されている。『サド侯爵夫人』のサドは、その「倒錯」的な欲望をまっすぐに追求する一種の快男児であり冒険者であって、その点に男性的特質はあるが、本来女性的であるがゆえに男性性にこだわりつづけた三島の問題意識をこの戯曲のサドのなかに見いだすことはできない。また、父性については、三島はサドが三児の父だったという史的事実を改竄してサド夫婦に子供はいなかったという設定に変えた。三島自身もすでに二人の子の親であり、そうした共通点を軸として自身の父性にまつわる問題を作中に取りこんで書くこともできたはずだが、そうしなかった。

父性という問題は男が老いるという現実に随伴するはずのものである。四十歳になったばかりだったが、過剰に若さにこだわる三島が、すでに老いを意識する一方で、現実の生活で父親であることに少なからぬ違和を感じていたことは想像にかたくない。しかし、『サド侯爵夫人』は老いという問題だけを取りあげ、父性という問題はこれを不問に付した。これまで論じた三十代の主要な長篇が父性を重要な主題として取りあげているのに反して、三島はこの戯曲ではサドにおける父性という問題を能う限り排除した。このことは、おそらく『サド侯爵夫人』執筆時に三島のなかで重要な変化が起こりつつあったことを反映している。自分自身が父親であることが切実な問題となっていたにもかかわらず、三島はあえてその問題を放棄しようとしていたのである。

『サド侯爵夫人』が父性という問題を排除した理由については、サドの資質が本来的に父であることとなじまないものであったということや、作劇の技術的な問題もあるだろう。サドは精神的にどこまでも子供でありつづけた人間であったし、物理的にも、結婚後はほとんどの時間を牢獄で過ごし、父の役割を果すことはほぼ不可能だった。子供の成長にほとんど関わっていなかったために、サドと三人の子供の情緒的な絆は稀薄だった。サドは、知能障害があった娘マドレエヌについては、「精神においても顔においても肥った百姓の娘そのまま」と冷酷に突き放していたし、長男ルイ・マリーについては、出所後のサドに救いの手を差し伸べることもあったにもかかわらず、深い猜疑心を抱き、「わたしの息子と称するあの悪党」（『サド侯爵の生涯』全集 5-280）と罵倒している。

作劇上の問題についていえば、『サド侯爵夫人』が性倒錯と社会の相克や、夫婦の性、芸術創造と現実の関係など、それだけでも手一杯といってよいほどに多くの主題を抱えているなかで、父性という主題を扱う余裕などなかったであろうということも否定はできない。澁澤龍彦も、三島がサドに子供がいないことに設定した理由について、「これは戯曲の構図を男対女の関係に単純化するための（つまり親子の原理を捨象するための）やむを得ざる処置であったろう」（「サド侯爵の真の顔」全集 8-25）と解釈している。しかし、三島ほどの技量があれば、サドが父親であることを戯曲のなかに取り入れ、「男対女の関係」をはじめとする他の主題と絡ませながら、現在残されているものとそれほど長さが変らない戯曲を制作することは可能だったはずである。三島は父性が問題になる設定を意図的に避けたのである。

サド自身の父性だけではなく、戯曲はサドの父やルネの父も含めてあらゆる「父」を登場させないことで、注意深く父性の問題を遠ざけている。一面において、これは、戯曲の執筆にあたって三島がほぼ全面的な信頼を置いた澁澤の伝記がサドを父性欠如の男として描いていることに照応している。澁澤は、サドを「究理欲や好奇心にあふれていた」、「最も男らしい男」（全集 8-17 以下）と讃えながら、「ふしぎなことに、その生涯のどの局面においても、サドには父親的な原理がまったく欠如していた」（全集 8-18）と評している。『サド侯爵の生涯』では、問題ばかり起こすサドを「厄介払いすることばかり考えている」、父性愛の欠けた父サド伯爵の姿を伝え、「この父子のあいだには、およそ血の繋がる者同士の情愛というものが欠けていた」（全集 5-36）と書いている。澁澤は、父サド伯爵を「およそ文学や自由思想には縁のない、実利主義的な外交官、名誉や家柄を気にかける、小心翼々たる出世主義者」（全集 5-20）だったとも評している。こうした父親をもつ点においても、三島は澁澤の描くサドに自身との共通性を感受し、つよい親近感を抱いたと思われる。

澁澤による父サド伯爵の人物像は、文学に理解がなく、三島の創作活動を妨害し、自分が農林省の小粒な役人である劣等感から三島を大蔵官僚に仕立てて出世させようとした父平岡梓を思わせる。三島と父のあいだの精神的な紐帯も、澁澤が語るサド父子ほどではないにしても稀薄な部類だっただろう。澁澤が描くサドの父子関係が史実として正しいかどうかは、ここでは問わない。比較的新しいフランスのサド研究にあっては、現実のサドの父子関係についてその緊密さを強調し、サドが決して父性不在のなかで成長したわけではないことを説く論者もいる。[*10] しかし、父性の稀薄な環境で育ち、みずからも父性的とはいうには程遠い人間だった三島は、澁澤の描く父性欠如のサドに自身を重ね、つよい同一視のなかで三島自身のサドを造型したのである。

ルネの父であるモントルイユ税裁判所名誉長官については、史実としては革命後もなお生きていた、したがって戯曲の終幕である一七九〇年においても存命だったのを、戯曲は第一幕の舞台である一七七二年の時点で早々と死んでしまっていたことにしている。澁澤の伝記は、ルネの父を「サドの生涯にほとんど重要な役割を演ぜぬ、いわば影のごとき存在」（全集5-35）と評している。家庭の実権は夫人にあり、長女とサドの縁談を取り決めたのも、やがて問題児となった婿にまつわる、絶えることのない厄介ごともすべて夫人が処理していた。澁澤のサドは父性不在の、女性ばかりに取り巻かれた環境で育ち、長じては、父性の薄弱な、強い母と二人の姉妹がいる女系家族のなかに入っていく。そこでは、「法」と「正義」を金科玉条とする気丈なモントルイユ夫人が家長としての役割を担っていた。こうした澁澤の理解を三島の戯曲はそのまま引きついでいる。そこでは、サドを牢獄に入れ、ひたすら家門の名誉と安泰をはかるモントルイユ夫人こそが唯一の父性であって、この戯曲はモントルイユ夫人という「父」とサドという「息子」の確執を描いた作品であるという見方もできる。

しかし、三島のモントルイユ夫人は、勝気で支配的ではあるものの、結局のところは、「父性」を構成するはずの首尾一貫性に欠けており、良くも悪くも「息子」を畏怖させるような人格的な大きさをもたない。第二幕では裁判に勝訴したサドが釈放されたところに、裏で手をまわして王家の裁判権で牢獄に逆戻りさせる姑息さを発揮し、第三幕では、革命によって釈放され、革命勢力の有力者に一変したサドに対してそれまでの強硬な敵対姿勢を一変させ、すがりついて命をつなごうとするオポチュニストぶりを発揮している。この中途半端で喜劇的な「父性」と、「息子」サドとのあいだに真正の確執に付きものの悲劇性が生じることはない。「法」と「正義」をふりかざしながら、結局のところは家名と我が身の安全が大事なモントルイユ夫人は、世俗道徳にどっぷり浸かって、かたちばかりの威厳をとりつくろう、戯画化された「父性」と見ることもできる。

自身、子供のような人間であり、みずからの子供たちに対して父性たりえなかったサドが、わずかにでも父性に似た役回りを演じたことがあるとすれば、それは妻であるルネに対してだろう。もともと信心深かったルネにとって、背教者である夫は、キリスト教の神に代わる、エロティックな色合いを帯びた神のような存在になった。澁澤の伝記でもそうであるし、三島の戯曲もこれを強調している。サドが人生のすべてと化し、その「性倒錯」までをも共有して、その思想と価値観を身につけようとしたルネにとって、才気と自負心にみちたサドはきわめて特殊ではあるものの、父性に似た何かであった。

この「父性」は、「饗宴」にかき集められた男女の小集団や、ルネを筆頭とする、サドに眩惑される女性たちに対してのみ威光を発揮する特殊な父性である。そもそも世上において「父性」という言葉は、家族と社会をつなぐ紐帯としての役割を担う存在に対して向けられるものであって、サドほどこの意味での「父性」という言葉から遠い存在もない。サドの世上における様態は、ほとんど処世らしい処世を知らない、自分の欲望の追求だけに生きる、小児的性格者であり、妻を筆頭とする周囲の人びとの庇護なしでは到底生きることのできない生活無能力者だった。

いかなる面においても、サドが指導者的な資質を欠いていたと言うわけではない。牢獄を出たあと革命運動に加わったサドは、パリ地区委員会の書記やピック地区委員長に選ばれ、重責を担っている（『サド侯爵の生涯』全集 5-257 以下）。独自の思想をかたくなに抱きつづけたサドには、少数の人間だけに通用するものではあるが、教祖的な、したがって父性的といえる一面もあった。素人芝居が好きで、若いときから自作の演出を行ない、晩年も精神病院で患者たちと劇団を組織し、自作を上演していたサドには、集団を統率し指導する多少の人間的な力もないわけではなかった。しかし、生涯をとおして、サドが持続的につよい影響力を及ぼし、支配したのはルネであり、ルネだけだった。モントルイユ長官という、存在感の薄い父親をしか持ち得なかったルネは、その欠落ゆえに、サドの反社会的ではあるものの、パラノイアックな首尾一貫性に父性に似たもの、その代替物を見て、これに貞節を尽くしたのである。

牢獄のなかでも欲望の追求こそがおのれの本分であるという信念を失わず、創作によって現実を凌駕するような虚構の大伽藍を築いたサドを、三島のルネは尊敬し、崇拝しつづけた。しかし、牢獄を脱したサドの老醜をきわめた姿を見たとき、ルネは胸中の神のようなサドを守るために、現実のサドを峻拒したのである。現実のサドは安定した父性には到底なりえない、幼児的な男であり、そこから中年や壮年を一足飛びに飛び越えて老醜に行きついた人間である。このサドの姿は、三島がみずからの老いの自画像として思い描いたものでもあるだろう。

三島は女性ばかりのなかで女性的に育った人間であること、その必然として父性不在の人間であることこそがみずからの原点であることをサドの姿をとおして表現した。その意味で、サドを描くことは三島にとって自画像を描くことに等しかった。そしてサドをとおして自身の原点に立ち返ったことによって、三島は四十代をどう生きるかという問題にあらためてはっきりと向き合うことになったのである。作家から脱皮して行為者になることをかねて模索してきた三島は、どう考えても限りなく狭い隘路であるその道をいかにして通り抜けて宿願を果たすかという問題の解決策を、サドという作家を描いたことをとおして真剣に模索し始めるのである。

6 作家から行為者へ

三島由紀夫は生涯に少なくとも三篇、自分以外の実在する文学者を主人公とする作品を書いている。『ラディゲの死』、『三熊野詣』、そして『サド侯爵夫人』である。これらはいずれも作家自身にとって一つの時代の終り、あるいは始まりを画する象徴的な作品である。

まず、『ラディゲの死』であるが、少年期から青年期はじめにかけて夭折の願望にとりつかれていた三島にとって、二十歳で死んだラディゲの名は大きな意味を帯びていた。『ラディゲの死』はジャン・コクトーとラディゲの出会いとその共同生活、そしてラディゲの死とそれ以後のコクトーの退廃を描いた短篇だが、三島はこの小説の表題をとった短篇集のあとがきで「出来のよい作品ではないと断わりつつ、「しかし、この題をして、私は自分の或る心の歴史を暗示させた」と記している。「ラディゲは、永いこと私の中で暴威をふるひ、私に君臨しつつ、生きてゐた。しかし今では、ラディゲはそれほど私をおびやかさない。彼はすでに、私より十歳も年下の少年である。私を威嚇してゐたラディゲは、やうやく、私の中で死んだのである」(「あとがき(『ラディゲの死』)」28-497)と語っている。

『ラディゲの死』は昭和二十八年の作品であるが、この時期の三島は、前年の世界周遊を経て心境の変化が著しかった。この旅行への出発に際して三島が抱いていた期待は非常なもので、「ともかく日本を離れて、自分を打開し、新しい自分を発見して来たいといふ気持が募っていた」（「私の遍歴時代」32-316）と述べている。世界旅行の途次、三島はハワイ沖の船のデッキで「太陽と握手」し、憧れのギリシャでは「終日ただ酔ふがごとき心地」のなかにあって、「美しい作品を作ることと、自分が美しいものになることとの、同一の倫理基準」（32-319）を発見したという。少年期以来、暗い密室の孤独な夢想家でしかありえないと悲観しつづけてきた人間が、まがりなりにも広い世界に乗り出し、美しい行為者になる可能性を発見したのである。翌年には『ダフニスとクロエ』を下敷きとし、三島の作品のなかでももっとも質朴な若者たちが、もっとも自然に近いところに生きる姿を描く『潮騒』が発表されている。

三島は戦後まもない時期にすでに、洗練されすぎた早熟の天才ラディゲから訣別し、森鷗外やトーマス・マンに象徴される、古典主義的な「重い文体」（「自己改造の試み」29-246）を規範とする新たな文体を形成しようとしていたが、それは戦時中の幸福なまどろみのなかから戦後の厳しい現実のなかに放り出された三島の生きようとする意志の表れだった。『潮騒』は、そうした意志の集大成的な結実であり、古代ギリシャの芸術に象徴される自然と人間の調和への三島の古典主義的な憧憬を顕著に表現している。『ラディゲの死』は、こうした三島の内的変化を受けて書かれ、戦時の非日常的世界のなかで夭折の天才となることを夢見つつ、まどろんでいた密室の天才少年から脱却したことを三島が自他に示す記念碑的な作品だった。

幼児期からすでに文学者以外の何者でもなかった三島における生涯最大の問題は、文学という自分に与えられた宿命にどう対処するかということだった。文学者であり傍観者であり認識者であるということは、三島のなかに深く刻みこまれた宿命であり、同時にその反対物である行為者への憧憬もまた三島の宿命だった。しかし、行為の夢に胸を焦がしながら、三島はある時期まではそれを断念していた。『中世に於ける一殺人常習者の遺せる哲学的日記の抜萃』は、認識者でしかありえない殺人者の悲しみで終わっているし、『仮面の告白』もまた、認識者である主人公が行為者への同性愛的な憧憬を語るものの、みずからが行為者になる可能性については、これを否定している。「私」は、不良じみた筋肉質の級友近江を愛しながらも、胸中、彼に張り合う競争心をもち、「強烈な嫉妬」（1-232）を抱く。この「嫉妬」ゆえに「私」は人をにらみつける「自我のスパルタ式訓練法」（1-233）に邁進し、強い人間になることを目指す。しかし、風呂場の鏡で近江の分厚い胸に似ても似つかぬ自分の「薄い胸」を眺める私のなかには、「私は決して近江に似ることはできない」という「一種自虐的な確信」（1-235）があった。

繰り返すことになるが、三島がみずからも行為者、すなわち三島の価値観では美しい者と等値される行為者になろうとする願望を現実的なものとしてはっきりと表白しはじめるのは、ギリシャに旅して、「美しい作品を作ることと、自分が美しいものになることとの、同一の倫理基準」を発見してからであり、その願望は三十歳で始めた肉体改造によって、一定の現実味を帯びてくる。三十代（ということは昭和三十年代）の三島の主要な作品は、現実に行為者になろうとする意志を反映している。『金閣寺』の溝口は放火という犯罪によって行為者へと変貌し、『鏡子の家』の峻吉は「決してものを考えない」ことを信条とする直情径行のボクサーである。『憂国』の武山中尉は「大義」のために切腹し、『剣』の国分次郎は「強く正しい者になる」ことを目指し、「生活のあらゆるものを剣へ集中」（20-262）する一途な行動家であり、みずからの過失はただちに死をもって贖うのである。これらの作中人物のうちに表出された張りつめた意識のなかで三島は四十代を迎え、焦慮にかられながら、行為への道を歩むことになる。

『三熊野詣』と『サド侯爵夫人』はいずれも昭和四十年、すなわち三島が四十歳の年に発表された作品である。『三熊野詣』は一月に、『サド侯爵夫人』は十一月にそれぞれ発表されているが、この両作品のあいだに横たわる差異は、そこに横たわる比較的短い時間のなかで三島に大きな変化が生じたことを示している。

『三熊野詣』はすでに述べたように、折口信夫をモデルとする歌人で国文学者の藤宮先生の異形というべき人となりを描く短篇である。世間一般から離れて生きる隠花植物のような藤宮先生の姿には、文学者であり認識者である三島の深い自己嫌悪と絶望が投影されている。この小説を含む四篇の短篇から成る作品集『三熊野詣』のあとがきで三島は、「この集は、私の今までの全作品のうちで、もつとも退廃的なものであらう。私は自分の疲労と、無力感と、酸え腐れた心情のデカダンスと、そのすべてをこの四篇にこめた」（33-473）と記している。四篇のうち、もっとも愛するのは『孔雀』という作品であると言いながら、作品集の表題を『三熊野詣』にしているのは、『ラディゲの死』を「出来のよい作品ではない」（28-497）と言いながら、作品集の表題にしているのと同様に、作者にとってこの作品がもつ象徴性を示唆している。

徹底して女性的な同性愛者で、「暗い陰湿な人柄」の藤宮先生には、かつて三島が憧れた天才少年ラディゲのような颯爽たるところは微塵もなく、四十歳を迎えて老いを感じつつある三島の絶望的なセルフ・イメージが反映している。美しい悲恋の自己伝説を捏造しようとする先生の自意識の滑稽と悲惨を描く筆致には、マス・メディアでのパフォーマンスをはじめとしてみずからも自己伝説化をはかってきた三島自身の醒めた自己凝視が認められる。半年にわたる世界周遊やボディビルが象徴する自己改造のたえまない努力にもかかわらず、三島は相変わらず少年期以来の深い自己嫌悪にとりつかれていた。藤宮先生には、自分は結局、認識者でしかありえないのではないかという三島の憂鬱な自己懐疑が投影されている。生涯を異形の認識者として生きてきた老境の藤宮先生の孤独と悲哀には、三島自身の来るべき老年への恐怖が反映しているのである。

折口信夫については、三島は「日本のウォルタア・ペイタア」（「折口信夫」28-208）と呼び、畏敬の念を抱いていたが、たとえばラディゲのように手放しで憧れた文学者ではない。精神分析に対する三島の批判的な立場については『音楽』に言及した際に紹介したが、民俗学もまた、三島にとっては嫌悪と批判の対象だった。精神分析も民俗学もともに少年期から青年期にかけて三島が熱中したものでありながら、三島はそれを鋭く批判するようになったのである。『仮面の告白』が端的に示すように、三島は自身の過去を対象化して分析し、問題の起源を探り当てるという、精神分析や民俗学に通じるような方法における達人だった。『仮面の告白』に限らず、三島の作品はすべて、三島がいかに自身を対象化してよく理解していたかということを示している。こうした分析力ないし洞察力は、いくばくかは若いころの精神分析や民俗学への傾倒の結実であっただろう。

しかし、他方で、まがまがしい幼年期を克服して、別の自分を創出しようとしていた三島にとって、過去の心的外傷や古代の闇を暴き出し、それを決定的な宿命として突きつけてくるような学問は次第に心情的に受け入れがたいものになっていった。晩年に書かれた『日本文学小史』のなかで、三島は、民俗学については「個々の卑小な民俗現象の芥箱の底」に、精神分析については「人間個々人の心の雑多なごみ捨て場の底」に手を突っ込んで、そこに何か決定的なものを探ろうとする営為であると罵倒している(35-533)。そのヒステリックなまでのはげしい批判は、「行為」を夢見て営々と自己変革に努めながら、中年に至ってしまった三島の焦慮が生んだものである。

『三熊野詣』には、あらゆる努力にもかかわらず、自分はついに行為に無縁な日陰の認識者でしかありえないのではないかという三島の懐疑が老境の藤宮先生の姿をとおして表現されている。四十代にさしかかり、青春から遠いところに来てしまった三島において、かねて抱きつづけてきた純潔な行為の夢が実現されないまま終わるかもしれないという不安は増しつつあった。『三熊野詣』はこの不安の究極の表現であり、それゆえに三島はあとがきで、この小説を含む作品集全体を「疲労と、無力感と、酸え腐れた心情のデカダンス」の表現だと語ったのである。

行為の夢を捨てることは、その夢をおのれの生と文学の駆動力として生きてきた三島にとって致命的だった。ところが、どん底まで落ちた人間があとは這い上がるしかないという状況のなかで次第に力を取り戻すことがあるように、『三熊野詣』でいわば底を打ったあと、三島のなかで本格的に行為への助走が始まることになる。同年春に映画『憂国』を自作自演で撮影して成功させた三島は、九月からはライフワーク『豊饒の海』の第一巻『春の雪』にとりかかり、さらに『サド侯爵夫人』を短時日で完成したあと、『太陽と鉄』の連載を開始する。

絶望感を漂わせた『三熊野詣』で始まった昭和四十年は、究極の行為に向けて本格的な準備を始める転換の年となり、創作の面でも「豊饒」な一年となる。特に、あらためて来し方を振り返り、行為に向けて着々と自分を鍛えあげてきた過程を記す自伝的エッセイ『太陽と鉄』は、三島が行為者として死ぬことを最終的な目標にしていることを如実に示すものだった。『太陽と鉄』は昭和四十年十一月から四十三年六月まで雑誌『批評』に連載された。およそ執筆が難渋することのなかった三島にしては、異様に慎重でゆっくりしたペースで少しずつ発表されて成立した作品である。三島は肉体の教養形成を語る書物として『太陽と鉄』を書き、そこで、幼年期以来、言葉の人でしかなかった自分に筋肉の形成がもたらした変化を行為の可能性の生成として語った。筋肉による行為の感覚の会得について、三島は書いている。

言葉が神秘化してゐたものを、筋肉の行使はやすやすと解明した。それはあたかも人々が、エロティスムの意味を知るのと似てゐる。私には徐々に存在と行為の感覚がわかつてきたのである。（33-513）

昭和四十一年には、二・二六事件の将校や特攻隊の兵士の霊が帰神の法によって語りだし、戦後の天皇の人間宣言を嘆く声を伝える『英霊の声』が発表されたが、これは三島がもくろむ行為がいかなる方向のものになるかを明確に予告する作品だった。設定そのものにオカルティズムの要素があるこの小説を、三島は自身、神がかりのような状態で書いたという。すなわち、三島の母倭文重は、『伜・三島由紀夫』のなかでこの小説を執筆中の三島が語ったものとして、「夜中にこれを書いていると、二・二六事件の兵士の肉声が書斎に聞こえてきて、筆が自分でも恐ろしくなるように大変な早さで滑っていって、止めようと思っても止まらないんだ」[*11]という言葉を伝えている。

霊媒の口をとおして、二・二六事件で処刑された将校の英霊に、天皇によって逆賊として処刑されたことへの怨恨を語らせ、敵艦に体当たりした特攻隊員の英霊に、戦後、戦争の意味を否定して人間宣言を行なった天皇への怨恨を語らせるこの作品は、天皇の「父性」喪失への激烈な批判となっている。英霊たちの怒りはまず経済的繁栄を謳歌する戦後日本の「いつはりの人間主義」や「偽善の団欒」（20-470）に向けられ、それからその根元にあるものに迫っていく。それは天皇の人間宣言である。英霊たちは、自分たちの死の意義を保証し、意味づけていたはずの天皇の神性を天皇みずからが否定したことをはげしく指弾する。

われら自身が神秘であり、われら自身が生ける神であるならば、陛下こそ神であらねばならぬ。神の階梯のいと高いところに、神としての陛下が輝いてゐて下さらなくてはならぬ。そこにわれらの不滅の根源があり、われらの死の栄光の根源があり、われらと歴史とをつなぐ唯一条の糸があるからだ。（20-501）

「天皇の赤子」として死んでいった者たちの、人間宣言に対する、そして戦後日本の、「大義は崩壊し」た精神状況に対する怒りは、戦後の三島が一貫して抱きつづけてきた違和感の根元にある怒りを代弁するものであるだろう。戦後日本は、歴史的正当性をもつ国家の父性を否定し、父性不在の、あるいは、代替的な、「いつはり」の父性に拝跪する国家になったと三島は見なし、そこに自分が戦後、一貫して抱きつづけてきた違和感の元凶を見い出している。生命と引き換えの、三島の最終的な「行為」は、戦後日本への、この「英霊たち」の語る大義に沿った異議申し立てとしてなされることになる。すでに、二・二六事件を背景とする『憂国』において三島は、天皇への忠誠心という大義に殉じて至福のなかで死んでいく将校のなかに自分の理想とする死のイメージを描いていたが、さらに『英霊の声』においてその理想に沿う死を実現するための思想的立脚点を見出したといえる。この小説は、晩年の三島が「英霊」への同一化というイメージのなかで最終的な「行為」に向かっていったことを如実に示している。

行為という目標に向けての成長を描く観念的教養小説というべき『太陽と鉄』の執筆が続いていた昭和四十二年一月一日の読売新聞に三島は、「年頭の迷ひ」という一文を掲載している。そこには間もなく四十二歳になろうとする三島の「行為」への未練が綿々と記されている（34-284以下）。三島が語る「迷い」は、四十二歳という年齢になった今、自分はなんらかの「行為」を達成して「英雄」になることをあきらめるか、執筆中の『豊饒の海』の完成をあきらめて「英雄」になるかという二者択一の岐路に立たされているというものである。

西郷隆盛や神風連の指導者を例に挙げながら、三島は、行動的英雄であることは年齢と関わるものであって、自分がこれから迎える四十二歳は英雄たることのまだ可能な「年齢線」であるが、それを越えて長く生きるともはや英雄たりえないと語っている。三島はこの迷いをみずから「バカな迷ひ」と自嘲し、英雄願望にとりつかれている自分がいかに傍から見て滑稽な存在であるかを自覚している。しかし、これは三島にとって相当に深刻な「迷ひ」だった。そして、迷っていると言いながら、三島は『太陽と鉄』や『英霊の声』が指し示す道を一途に歩みつつあった。

実在する作家をモデルとする三島の作品に話を戻すが、『サド侯爵夫人』もまたその一つであり、『ラディゲの死』や『三熊野詣』に比べてもさらに大きな記念碑的意味をもつ作品である。『ラディゲの死』が、ひたすら密室のなかで妄想にふけることをおのれのなりわいとしてきた過去への訣別であり、『三熊野詣』が夢想するだけの、あるいは認識するだけの人間として人生を終えるかもしれないことへの三島の暗い思念を反映する作品であるとすれば、『サド侯爵夫人』は行為者の資質を持つ文学者であるサドに自身を重ね、行為と認識のあいだで揺れ動く心のありようを反映させた作品である。この戯曲は「年頭の迷ひ」が書かれる以前の作品であるが、作中には「英雄」になりうるタイム・リミットを前にした三島の揺れ動く思いが鮮明に反映している。

実母の愛を十分に受けられなかった幼年期や、祖母に溺愛され、女性に囲まれて育ったこと、「性倒錯」の衝動、道徳への敵意、悪を通して超越に至ろうとする志向など、自身と共通する多くのものを三島はサドのなかに見て作中で表現した。サドという実在する作家に託すかたちではあるが、生い立ちやそこから生じたさまざまな人間的属性を描き、精査し、分析し、さらにこれから進む方向を模索しているという点で、『サド侯爵夫人』は『仮面の告白』や『太陽と鉄』と同様に、人生の分岐点から生れた、自己探求の書である。

ふつうに考えれば不可能であるような夢をどこまでも追求するという点でも、サドは三島の似姿だった。おのれの欲望をひたむきに追求する性の冒険者だったサドは、投獄によって行為の可能性を封じられた結果、そのエネルギーのすべてを創作に振り向けることになる。長い獄中生活は、サドを芸術という反世界における万能の存在にするが、その反面、歩くことさえおぼつかないほどにその肉体を衰弱させる。老い、肥満したサドの肉体は、今やそれ自体が牢獄となって、サドが行為に踏み出す可能性を断ち切ってしまう。行為者から芸術家へと変貌したサドの軌跡は、密室の芸術家として人生を開始し、次第に行為者の資質らしきものを獲得していった三島の軌跡とは時間的順序が逆だが、それでも両者は芸術と行為のはざまに生きた文学者という共通性をもっている。

第二章で論じたように、サドが三島のなかの男性的で能動的で反逆的な側面を映し出す分身であるとすれば、その妻ルネは三島のなかの女性的で受動的で内向的な側面を映し出すもう一つの分身である。認識者ルネはサドのすべてを目撃し、点検し、その意味を反芻し、サドという人間を理解しようとする。ルネはかつて無垢な行為者だったサドを愛したし、また、牢獄で作家になったサドの、その芸術という反世界での全能に讃嘆を惜しまない。しかし、老いて醜くなり、行為の可能性を失った、その現実の姿に対してはこれを拒絶する。結果的に、ルネはサドの芸術家への変貌を拒絶して、修道院という信仰の世界に身を投じることになった。

もともと敬虔な信仰者でありながら、サドという背徳漢の導きによって事実上信仰から離れ、認識者になったルネは、この誘惑者を見捨て、あらためて信仰の道を選ぶ。三島が描くルネの修道院入りは、サドという真摯な背徳者との出会いによって逆説的に神の存在を予感させられ、超越への道筋をつけられたところに成立している。その悪の芸術によって「天国への裏階段をつけた」サドの仕事の意味は何なのか、「それはこれから残る生涯を、修道院の中でとつくりと神に伺つてみることにいたしますわ」(24-323)とルネは言うのである。

ルネの修道院入りはそれ自体としては行為につながるものではなく、ルネはそこでも神との対話を繰り返しながら、認識者であり続けるだろう。行為の可能性を失い、認識者でしかありえなくなったサドを拒絶するものの、ルネ自身が行為者になろうとすることは決してない。ルネに作者が与えた「貞淑」という性格は、ルネが能動的な行為者になる可能性をあらかじめ封印している。

すでに述べたように、ルネは『仮面の告白』の不良じみた行為者に憧れる「私」という女性的な認識者の後継者である。しかし、ルネの作中での役割は、あくまでもサドという男性を愛し、見守ることであって、ルネがその枠組から出ることはない。『仮面の告白』の「私」は、愛する対象を見つめるだけでなく、自分もまた彼のようになりたいと願うが、この「私」の夢は、貞淑の化身であるルネからは払拭されている。『仮面の告白』の「私」は、愛し、見つめる存在である要素と、愛され、見つめられる存在であろうとする要素を一人で兼ねているが、『サド侯爵夫人』では、前者はルネに、後者はサドに分化している。サドがその老衰と肥満ゆえに、後者、すなわち見つめられる人でありえなくなったとき、ルネはサドを見捨てることになる。

ルネは、三島自身でもあるが、同時にまた自分を見守り、一人前の男として承認してくれる他者として、三島の理想の女性でもある。三島はこのような女性を自分のなかに内在化させつつ、その女性のために男となることに固執していた。『サド侯爵夫人』は、ルネが見る人でしかなくなったサドを見捨てることによって、三島が自身のなかにある認識者から脱却する意志を明らかにした作品である。しかし、修道院入りする認識者ルネがそこで何に至りつくか、また見捨てられた認識者サドがその後、何者になるのかは語られていない。

語られていない最大の理由は、『サド侯爵夫人』がサド侯爵とルネという、すでにその生涯が確定している人物を描いているからであり、また、落魄の人生を歩みはじめたサドはロマン主義者である三島が本気で描く対象ではありえなかったからである。この戯曲を書いた時点では、三島はまだ自分がいきつこうとする場所をはっきり認識していなかった。自身の内にある認識者に見切りをつけた三島の目指すべきものが何かという問題は、すでに『サド侯爵夫人』が描きうる領域の外にある。すでに述べたように、その問題はこの戯曲のあとに書かれる『太陽と鉄』や『英霊の声』においておおよその解答を見い出すことになったのである。

7 転生、あるいは永遠の若さという夢

『サド侯爵夫人』で老いを拒絶した三島は、夭折願望そのものが主題に組みこまれた大長篇小説を書くことになる。二十代の最後で夭折願望を克服した記念碑として『ラディゲの死』を書いたあとは、ゲーテやマンを師表に仰ぎ、息の長い作家生活を目指していたはずだったのに、次第にその夢から後退していった挙句、四十代に入って夭折願望をモチーフとする小説を書き始めるのである。最後にして最長の作品である『豊饒の海』は、夭折願望が三島の根源的な資質であることをよく示す作品である。周知のように、物語を導く動因は転生という観念である。その転生がまっとうされるとすれば、四部作から成るこの長篇小説のそれぞれの主人公は、青春のさかりの二十歳で死に、

やがて生れ変わり、また二十歳で死んでいくということになっている。

主人公たちは容貌や肉体において美しく、特に最初の二篇、『春の雪』と『奔馬』の主人公はそれぞれ、たおやめぶりとますらおぶりという二種の美を体現し、天皇制に深く関わる情熱を抱き、一瞬の生の輝きを見せて夭折していく。貴族であり、日本古来のみやびの化身ともいえる『春の雪』の清顕は、皇族の許嫁に恋慕し、禁忌を犯した果てに、衰弱して死んでいく。『奔馬』の主人公である勲は、天皇への忠義を根幹とする神風連の思想に心酔し、政治を正すべく政界の黒幕を刺殺したあとに切腹して果てる。勲は、『憂国』の武山中尉や、『英霊の声』の英霊たちの系譜に連なる者であり、三島が理想とする死を体現している。完璧な青春への三島の憧憬を担う、これらの転生者たちと接点をもつ人物として、清顕の学友で後に弁護士となる本多が全巻を通して登場し、その転生の証人となっている。転生者たちの輝かしく短い詩的な人生と対照を成すように、本多は何ら詩的な輝きをもたない、地道な、長い、傍観者的な人生を送って、物語の最終巻に到達する。

老人となった本多は、自分には縁のなかった青春の輝かしさを体現する清顕や勲、そして第三巻に登場する、夭折したタイの美しい王女ジン・ジャンを哀惜し、その追憶のなかに生きている。しかし、第三巻においてすでに、王女ジン・ジャンが本当に清顕や勲の生れ変わりであるかどうかは怪しくなっており、第四巻で本多が転生者と見なす孤児の透に至っては小説の進行とともに次第にまったくの贋物であると疑われることになる。本多は透に会うとすぐにこの美少年の脇腹にかつて愛した三人の転生者（と思われる者）に共通していた脇腹の三つの黒子を認め、生れ変わりであることを確信し、貧しいこの孤児を養子にして自分の手もとにおく。学生時代を共に生きた親友松枝清顕の生れ変わりと目されるこの少年を二十歳で死なせず、自分の思うとおりに教育し、平凡な長い人生をまっとうさせることが本多の目標となる。

しかし、夭折した三人とは違って、最初から、この少年には情熱的なところはみじんもなく、むしろ本多と同じような冷静な認識者、傍観者の性格があらわだった。計算高い透は最初のうちは財産家の本多に唯々諾々と従っていたが、財産を相続するや、豹変して、老いた本多を虐待するようになる。足元もおぼつかず、対抗する術をもたない本多は卑屈な態度で透に迎合するが、透は冷酷そのものの罵声を浴びせる。

透にしてみれば、四年間を一緒に暮してみて、いよいよ老人が嫌ひになつた。その醜悪で無力な肉体、その無力を補ふ冗々しい無用のお喋り、同じことを五へんも言ふうるさい繰り返し、繰り返すごとに自分の苛立たしい情熱をこめて来るオートマティズム、その尊大、その卑屈、その吝嗇、しかもいたはるに由ない体をいたはり、たえず死を怖れてゐる怯惰のいやらしさ、何もかも恕してゐる素振、しみだらけの手、尺取虫のやうな歩き方、一つ一つの表情に見られる厚かましい念押しと懇願の混り合い、……そのすべてが透は嫌ひだつた。しかも日本中は老人だらけだつた。（14-576）

「自分がまるごとこの世には属してゐないことを確信して」（14-377）いる透は、世界を外側から眺めることに自足する究極の認識者である。妻を失い、子供をもたない本多は、きわだった美貌をもつ透のなかに自分の美化された鏡像を見いだして魅せられ、嬉々として養子にし、その結果、自身を窮地に立たせることになったのである。夢想にふけることもなく、創作衝動に駆られることもない透は芸術家ではありえないが、冷たい認識者、傍観者という点では、トニオ・クレーガーが自己嫌悪をもって語ったような芸術家の否定的性格を担っている。つまり、透は三島の冷ややかな一面を映し出す分身である。かねてから若さを称揚してきた三島が自分のうちにある老年をもう一人の分身である認識者本多に託し、透をとおしてそれへの嫌悪を表白していると考えていい。三島は自分のなかに育ちつつある老年を許しがたいものとして断罪しているのである。

しかし、老人をひとしなみに憎悪している透とは違って、三島は老いそのものをすべて否定的に見ていたわけではない。老いに対する透の容赦ない言葉がある一方で、『天人五衰』の結末は透の冷酷な独断を是正するかのような美しい老いを本多の前に呈示するのである。本多を虐待していた透は、自身の来歴に関する疑惑から自殺を図って失明する。このことによって透の支配から解放され、自由を取り戻した本多は、かつての親友松枝清顕が愛した聡子が門跡として暮らす月修寺を訪れる。六十年ぶりに会う八十三歳の聡子は次のように描かれている。

本多は思はず涙がにじんで、お顔をまともに仰ぐことができなかつた。
卓を隔てて目の前に坐られた門跡は、むかしにかはらぬ秀麗な形のよい鼻と、美しい大きな目を保つてをられる。むかしの聡子とこれほどちがつてゐて、しかも一目で聡子とわかるのである。六十年を一足飛びに、若さのさかりから老いの果てまで至つて、聡子は浮世の辛酸が人に与へるやうなものを、悉く免かれてゐた。庭の一つの橋を渡つて来る人が、木蔭から日向へ来て、光りの加減で面変りがしたやうに見えるだけで、あのときの若い美しさが木蔭の顔なら、今の老いの美しさは日向の顔だといふだけのちがひにすぎない。〔……〕

老いが衰への方向へではなく、浄化の方向へ一途に走つて、つややかな肌が静かに照るやうで、目の美しさもいよいよ澄み、蒼古なほど内に耀《かがよ》ふものがあつて、全体に、みごとな玉《ぎよく》のやうな老いが結晶してゐた。半透明でありながら冷たく、硬質でありながら円《まど》やかで、唇もなほ潤うてゐる。もちろん皺は夥しいけれども、その一筋一筋が、洗ひ出したやうに清らかである。ややかがんで小さく小さくなつた体が、どこかしらに花やかな威を含んでゐた。（14-642）

ここに描かれている「みごとな玉のやうな老い」はきわめて例外的なものであって、老い一般の姿からはほど遠いものであるだろう。聡子の老いの美しさは、世俗の労苦をまぬがれた門跡としての特権的な生活がもたらしたものでもある。老いた聡子の浮世離れのした美しさは、いかにもロマン主義者三島が思い描き、許容する奇跡的な老いの美しさである。しかし、ここには隠れた女性崇拝者としての三島の女性の老いに対する願望があり、そして美しい老いの存在を認める姿勢がある。少なくとも、女性については、三島はこうした美しい老いの可能性を認めようとしていた。もちろん、聡子の老いを描く三島の姿勢は、その全作品を通じて例外的なものであって、義父である本多に対する透の冷酷な扱いこそは、三島の生涯を貫く、自己嫌悪に由来する老いへの嫌悪を体現している。

本多という老いた認識者は現実に老いを感じ始めていた認識者三島にとってどこまでも宿命的な人物であるが、この人物の原型はすでに二十代で書かれた長篇『禁色』の主人公檜俊輔のなかに認めることができる。檜もまた、作者のなかの認識者と老人の部分を分かたれた人物として否定的に描かれている。才能にあふれた作家でありながら、醜貌ゆえについに女性に愛されることのない生涯を送ってきた檜は、女性に対する怨念にこりかたまった老人である。

檜は完璧な美貌とギリシャ彫刻のような肉体をもつ青年悠一と知り合い、この美青年が実は肉体的に女性を愛することができず、自分を熱愛する少女康子の期待に応えられないことに苦しんでいる秘密を知る。女性への復讐の念に燃える檜は、康子を不幸にしないではいない結婚を悠一につよく勧め、さらに悠一の人生の指南役となり、これを操ってかつて自分を拒絶した女性たちへの陰険な復讐をもくろむ。この復讐は成功し、悠一に惚れこみながら愛されない女性たちは絶望し、さらに檜のシナリオどおり悠一と結婚した康子も男色にふけるようになった悠一ゆえに不幸になる。かくて檜の女性への復讐のもくろみは成功する。

『禁色』は、三島にとって最も大きな人生上の問題だった若さと老いという二つのものを、寓意的に二人の登場人物として描いた小説である。悠一と檜は三島のなかにある若さと老いをそれぞれ、分与された人物である。不能に苦しんでいた悠一には、同様の事態に苦しんでいた若い三島の心情が表現されている。三島にとってもっとも大きな意味をもつ作家という職業に携わる檜は、精神的人間であることに対する三島の自己嫌悪を体現した人物である。若く美しい肉体をもつ悠一が性的不能という一点を除いて三島の理想であるのに対して、醜貌ゆえに女性の愛に恵まれない認識者である檜老人は、三島がそれゆえに苦しんでいた否定的要素をほぼすべて抱える存在である。

悠一は、男色の実践をとおして他者への通路を見いだし、康子との家庭も子供が生れたことで、夫婦間の愛はないながら落ちつき、家庭外では鏑木夫人という愛人をもつなど、女性に対しても勝利の体験を重ね、人生にたしかな地歩を占めていく。檜は美の体現者である悠一に深い愛情を抱き、醜い精神である自分が肉体の美に敗れたことに満足を覚えながら自殺を決行し、悠一に莫大な遺産を残す。

『禁色』の檜は、通常の感覚では老年からほど遠いところにいた白面の新進作家三島が描いた老人である。その檜が死に、悠一が充実した人生への道を歩み始める結末には、自分のなかの老いと訣別し、人生と和解しようとする若い三島の意志があらわれている。作者の内なる老いを体現する檜老人は作者自身によって拒絶され、『禁色』一篇は青春と人生を獲得しようとする作者のつよい意志を示す作品となった。しかし、当然のことながら、三島のなかの老人は根絶されることなく、後続の作品に繰り返し回帰する。ナルシシスティックな万能感に浸され、現実と折り合うことのできない幼児性をもつ反面で、三島は生涯をとおして宿痾のような老いの意識を抱えつづけた。

認識者である檜の老いや、牢獄のなかで認識者に成り果てたサドの老いが醜悪なものであるのと同様に、本多の老いは醜悪である。行動する人間であった清顕や勲の追憶を胸に、みずからは認識者として生きながらえてきた人生の終幕で本多は夜の公園の窃視者になり果て、警察につかまり、マスコミの餌食となって、営々と築いてきた法律家としての名声を失う。透のような若者から罵倒される本多の姿は、三島が自身の晩年を思いめぐらすときに浮かぶ最悪の幻像であっただろう。三保の松原に近い海辺で入港する船に信号を送る通信士として働く透に会ったとき、本多はこの少年のなかに「自分と全く同じ機構の歯車」、自身の「自意識の雛型」（14-434）を認める。それは、この世にあって世の営みすべての埒外にあり、それを傍観する認識の冷たい機構である。その機構を、本多は自身の容貌の醜さに相応するものとして「最醜の機構」（14-435）と呼んできた。しかし、透の美しい容貌のうちに醜い自分とまったく同じ機構が動いていることに驚き、つよく惹きつけられる。それは、認識者であることにつよい劣等感と罪悪感を抱く本多の虚栄心に訴え、本多を救うものだった。本多は会って間もない透の顔を盗み見ながら、自身の来し方に思いをめぐらす。

その生涯を通じて、自意識こそは本多の悪だつた。この自意識は決して愛することを知らず、自ら手を下さずに大ぜいの人を殺し、すばらしい悼辞を書くことで他人の死をたのしみ、世界を滅亡へみちびきながら、自分だけは生き延びようとしてきた。〔……〕しかし自分の邪悪な傾向は、こんな老年に及んでまで、たえず世界を虚無に移し変へること、人間を無へみちびくこと、全的破壊と終末へだけ向つてゐた。今や、それも果せず、自分一個の終末へ近づかうとしてゐるところで、もう一人、自分とそつくりな悪の芽を育ててゐる少年に会つたのだ。

〔……〕

悪は時として、静かな植物的な姿をしてゐるものだ。結晶した悪は、白い錠剤のやうに美しい。この少年は美しかつた。そのとき本多は、ともすると我人共に認めようとしてゐなかつた

自分の自意識の美しさに、目ざめ、魅せられてゐたのかもしれない。……（14-440以下）

本多は自分と同じ認識者でありながら美しい透に好感を抱き、引き寄せられる。しかし、透が最初から本多を好ましく思っていなかったであろうことは想像にかたくない。貧しい孤児でありながら誇り高い透には、本多のような醜い老人が、美しく、選ばれた自分に同類意識をもつなどということは、僭越であり、笑止なことだったはずである。本多には自分が認識者であることに悩み、罪悪感を抱くような甘さがあるが、透は徹底して冷たく、他者の好意や共感にほだされるような甘さとは無縁である。同じ認識者である檜や本多が抱いていたような行為者への憧れや愛をもたない透は、徹底して冷たい認識の機構として描かれている。

第二章で述べたように、一般には、行為の場合と同様に、認識にもそれを駆動する力として熱い情熱が働いているものだが、人間から遊離した天人のような存在である透は、そうした情熱を一切知らない。透を動かす唯一の情動は、世界から遊離した選良の意識であり、それと表裏の、世界への憎悪と悪意である。透と義理の父子関係を結び、その人生に介入しようとした本多は、透の誇りへの無理解ゆえにその憎悪と悪意を一身に浴びることになる。本多と透の「父子」関係は、『午後の曳航』の竜二と登の「父子」関係の反復であり、回帰である。三島の生涯最後の小説は、旺盛な教育意志をもって「息子」の人生に介入しようとする父性を徹底的に否定するものになっている。

憧憬や愛や情熱と無縁な透が唯一、共感を抱くのは、通信士時代からの友だちで、きわめつきの醜貌でありながら自身を絶世の美女と思いこむ狂女絹江である。絹江はあらゆる男が自分の美貌に引き寄せられ、卑しい獣欲をもって眺めると思いこんでいる。透は、絹江の「狂気によつて保障されし」、愛などというものが不要なほどに硬化したその心に、自分の「自意識によつて保障」された心の硬さと同様のものを見い出し、「同胞愛」を感じていた（14-386）。

通信士の透が船の安全を管理するための、科学的に的確で冷静な視力をもつ人間であるのに対して、絹江は自分自身の容貌という、女性としてもっとも重大な関心をおく部分の美醜を転倒させる狂気の視力をもつ人間である。職業的な「正確」さをもって世界を眺める「明視」の人間である透と、「幻視」をもって世界を自分の望むように転倒させてしまう絹江は、認識という営為のなかにある両極の機能を代弁している。人間がものを見ることは、ニーチェがパースペクティヴという言葉で語ったように、すでにある一定のものの見方を前提として成立する。たとえば、通信士である透が海を眺め、運航する船を眺めるとき、そこでの認知は自然科学的で実務的なパースペクティヴによってなされている。他方、絹江がみずからを美女として眺めるとき、その認知はみずからの願望が形成する審美的なパースペクティヴによってなされている。

おそらく絹江の発狂のきつかけは、失恋させた男が彼女の醜い顔を露骨に嘲つたことにあるのであらう。その刹那に、絹江は自分の生きる道を、その唯一の隘路の光明を認めたのであつた。自分の顔が変らなければ、世界のはうを変貌させればそれですむ。誰もその秘密を知らぬ美容整形の自己手術を施し、魂を裏返しにしさへすれば、かくも醜い灰色の牡蠣殻の内側から、燦然たる真珠母があらはれるのだつた。

（14-386）

絹江は『金閣寺』の冷酷な認識者柏木が語った命題、「認識だけが、世界を不変のまま、そのままの状態で、変貌させる」(6-227)という命題の生きた証人である。絹江の狂気のパースペクティヴは透のあまりにも醒めたパースペクティヴとまったくかみ合わない。それゆえに、透は絹江に対しては全面的に気を許していられるのである。透の醒めたパースペクティヴは、人間のなかにあって人間のかたちをしているものの、人間ではない何者かであることを隠し、人畜無害であることを演じ切るための自意識の働きが生み出したものである。絹江の狂気のパースペクティヴもまた、パースペクティヴというものが必然的にそうであるように、自分の存在を守るためのものであって、それを支える狂気のナルシシズムはいかなる他人をももはや必要とせず、小気味よいまでに世界と絶縁している。このように自己完結した絹江の存在は、他者の侵入を断固として拒もうとする透には心地よく感じられる。

さて、養子になった透はしばらくのあいだは従順な息子を演じるが、やがて面従腹背の冷酷な本性をあらわす。認識者であること、傍観者であることは、自分以外の人間から距離を置こうとする側面、エゴイズムに通じる側面に着目すれば一つの悪であると言いうる。しかし、この悪は透にあっては美と密接な関係をもっている。芸術家に必須の資質である認識の冷たさが芸術の美が生じる一つの成因であるのと同様に、透はその人間的なものからの遠さが冷たい美を形成する人間的構造をもっている。美を体現する転生者たちの生を眺めるだけの傍観者だった本多は、自分という、外観的にも美から遠い存在を「最醜の機構」と自嘲してきたが、自分と同類のはずの透が美しい外観をもつことに打たれ、自分にも同じ美しさが備わっていることを期待する。透は老年の本多に訪れた偽りの光明だった。

『禁色』の檜が、決して自分を愛さない女性たちに対する復讐の夢を美青年悠一に託し、教育しようとしたのと同様に、本多は決して美しくなれない認識者である自身の人生の埋め合わせを透に期待し、この者を夭折の運命から守るべく教育し、おのれのより美しい分身に仕立てようとした。透に対する本多のこのもくろみは矛盾したものである。転生者たちへの本多の憧れは彼らが愛や大義に命を投げ出した行為者であり、永遠の若さをもって人の記憶のなかに生きつづける夭折者であることから生れている。透への愛情も夭折の運命を抱えた転生者であるという思いから生じているものであるにもかかわらず、本多は透を夭折の運命から遠ざけて生き永らえさせ、自分のような醜い老人にしようとしているのである。本多はこの矛盾した教育意志をもって透に相対し、自分の思い通りにしようとした結果、手ひどい報復を受けることになったのである。

8 まっとうな「存在」

三島の代表作には、必ずといっていいほど、見ばえの悪い認識者が登場する。『仮面の告白』の「私」、『禁色』の檜老人、『金閣寺』の柏木、『サド侯爵夫人』における出獄後のサド、『豊饒の海』の本多などである。『金閣寺』のなかで最も三島に近い人物である溝口は逡巡の末に放火という行為に向かうが、基本的には認識者であり、はなはだ外見的魅力を欠く人物である。三島にあっては、基本的に、認識者は美から疎外された、醜悪な外観の持主として設定されている。逆に三島の代表的作品にあって行為者は一貫して美しい外貌の持主として描かれてきた。『仮面の告白』の近江、『禁色』の悠一、『サド侯爵夫人』における入獄以前のサド、『豊饒の海』の清顕、勲、ジン・ジャンなどである。

美しい認識者である透は三島にあっては例外的な人物設定である。もちろん、現実には、美しい容姿に恵まれた認識者や芸術家が存在するし、醜悪な容貌の行為者も存在する。しかし、美をめぐる三島の思考にあっては、あくまでもが行為者こそが美であって、認識者でありながら美しい外観をもつということは一つの背理である。透自身、作中でみずからを「背理」と呼び、自分は「この世にありえないほど完璧な人間の、しかも陰画」(14-530)なのだと書き記す。みずからをそのように見なす透は、真正の行動者、あるいは美を体現する者だった清顕、勲、ジン・ジャンの「陰画」である。透という人間のこの存在論的特質は、三島の生涯に宿痾のようにつきまとい、とりわけ晩年にその重要性を増していった存在の真贋という問題につながっている。

異様に感受性の鋭い子供だった三島は、幼年期においてすでに、「贋物」の意識にとりつかれていた。『仮面の告白』の女性ばかりに取り囲まれて育つ女性的な幼児である「私」が、家の外で男の子を演じるときに、他者の目に映る自分と、主観のなかの自分のあいだの齟齬をいかにつよく意識していたかは、第一章で紹介したとおりである。

幼年期以来、三島を苦しめてきたこの問題は、特に、本気で自己改造に取り組み、青春らしい青春に近づこうとするなかでいや増しに三島の意識を支配するようになる。幼児性と老いが同居する精神のなかで三島は青春に憧れ、肉体改造やスポーツの世界への参入によって遅ればせながら青春を獲得しようとした。しかし、ボディビルによって人工的に効率よく形成された観賞用の筋肉が、肉体労働やスポーツによって生じた筋肉にくらべてはなはだ自然さを欠くものであるように、三島が超人的な努力をもって獲得しようとし、また獲得したように主張した青春も自然なものではなかった。ヌード写真集まで出してみずからが獲得した肉体の美と若々しさを誇示しながら、三島のなかに自分が誇っている当のものが贋物の肉体と青春であるという意識が抜きがたくあったことは否めない。
『太陽と鉄』は、男性的肉体の獲得によって戦士的な共同体への参入が可能になったと三島が主張する告白的エッセイだが、自己変革が達成されたと主張し、剛直な文体を誇示するこのエッセイのなかにも、自身が獲得したはずの肉体や男性性が本物であるかどうかへの不安が露出せずにはいない。三島特有のきわだってつよい自意識から発するこの不安は、自分が得た肉体や男性性という果実が究極的に本物であるかどうかを、死を賭してでも見定めたいという欲望にまで先鋭化する。三島は、この状態を、一つの林檎の芯が、果肉に包まれた闇のなかにあって、自分が本当に「健やかな紅に彩られた常凡の林檎存在」(33-551)であるかどうかを確認したいと切望する奇怪な寓話に仕立てている。「ここに一個の健やかな林檎が存在してゐる」と三島は語る。

林檎の内側は全く見えない筈だ。そこで林檎の中心で、果肉に閉ぢこめられた芯は、蒼白な闇に盲い、身を慄はせて焦燥し、自分がまつたうな林檎であることを何とかわが目で確かめたいと望んでゐる。林檎はたしかに存在してゐる筈であるが、芯にとつては、まだその存在は不十分に思はれ、言葉がそれを保証しないならば、目が保証する他はないと思つてゐる。事実、芯にとつて確実な存在様態とは、存在し、且、見ることなのだ。しかしこの矛盾を解決する方法は一つしかない。外からナイフが深く入れられて、林檎が割かれ、芯が光りの中に、すなはち半分に切られてころがつた林檎の赤い表皮と同等に享ける光りの中に、さらされることなのだ。そのとき、果して、林檎は一個の林檎として存在しつづけることができるだらうか。すでに切られた林檎の存在は断片に堕し、林檎の芯は、見るために存在を犠牲に供したのである。

(33-551)

自分がまっとうな「存在」であることを自分自身に証明するために、切り裂かれることを切望するこの林檎の比喩ほどに、三島の割腹自殺の意味を明らかにするものもないかもしれない。「血が流され、存在が破壊され、その破壊される感覚によつて、はじめて全的に存在が保証され、見ることと存在することとの背理の間隙が充たされるだらう……それは死だ」(33-552以下)と三島は語っている。自己破壊によって本物の「存在」であることを証明しようと思うまでに、三島は自分の存在が虚偽ではないかという意識に苦しんでいた。

幼年期の三島はすでに女性性と男性性のあいだでたえず揺れ動いていた。ここに端を発して、三島の生涯は、女性性と男性性、認識と行動、精神と肉体、感受性と論理、病弱と健康、老いと青春、市民的秩序と芸術家的な破壊衝動といった数々の二律背反に支配されつづけるものとなる。これは破綻を招来せずにはいない危機が三島という人間の常態であったことを意味する。そうした宿命に対するに、三島はまた、それ自体が背反する二つの道のあいだで揺れ動いた。

一つは、「生」をまっとうするべく、対立をそのまま受け入れ、葛藤を文学のなかで表現しながら、生活においては律儀な社会人として生きていこうとする方向で、これはトーマス・マンに対する傾倒を深めていく二十代後半から三十代前半までの作品に顕著な傾向である。三島は、戦後、鷗外に魅せられるようになったなかでドイツ的世界に目を開かされ、そこからマンに傾倒するようになったと述べている（「ラディゲに憑かれて」29-148）。

鷗外の文学を社会との調和に向かう「大人の文学」として理解する三島は、マンをもまた、調和を志向する作家として捉えていた。周知のように、マンは芸術家であることと市民であることの二律背反に苦しみながら、生活の上では堅実な市民として人生をまっとうしたが、青年から壮年への過渡期にあった三島はマンを範とすることのなかに生きる道を探ろうとしていた。しかし、放恣な芸術家気質を実生活上で抑制し、社会を一つの舞台のように見立てて堅実な市民を演ずるこの道が、それ自体、贋物意識の温床となり、芸術家をディレンマに導くことは容易に想像される。それゆえ、マンが描くトニオ・クレーガーは芸術家を詐欺師にたとえて指弾するのであり、三島は透という、存在そのものが虚偽であるような人間を自身の似姿として創造せずにいられなかったのである。

三島にとってのもう一つの、より魅力的な道は、二律背反を脱して、自分を、自分にとって好ましい側の一方の極、すなわち男性性、行動、肉体、論理、健康、若さといったものに向けて収斂させていく道である。マンが苦しんだ二律背反は、堅実な市民性と放埒な芸術家気質の対立を中心とするものだったが、三島が苦しんだ二律背反は、男性性と女性性というセクシュアリティの対立を中心とし、行為と認識、肉体と精神、論理と感受性などの二元的対立に結びつくものだった。これらの対立のうち、男性性、行為、肉体、論理という一方の極が、内奥の破壊願望と結びつくとき、三島はその死をおのれの究極の作品として形成する道を歩みだす。この歩みはボディビルによる肉体改造が成功したころから速まり、青年将校の切腹を描いた『憂国』、剣道一筋の青春を描く『剣』、至純の青年テロリストを描く『奔馬』の創作を経て、作家を壮絶な最期に導いていく。強壮な肉体をもつ、行動的で、歯切れのよい、男のなかの男といった人間像を三島は追求しつづけるのである。

もちろん、そのイメージはたぶんに第三者向けの演出を伴なう虚像であり、もともと三島におけるきわだった属性である女性性や感受性は抑圧されながら水面下で蠢動しつづけ、作品において表出されずにいない。生涯をとおして男性性にこだわりつづけた三島がそれまで以上に男性的であろうとしていた晩年に書かれた『豊饒の海』においても、抑圧され隠匿された女性性は、端的には、四人の転生者（と見なされる者）のうちの一人がタイの王女ジン・ジャンであるということのなかに表現される。『豊饒の海』のなかでは、みずから作り上げてきた筋肉質の男性的で行動的な第二の自分が、果して真正の自分なのかどうかも問われずにはいない。どのような生き方を選ぶにせよ、三島は宿命的に、自分の存在の贋物性という問題にぶつかることになるのである。

9　真贋——究極の問題

『豊饒の海』はそれ自体が、三島が生涯をとおして抱えつづけてきた存在の真贋という命題を問う作品である。転生の観念がそれぞれの巻をつなぐ導きの糸であるこの記念碑的な長篇にあっては、巻を追うごとに、それぞれの巻で入れ替わる主人公が真正の転生者であるかどうかという問題が切迫性を増して立ちあらわれてくる。最終巻『天人五衰』に至っては、それが存在の真贋という、三島にとって最も切実な主題となって、ほとんどむき出しの、なまなかたちで出現してくる。最終巻では、主人公透がそれ以前の三作それぞれの主人公たちの生れ変わりであるかどうかはきわめて疑わしいものになっている。そのなかで、透の家庭教師が語る鼠の寓話は、『太陽と鉄』における林檎の比喩と同様に自身の「存在」の真贋を切実に問う作者の意識を反映している。

家庭教師の語る鼠は、鼠以外のなにものでもない肉体をもちながら、自分が猫であるという妄想を抱き、周囲の鼠を侮蔑している。鼠は、この妄想を合理化して、自分が実は猫であることを見破られないように鼠になりすましているのだと考えていた。ところがある日、鼠はたまたま本物の猫に出くわしてしまい、その餌となる憂き目にさらされようとする。鼠は、猫に向かって、自分は猫であって、猫が猫を食べることはできないと語る。当然、猫は嘲笑い、では自分が猫であることを証明してみろと鼠に迫る。追いつめられた鼠は、かたわらにあった洗濯物の盥のなかに飛びこんで死んでしまう。猫は洗剤まみれの鼠の死骸をなめてそのまずさに辟易し、立ち去る。家庭教師はこの鼠の自殺を「自己正当化の自殺」と呼び、これこそは自分が「一つだけ許せる種類の自殺」なのだと断じる。

「鼠は勇敢で賢明で自尊心に充ちてゐた。彼は鼠に二つの属性があることを見抜いた。一次的にはあらゆる点で肉体的に鼠であること、二次的には従つて猫にとつて食ふに値ひするものであること、この二つだ。この一次的な属性については彼はすぐ諦めた。思想が肉体を軽視した報いが来たのだ。しかし二次的な属性については希望があつた。第一に、自分が猫の前で猫に喰はれないで死んだといふこと、第二に自分を『とても食へたものぢやない』存在に仕立てあげたこと、この二点で、少なくとも彼は、自分を『鼠ではなかつた』と証明することができる。『鼠ではなかつた』以上、『猫だつた』と証明することはずつと容易になる。なぜなら鼠の形をしてゐるものがもし鼠でなかつたとなつたら、もう他の何者でもありうるからだ。かうして鼠の自殺は成功し、彼は自己正当化を成し遂げたんだ。」(14-502)

透はその秘密の手記のなかで、自分が人間的なものからかけ離れた異類であるという自己意識を繰り返し、表白している。自分は、ふつうの人間を突き動かす欲望などの動力をもたず、自意識だけで存在している、「自然の否認」(14-533)を属性とする人間であって、自分のすべてが「人間ならかくも感じるだらう、と感じるための精密な体系」(14-534)であると記していた。つまり、透は、自分が人間の贋物であるという意識をつよくもっている。おそらく家庭教師は、自分が従事している学生運動にまつわる悩みをこの寓話に託して語ったにすぎない。つまり、猫に対する鼠の闘いに、権力に対する学生運動の闘いを重ねて語ったにすぎないのだが、もともと自分を人間の贋物であると感じ、そのことを隠して生きてきた透は、真贋を主題とする意味ありげな寓話を語るこの若者に危険を感じ、義父に働きかけて馘首させてしまう。

透はほとんど何ごとにも動じない、冷徹をきわめた認識者でありながら、自分という存在の真贋についてはは過敏な意識を抱き、怯えている。本多の盟友である老女久松慶子は、透に虐待される本多の苦境を救うべく、透のこの弱点を突いて、破滅させようと一計を案じる。慶子は透を自分の邸に招き、本多が何の血縁もない透を養子に迎えた理由が、透を清顕の生れ変わりであると見なしたからであり、かつての親友の生れ変わりを手もとにおいて夭折の運命から救おうとしたからだという秘密を語る。はじめて聞く事実に驚愕する透に向かって、慶子は、しかし、あなたには夭折の心配などはない、「私の見るところでは、あなたはきつと贋物だわ」と告げ、さらに侮蔑の言葉を重ねていく。

「あなたがあと半年うちに死ななければ、贋物だつたことが最終的にわかるわけですけれど、〔……〕見てゐて私は、あなたに半年のうちに死ぬやうな運命が具はつてゐるやうには思へない。あなたには必然性もなければ、誰の目にも喪つたら惜しいと思はせるやうなものが、何一つないんですもの。〔……〕」

あなたには特別なところなど一つもありません。私があなたの永生きを保証するわ。あなたは天から選ばれてなど決してゐないし、あなたとあなたの行為が一体になることなどは決してなく、そもそも神速のスピードで自分を滅ぼす若さの稲妻のやうな青い光りなど具はつてはゐない。ただ未熟な老いがあるばかり。」
（14-610以下）

慶子の侮蔑は常に冷静な自意識の機構であるはずの透を生れてはじめて激怒させ、殺意を抱かせるが、結局透は慶子を殺さず、家に帰って工業用メタノールによる服毒自殺をはかる。それは慶子の断言に逆らって二十歳前に死に、自分が松枝清顕、飯沼勲、ジン・ジャンら三人の生れ変わりであることを強引に立証しようとする行為だった。だが、自殺は失敗し、命をとりとめた透はメタノールの作用で失明する。

転生者の贋物であると断定されたことに激怒し、自殺をはかる透の反応は何ごとにも動かされない冷徹さというその人物設定から外れている。たしかに贋物意識と表裏一体のかたちでなみはずれた選良意識を抱く透にとって、慶子の侮蔑は耐えがたいものであるだろう。しかし、転生を真にうける人間などほとんど存在しない現代という時代にあって、転生者ではないと言われたことを、自殺に至るほどの衝撃をもって受けとめる透の反応は不可解なものである。たとえ清顕たちの生れ変わりでないとしても、それは透に何の不利益ももたらさないし、おそらく転生など夢想だにしなかった透にとって、本来なら気にかけるほどのことでもない。小説の設定どおり精密機械のように冷静な自意識の塊であるならば、透は慶子の挑発を冷然とかわしてせせら笑い、その侮蔑を無効にしてしまえばいいだけのことである。これまでと同じように、慶子を含めたあらゆる人間を見下しながら、平然と生きつづけていくことこそ、あらゆる側面から見て透にふさわしいことであっただろう。それなのに、作者は、透を激昂させ、自殺企図にまで至らしめた。透は、自分を猫と思いこんだ鼠の寓話をなぞるように、自殺をもって自分が本物の転生者であることを証明しようとしたのである。

『天人五衰』は、その自決までにライフワークである『豊饒の海』を完結させようとする作者の意志から、残された時間が少ないなか、異例の早さで書かれた小説である。そのために『春の雪』や『奔馬』に比べて粗い部分があると評されることが多いが[*12]、透の自殺企図が唐突で不自然な印象を与えるのも、おそらく執筆の時間が不十分だったという事情が大いに影響を与えている。透の性格設定を破綻させるような自殺企図は、リアリティに関する綿密な検討がなかったか、あえて無視することで書かれたと思われるが、贋物性に対する作者自身の過敏な問題意識がなまなかたちで露出してしまったという事情も考えられる。

特別な根拠もなく自分を選ばれた人間だと考えていた透にとって、本多が自分を清顕や勲の転生者と見なしたという慶子の話はその選良意識を裏づけ、大いに自尊心をくすぐるはずのものだった。それだけに慶子が透を転生者の贋物であると断じたことは重大な侮辱だったにはちがいない。透が自殺によって二十歳前に死に、本物の転生者であることを証明しようとした気持もその矜持の高さからいって理屈の上では成り立たないわけではない。しかし、それでも第三者の目から見れば、慶子に贋物であると宣言されたぐらいのことで自殺まではかるという設定は不自然なものであり、特に何事にも動じない、計算づくの人間であるという透の性格設定には反している。しかし、この矛盾は、自分という存在が本物か贋物かという問題を痼疾のように抱える作者にとっては、自殺に値するほどの重大事だったのである。

この自殺企図は『豊饒の海』四部作の全篇を支配するものとして作者が仕掛けた転生という設定がもつ困難をうまく解決するためにも必要なものだった。『豊饒の海』は、転生という、現代にあってはいかがわしさすら感じさせる観念を小説の軸にしているが、三島はそうした前近代的な観念を主題に据えることの不利を承知で、作家としてのすべての力量をかけて画期的な小説を生みだそうとする野心を抱いていた。しかし、三島の才能と力量をもってしても、三島の小説がおおむねそうであるような、ディテールを詳細に物語る近代的リアリズムの手法で、転生の物語を説得力のあるかたちで描きとおすことは困難だった。人物設定の面で無理のある透の反応は、小説の設定そのものが抱える困難から出来している。作者は透にどうしても自殺を企図させ、それを失敗に終わらせ、透が転生者である可能性をゼロに近づけ、転生の物語そのものを宙づりにすることで、この小説の結末を合理性にこだわる現代の読者にも受け入れられるものにする伏線を張ったのである。

周知のように、『豊饒の海』の結末は、『春の雪』のヒロインで今は老いた門跡である聡子が、転生を含むその物語世界全体を破砕し、すべてが本多の幻想であったかのような一言を発することで読者を驚かせるというものである。本多は清顕の恋人だった聡子のいる奈良の月修寺を訪れ、老いた聡子とともに清顕の記憶を確かめようとするが、聡子は清顕の記憶を否定する。「松枝清顕さんといふ方は、お名をきいたこともありません。そんなお方は、もともとあらしやらなかつたのと違ひますか」（14-646）と言うのである。若さの盛りで死んでいった転生者たちの証人であることを、みずからは何もなしえなかった認識者であるおのれの存在の根拠として考えてきた本多の思いを聡子の言葉は否定する。

小説世界の軸であるはずの転生という観念は、第三巻でジン・ジャンに転生者であることを疑わせる要素があることで揺らぎはじめるが、第四巻の透でさらに動揺を深め、清顕を知らないという聡子の言葉によってほとんどとどめを刺される。沈黙する本多は門跡に導かれて庭を案内される。時間を超越したかのように今なおきわだって美しい聡子が生きる月修寺、山を背景にした芝の庭は、烈しい夏の日を浴びて輝いている。

これと云つて奇巧のない、閑雅な、明るくひらいた御庭である。数珠を繰るやうな蟬の声がここを領してゐる。

そのほかには何一つ音とてなく、寂寞を極めてゐる。この庭には何もない。記憶もなければ何もないところへ、自分は来てしまつたと本多は思つた。

庭は夏の日ざかりの日を浴びてしんとしてゐる。……（14-648）

本多が感じる虚無は、少年期以来、いわば生きながらの転生を夢み、生涯をとおして自己変革のための努力を営々とつづけてきた三島の、死を前にして到りついた空しさを代弁している。幼時以来、人間らしさの欠如をつよく自覚し、それを獲得しようとしてきた三島のあらゆる努力は、もともと三島の「根幹」をなしていたこのような虚無感への抗いだった。人工的な筋肉や不自然な哄笑によって覆い隠してきた三島の原質というべきものが、簡素をきわめたかたちでここに表現されているのである。

三島文学の愛読者にとっては常識であるが、簡略に述べておくと、虚無感を漂わせた、このきわめて印象的な結末の構想は、この長篇小説の執筆がかなり進んだ段階で生れたものである。どのような小説でも、まず結末を確定した上で書きだし、その通りに終わるというのが三島の小説作法だったが、『豊饒の海』四部作は例外で、その結末は当初の構想とは大幅に違ったものになっている。全集に掲載された『天人五衰』の初期の創作ノートでは、結末は本多が解脱して臨終を迎えることになっていた（14-847）。『暁の寺』執筆中の昭和四十四年のエッセイ「『豊饒の海』について」でも三島は、『天人五衰』について、「第四巻（題未定）は、それの書かれるべき時点の事象をふんだんに取込んだ追跡小説で、『幸魂《さきみたま》』へみちびかれゆくもの」（35-412）と記している。執筆以前の構想の段階では三島は、第四巻を現にある結末の、すべてを否定するような虚無感に満ちたものとは別の、幸福な結末で終わらせるつもりだったことがうかがえる。

こうした構想の改変については、種々の憶測が可能だが、確実に言えることは、自分の存在の真実性に不安を抱きつづけた三島が生涯の最後に書く小説の結末として、すべての実在を疑わせるこの結末以上にふさわしいものは考えられないということである。また、世界の実在を疑わせ、転生にまつわるすべてでも実は存在しなかったかもしれないとする結末は、転生という時代離れした主題そのものの困難を解決するもっとも確実な方策だった。

久松慶子が透の贋物性について透本人に向けて語った辛辣な言葉は、三島が自分について感じていた不安、自分という人間についてもともと感じていた人間らしさの欠如への不安、特に、肉体改造以降、異常な熱意をもって取り組んできた男性的な第二の自分の真実性に関して三島自身が抱えるつよい不安をあからさまに代弁している。本当に選ばれた人間に特有の自然な、誰にも有無を言わせない輝きなどとは無縁な、贋物の行為者、贋物の英雄でしかありえないのではないかという不安、それは三島が切実に抱いていた不安であっただろう。透を評して慶子が発する「未熟な老い」という言葉にも、三島の、自分のなかに早くからあった老いのありかたについての苦い思いが垣間見える。

三島は幼児性と老いを両極に抱え、青春らしい青春をもたないその恒常的な生存のありかたを克服しようとして、肉体の鍛錬をはじめとする努力を営々と重ねてきた。しかし、常に醒めた批評眼で隈なくおのれを点検する三島であってみれば、遅まきながら獲得したはずのその青春の真実性についての疑念がつねに心のなかにわだかまっていたことはまちがいない。

自殺に失敗し、視力を失った透は、もはや本多を虐待することもかなわず、終日、家にいて、なすところもなく、ただ生きているだけの存在に成り果てる。清顕たちの生れ変わりであるなら死ぬはずの二十歳になってもいっこうに死なず、絹江と結婚し、終日身じろぎもせず、身のまわりのことは絹江のなすがままにさせている。夏のさなか、汚れ放題の浴衣を着せられ、黒眼鏡をかけ、表情になんの変化も見せず、透はただそこに坐っている。

透の胡坐をかいた蹠《あしのうら》が、裾から宙を向いて顔をのぞけてゐるのが、水死体のそれのやうに白くて皺だらけで、しかも箔を置いたやうにあちこちに汚れがついてゐる。よれよれの浴衣は糊目も留めず、殊ににじんだ汗が、黄ばんだ叢雲《むらくも》に襟元を染めてゐる。

さつきから本多は異臭を感じてゐたが、次第に透の着てゐるものにこもつた垢と膩《あぶら》と、それに若い男の夏の暗い溝のやうな匂ひとが、とめどもない汗と共に、あたりに漂はせてゐるのだとわかつた。透はあれほどの潔癖をも捨てたのだ。（14-629）

絹江によって部屋にはおびただしい花が置かれているが、それらはすでに萎え、まったく薫りがない。見ることを存在の根拠としていた透は、その根拠を失い、生と死のさだかでない境域にいる。『天人五衰』の最初のほうで本多は清顕や勲やジン・ジャンが天人となって三保の松原の空に浮遊する夢を見る。その夢に導かれるようにして、本多は三保の松原を訪れ、そこで船を港に誘導する信号員として働く透に出会うのである。

もともと透にはこの世の桎梏を免れた天人のイメージがまとわりついている。天人は本来、不死の存在であるはずだが、その天人にも死が訪れることがあり、そのとき、「大の五衰」と呼ばれる状態が生じる。それは衣服が汚れ、頭上の華が萎み、腋から汗が流れ、身体に臭気が漂い、本座に安住することを楽しまないというものである。この世ならぬ存在であると自負していた透の現在の状態は、この「五衰」そのものである。転生者であることの証明には失敗したが、それでもなお、透は現在のこの頽落した天人のイメージによってこの世の常の人間とは別様の例外的存在であることを示しつつ生きている。若いまま老衰してしまったような透の姿には、三島の自虐的なセルフ・イメージの反映を見ることができる。

三島はいつまでも若さに固執しつづけた。一時的には自身の老年に円熟した境地を期待することもあったが、すでに見たように、その思いは『鏡子の家』を執筆していた頃を頂点として、なし崩し的に消えていった。三島は、そのような境地の到来を自身に期待できないことを知っていたのだろう。幼年、少年、青年のいずれの時期においても、三島はその年代にふさわしい存在ではなかった。生涯をこの世の異邦人として生きた三島は、自分の年齢からも常に脱落していた。幼年期にあってはまったく男の子供らしい遊びを知らず、学童期にあっては遠足にも行かず、体育はほとんど見学する少年であり、青年期にあっては異性との関係を築くことに難渋し、戦後にあって戦後社会への違和感を抱きつづけた。

冷静に考えれば、円熟の境地とは、老年の悲惨を直視しないところに思い描かれる幻想であり、例外的にしか存在しないものであるかもしれない。それでも、人はそのような境地を人生の最後に期待せずにはいられないものだが、そもそもそのような晩年を思い描くに値するのは、それぞれの年代においてその年代を十分に生きてきた、つまり「充実」した人生を生きてきたという自負をもつ人びとだけなのかもしれない。常に自身の年齢から脱落してきたという意識にとらわれていた三島が、その晩年にしかるべき円熟を期待することはできなかった。三島はつねに本当の「存在」になることを熱望していたが、それを実現しようとするなら、むしろ美しい青春を体現しようとするような夢を捨て去り、幼児的であって老人のような人間という、見ばえのしない自分をそのまま受け入れるしかなかったのではないだろうか。

10 異端・狂気・犯罪

『仮面の告白』は、作者その人をあらわすとしか思われない主人公の「私」がその性のありようを告白する手記として書かれている。しかし、言うまでもないことだが、小説の内容をそのまま、作者の真実として受けとめることはできない。結末に近いところで、成人した「私」は自分を「人間ならぬ何か奇妙に悲しい生物」(1-343)と呼ぶ。これは、かねて女性への性的関心の欠如を異常なこととして苦しむ「私」が、自分の心の例外的なありように絶望して発する言葉である。「私」は、未明までつづくパーティーのはめをはずした遊びのなかで美しい令嬢の太ももがあらわになるのを見ても何も感じず、たいていの男のようにあわてて目をそらすこともないのである。

『仮面の告白』は幼年期以来、男性以外に性的関心を抱くことのない人間として「私」を描いており、この場面もその例証として描かれている。しかし、作者である三島自身は後年、結婚し、子供をもうけているし、それ以前、独身時代の末期には妻となった女性以外の女性ときわめて濃密な性関係をもつことになる。*13 「私」と作者は完全に重なるものではないようである。

「私」は、幼児期においてすでに、御穢屋や花電車の運転手や地下鉄の切符売りといった「下積み」の生活者たちに「悲劇的なもの」を感受し、自分がそこから「拒まれている」ことに「悲哀」を覚える、鋭敏な自己意識をもつ子供だった(1-181)。疎外感にとらわれやすい過敏な感受性を抱えたまま成長してきた「私」は、何か気になることがあるとそれを過大に受けとめる傾向がつよいので、この挿話の場合も、あるいは一過性のものであるかもしれないおのれの性的な偏向に過度にこだわり、自分を悲劇的な存在に仕立てていると見ることもできる。特に後年の異性愛が可能な三島を「私」に重ねて考えれば、そのように思える。

しかし、自己劇化や文学的修辞それ自体が、その人間の宿命的な資質から発しており、誇張された認識がその人間の人生を現実に形成していくということがある。三島由紀夫の人生はその範例というべき色合いを濃厚にもつものであり、『仮面の告白』は特にそうした傾向をつよく示す作品だった。そのさまざまな作品を見るだけでも、三島にもともと同性愛の傾向が少なからずあったことはたしかだが、常々、観念が現実に先行する人間の自己決定的な意志がその同性愛を推し進めていった可能性も考える必要があるだろう。実際、『仮面の告白』で同性愛を「告白」し、自己決定を果たした三島は、それ以前は単に空想のなかで思い描くしかなかった男色を実践するようになるのである。

『仮面の告白』のなかには、主人公の「私」が思春期に至って強さにこだわり、電車のなかでほかの乗客をにらみつける自我の「スパルタ式訓練法」に邁進するといった奇妙な逸話もあるが、そこからは、「私」、および作者である三島の、固定観念にとらわれやすく、しかもその固定観念に沿って意志的に自分を構築していこうとする強引な人となりが浮かびあがってくる。「性倒錯」だけでなく、三島が自分について思い描いていたすべての異端性に、こうした過剰な観念性が大きく関わっていることはまちがいない。三島という人間を異端者と呼ぶならば、そのおおもとは幼年期以来の肉体性の欠如と、それと表裏一体のものとして生じた、観念の異常な肥大、そしてその観念を現実化せずにはいられない強迫性という点にある。
三島の人生を大きく変える画期的な出来事だった筋肉の増殖もまた、そうした偏りから生れた現象である。肉体の貧しさに悩みつづけながら、運動神経の欠如ゆえにスポーツの世界に飛びこむことも叶わず、三十代を迎えた三島にその「高い障壁」を乗り越えさせたのは、ボディビルという「福音」だった（「実感的スポーツ論」33-159）。忍耐強く日々、鉄塊を持ち上げさえすれば筋肉に覆われた肉体を獲得できるこの運動こそは、三島にもっともふさわしい「スポーツ」だった。三島にとって、筋肉への渇望がそのまま筋肉となってあらわれるボディビルの仕掛けは、「極度の自意識が筋肉を育ててゆく」「奇跡」だった（33-160）。何ごとも計画的にものごとを進めていく三島は、ボディビルに決定的な自己改造の可能性を賭けることになる。『仮面の告白』と並んで三島を理解する絶好の手引きである『太陽と鉄』には、次のように語られている。

もし私の幼時の肉体が、まづ言葉に蝕まれた観念的な形姿で現はれたのであれば、今はこれを逆用して、一個の観念の及ぶところを、精神から肉体に及ぼし、肉体すべてをその観念の金属でできた鎧にしてしまふことができるのではないかと考へたのだ。（33-513）

「観念の金属でできた鎧」という言葉は、三島文学の特質としてしばしば指摘される観念性と硬質な人工性の比喩にもなりうるものである。それどころか、少年期以来、三島が世界と関わってきた基本的な姿勢をこの比喩は端的に表現するものでもある。自分はあまりに柔弱な存在であると感じていた三島にとって、硬化した自意識の鎧で自分を守ることは恒常的な生の姿勢となっていた。三島の文学と生は、女性ばかりのなかで幼年期を過ごしたことによって形成された感受性過多の情緒的な性質を「内奥」に封じこめて、男性的なものとされる論理性や構築性を前面に打ち出す方向で成立していったが、多分に後天的に獲得された後者の特性を三島はボディビルによって肉体にも貫徹させ、少なくとも表面的な部分では心身ともに強力な盤石の人間になることを夢見たのである。しかし、このような方向で表層を鎧で固め、柔らかい果肉のような自己を「内奥」に隠匿することは、必然的に、他者や外界との交流をみずから途絶させることを意味する。

少年期以来、三島は疎外感に苦しみ、他者や世界との融合をつよく願いつづけてきた。男としての、あるいは人間としての自然なありよう、生の直接性、他者との一体感にあふれた共同性、世界との根源的な一致、三島はそれらのものから疎外されているという意識に苦しみ、それらを渇望してきたはずである。サイボーグのように「金属」の鎧で身を覆うことは、生から、他者から、そして世界そのものから遠ざかることにほかならない。自分が異端者であることに苦しんできた三島を知る者にとって、「観念の金属でできた鎧」といううきわめて人工的な響きをもつもので全身を包もうという企図は、奇妙な、矛盾するものに思われる。

ところが、甲虫のように硬い殻で自分を覆い、要塞化しようという三島の企図は、三島の脳髄のなかでは、世界との一体化を目指す手続きの一環だったようである。一見、世界を遠ざけるような肉体の要塞化は、三島においては、死を媒介とする世界との究極の一体化を実現するための過程として考えられていた。三島のなかでは、男性的な行為者として世界と一体化しつつ死ぬ理想は、金属のように堅固で強壮な肉体の所有者であることを前提としていたのである。すべてのものが等しく滅んでいこうとしていた戦争末期、絶好の死の機会に際会しながら、みすみすその機会を逃した理由を三島は次のように語っている。

私は、死への浪漫的衝動を深く抱きながら、その器として、厳格に古典的な肉体を要求し、ふしぎな運命観から、私の死への浪漫的衝動が実現の機会を持たなかつたのは、実に簡単な理由、つまり肉体的条件が不備のためだつたと信じてゐた。浪漫主義的な悲壮な死のためには、強い彫刻的な筋肉が必須のものであり、もし柔弱な贅肉が死に直面するならば、そこには滑稽なそぐはなさがあるばかりだと思はれた。十八歳のとき、私は夭折にあこがれながら、自分が夭折にふさはしくないことを感じてゐた。

（『太陽と鉄』33-522 以下）

三島がはげしくもとめていたのは、死の観念を伴なわない、日常的な他者との交感のようなものではなく、死によってしか成就しない究極の一体化だった。表面的には付合いの多かった三島は、生を脅かすことのない穏当なやりかたで他者と交感し、一時的に疎外感をいやす程度のことは頻繁に行なっていたが、心中に抱える孤独や異端の苦しみはその程度のことで癒されるものではなかった。三島が切望していたのは常にもっと激烈な、究極の融合だったのである。それだけでなく、異端であり孤独であることが才能の源泉であることを自覚する三島にとって、他者との中途半端ともいえる交感をもとめて平均性や日常性に浸かることは、その選良性を危うくするものだった。

戦後の日常にあって、世界と融合した至福の時間として三島が心のなかで繰り返し回帰するのは、万人を平等に見舞う死の予感にみちた戦争末期の破局の日々だった。『太陽と鉄』は、戦時中に、戦士として死ぬこともなく、空襲のさなかで生を終える機会をも逸した三島が、みずからの意志でその機会を取り戻そうとする企図を秘めた物語であり設計図である。それは、強壮な肉体を獲得したことによって戦士の集団にふさわしい人間に変貌した「私」が自衛隊に体験入隊することによって、言葉では決して得られないような、「世界と融け合つた無辺際のよろこび」を経験するという物語であるとともに、その先にみずからの死の構想を語る告白だった。「私」が自衛隊で経験した至福は、少なくとも「私」の脳髄のなかでは、この戦士集団が「死へ向つて拓かれ」(33-569)たものである、すなわち死を前提とすると表象されていることによって感得されたものである。

すでに紹介した、自分の存在を確認するために「仮想敵」によってナイフで切り裂かれることを切望する林檎の比喩において、三島は「血が流され、存在が破壊され、その破壊される感覚によつて、はじめて全的に存在が保証され、見ることと存在することとの背理の間隙が充たされるだらう。……それは死だ」と記していた。ここで注目すべきは、ナイフで林檎を切り裂く「仮想敵」を存在させ、動かしているものが、切り裂かれる林檎自身であるということである。ナイフは林檎自身の「自意識の要請」にしたがって「口やかましい自意識を黙らせるだけの苛烈な一撃」(33-552)、すなわちナイフによる切りこみを林檎の果肉に入れているのであり、その劇的な破壊のすべては林檎の自意識が演じるドラマでしかない。

三島は、一面において、現実の、生身の肉体を具えた他者、あるいはそうした人びとによって構成されるこの世界と交わり、一体となることを願いながら、他方ではそのことを恐れていた。心身にわたって平均的な、「健全」な人間になって人びとと交わりたいと願う気持がありながら、三島は他者となじむことを恐れていたし、なじむことができない人間だった。

自身の正統性を確認するためにおのれの自意識が生んだナイフで身を断ち切られることを切望する林檎の比喩は、三島の果てしない孤独が生みだしたものである。林檎に自分をさらけ出して他者に向き合おうとするつよい意志があれば、ほかの林檎と対話し、あるいは共感し、あるいはぶつかり合うことで、自分が「まつたうな」林檎であることを確認することもできたはずである。この世界にとどまり、気長にほかの林檎と付合いながら徐々に自分という存在のたしかな拠りどころを見出していくこともできたはずである。しかし、そのように穏当なかたちで自分の「まつたう」さを自分に証明するためには、この林檎はあまりにも他者への信頼に欠けており、あまりにも自分への懐疑にとらわれすぎていた。

虚勢を捨て去り、弱点をさらけだしながら、他者との痛みを伴なう付合いを行なうためには、三島の「内奥」の自我はあまりに弱く、脆すぎたのかもしれない。あるいは、さらけ出すだけの実質のある自我を、三島は最初からもたなかったか、以前の自分と似ても似つかぬ自分を作ろうとする過程で失ってしまったのかもしれない。三島のすべての営為は他者の目のなかに自分を映し出し、そのことによって自分の存在をたしかなものにすることをもくろんでなされたものだった。実際、三島はその文学と、ヌード写真集まで発刊するそのパフォーマンスによってこれ以上ないほどに人びとの注視を浴びることに成功した。

しかし、人びとの目のなかに自分の姿を映し出し、そのことによって自分という存在の確証をもとめながら、そこに供される姿は舞台上の俳優のそれのように計算され、演出されたものでしかなく、三島が贋物意識から解放されることはなかった。どこまでいっても言葉であり観念でしかない自分を終わらせ、世界との融合を実現させるものは、死でしかない。

『天人五衰』のなかの、自分を猫と思いこむ鼠の挿話もまた、三島の外界を遮断した世界との関わり方を示している。傲慢さのかたまりのようなこの鼠は、自分が鼠以外のなにものでもない現実を認めず、ほかの鼠との交流を意識のなかですべて断ち切り、猫の贋物となる。鼠は他者を認めず、おのれの願望と意志がすべてであるような独我論的な妄想の世界に生きるのである。本物の猫に出会い、その猫から贋物であることを完膚なきまでに嘲笑された鼠は、それでもみずからの迷妄を認めず、猫に喰われることがなければ鼠ではないという詭弁の論理を案出し、その論理に殉じて盥の石鹸水に身を投じて溺死する。鼠は、仲間であるはずの鼠たちや、また、みずからの脳髄のなかで自身をそれに擬しているところの本物の猫を含む、一切の他者という他者を遮断して、その脳髄に宿る妄想を守りぬいたのである。

自分自身をも作中人物のように意識的に作りあげようとする衝動に駆られていた三島は、孤独に苦しみつつも、他者の手が介在しないところで自分を形成していく作業にとりつかれていた。三島はその作業によって心身ともに生れ変ったかのようにも見える自分を誇り、顕示したが、生来の資質と幼年期以来の生育歴によって着実に形成されてきたものがそう簡単に払拭されるはずはない。

鼠の挿話は、自分が願い、実現にむけて営々と努力してきた自己改造が結局、空しい夢でしかなかったのではないかという不安に怯える三島の意識を代弁している。猫であるという矜持を守り抜いてその生涯を終えた鼠の運命は、転生者であることを証明するために自殺をはかって失明することになる透の運命を予告するものである。さらに、おのれの来歴を否認して別のものになろうとするこの鼠は、透の妻となる絹江のなかにそのより強力でより拡大された狂気の同胞をもっている。

絹江は一方的な恋愛の相手である男によってその醜貌を嘲笑された絶望からみずからを救済するための隘路として狂気を選び、自分が絶世の美女であるという妄想を生きていた。贋物の美女として生きる絹江は、自分が美女であることを否定するあらゆる情報を受けつけないその頑迷な狂気によって、どんな状況でも自分を美女と主張できる不敗の独我論的精神たりえている。絹江の狂気は、その確信の度合いにおいて、みずからを猫であると思いこむ鼠の狂気を超えている。絹江は、たとえ本物の美女に会ったとしても、いささかもたじろぐことなく、自分こそはより完全な絶世の美女だと主張しうるであろう。三島にとって、絹江はみじめにも滑稽な自画像であるとともに、その不敗の、不動の確信ゆえに理想でもあっただろう。

自己改造を遂げ、弱さを克服し、戦士として死ぬという、荒唐無稽といえる自作自演の物語を現実の平面で着々と進めながら、その作品において、三島は酷薄なまでに自身の妄執を見据え、その空しさと滑稽さを表現していた。少年期以来、一貫して才能を拠りどころにして生きてきた三島は、すでに文学の世界で達成しうるものはほぼ達成し尽くしたという思いを抱え、小説を書くことに倦んでいた。雑誌『新潮』の編集者として晩年の三島に接していた小島千加子は、その回想のなかで、

『豊饒の海』執筆中の三島が、その完成後のことを話題にしたときに、「やっぱり小説を書いてゆくしかないのかなあ。……イヤだなあ」と切実な口振りで語ったことを記している。[*14]

文学者以外のなにものでもないにもかかわらず、そしてそれだからこそより一層、三島は文学の対極にある行為への夢にとりつかれ、それを実現することにとりつかれていた。その妄執以外にもはや自分の人生の目的も価値も見いだすことができないゆえに、他人からは狂気の沙汰にしか見えないものであろうともそれに殉じて死を遂げる覚悟だったのである。

父母を敬い、妻子を慈しんだ、少なくとも世人の目にはそのように見えた家庭生活や、礼節や義理を重んじたその社会人ぶりにもかかわらず、三島のなかに狂気への、そしてそれと連動する犯罪への親和性があったことは疑い得ない。マンはトニオ・クレーガーに芸術家と犯罪者の類縁性を語らせているが、そもそも芸術という営為自体に狂気や犯罪に隣接するような反社会性が含まれている。とりわけ三島の文学は狂気や犯罪に通じるものを創作の主要な源泉とし、意識的にその反社会性を誇示し、あたかも存在意義のようにしていた。『仮面の告白』の「私」は口外できないような残酷な性的妄想に日夜ふけるが、その妄想は、それ自体ですでに狂気と犯罪の因子を暗示している。『金閣寺』の溝口の放火は狂気の色彩を帯びた犯罪であり、『午後の曳航』の少年たちの殺人もまたそうである。何よりも少年期の短篇『中世に於ける一殺人常習者の遺せる哲学的日記の抜萃』は芸術を殺人に喩えている。これらの小説が示すように、三島が描く犯罪の基本的な特質は、現実的な利害のほとんど関与しない、ひたすら存在論的な妄執に駆動されている点にある。

贋物性を主題とする『天人五衰』が行きついた虚無の世界は、作者である三島の自己改造も、それが目指す行為そのものをも完全に否定するものである。ところが、行為への妄執は今や三島の生の支柱であり、動力源であって、この妄執を含むすべてが徒労であるという虚無的な認識は三島を根底から脅かすものだった。三島は今や自己を維持するために不可欠のものとなったこの妄執と、虚無的な認識がもたらす無力感のあいだで引き裂かれるジレンマを生きていた。そしてこのジレンマを解決する道として三島が選んだのは、死を賭した行為に向けて自身をファナティシズムへと駆り立てていく道だった。それは、すべてが無意味であることを認識しつくしてなお、自分を奮い立たせ、自他に向けておのれの存在を立証しようとする道だった。ニヒリズムの克服というニーチェ思想の主題を三島は文字通り、究極のかたちで生きようとしていたのである。

村松剛は、三島の死後、生前の三島が「自分をファナティックにできない人間はだめだよ[15]」と語っていたことをしきりに思いだしたというが、この言葉は、憂国の志士の憤死という意匠を凝らした三島の最後の「行為」が意識的に作りだされた「狂気」を動力としていたことをあからさまに物語っている。それは狂気の色彩を帯びた犯罪を描きつづけてきた三島の最期を飾るのにいかにもふさわしい「行為」だった。

晩年の三島は、みずからのうちにある狂気と犯罪への傾斜を肯定してもいた。昭和四十四年、三島は五社英雄監督の映画『人斬り』に血に飢えた剣客田中新兵衛の役で出演するが、役作りについての心がけを問う三島に、五社は「狂気じみたあなたの目」を生かすように答え、さらに「どう見てもあなたの顔の骨相は犯罪者だ」と述べる。三島は高笑いし、それから五社監督に絶対の信頼を置くようになったという[16]。

三島はみずからのうちにある狂気や犯罪性を肯定し、むしろ誇ることで、常識にまみれた一般社会に対する芸術家としての抵抗を捨て身で行なっていた。そして、三島がその子供じみた不良気取りをもって、「正気」と「良識」を誇る社会に自身の狂気と犯罪性をあえて対峙させる姿勢の背後には、実は一般社会の側により根深い狂気や犯罪性が含まれているかもしれず、社会が指弾する狂気と犯罪性のうちにこそよりまっとうな倫理性が潜んでいるかもしれないという認識があったはずである。最晩年の評論『小説とは何か』の第十三章で三島は文学と狂気の関わりについて次のように述べているが、ここには「常人」には不可能な、透徹した認識に狂気が到達する可能性が語られている。

> 文学と狂気との関係は、文学と宗教との関係に似たところがある。ヘルダーリンの狂気も、ジェラアル・ド・ネルヴァルの狂気も、ニイチェの狂気も、ふしぎに昂進するほど、一方では極度に孤立した知性の、澄明な高度の登攀のありさまを見せた。何か酸素が欠乏して常人なら高山病にかかるに決つてゐる高度でも、平気で耐へられるやうな力を、（ほんの短かい期間ではあるが）、狂気は与へるらしいのである。（34-749）

晩年の三島はきわめて多くの政治的言説をものし、楯の会を軸とする政治行動にも打ちこんだ。しかし、その生涯の大半を生粋の唯美主義的文学者として生きてきた三島が晩年に至って完全な政治的人間に変身したはずもないことは、たとえば『天人五衰』を浸す、現実的な政治への熱情とはまったく無縁の虚無的な世界観が疑問の余地のないほどによく示している。三島は、その晩年に出版された『三島由紀夫文学論集』の序文のなかで、その政治論を含むあらゆる自分の論考は、どんなに社会へのつよい関心を意匠としてまとっていても、きわめて特殊で個人的な自身の「内奥」の問題の表現であること、すべての自分の言説の「根本動機」は、実は二元論的に引き裂かれた精神に悩みつづけてきた「自己の問題」にあったことを明かしている。「美を論じても、風景を論じても、政治を論じても、演劇を論じても私の問題性はそもそも私の内部にあつたのである」(36-65)と三島は語っている。

このあまりにも率直な「告白」は、三島の晩年の政治的言動を彩っている「憂国の情」を否定する根拠にはならない。どんなに社会的な大義名分をもつ行動も、必ず個人的な「自己の問題」と関わっており、むしろ、そうであればこそ「本物」の行動になるのである。二・二六事件の将校たちに憧れた少年期の三島の感情も、英雄的な死を望んだ戦時中の思いもすべて三島の心のありようという「自己の問題」とつながっており、その延長線上に晩年の「憂国の情」があったことはたしかで、それを虚偽と断定することは誰にもできない。しかし、三島の晩年の政治的言動に、もともと強度の独我論的資質をもつこの作家の、現実的な有効性を重視する政治感覚から見れば「狂気」に見えるものがつきまとっていることは否定しがたい。もちろん、その「狂気」は三島の気質や生い立ちに萌芽をもつものであり、その上で、究極の行為に向けてたぶんに意志的に培養され、増幅されていったものであるだろう。

自決によって未完に終った三島由紀夫の最後の文学評論『小説とは何か』は、緊迫感にあふれた論考である。この評論は昭和四十三年から四十五年にかけて雑誌『波』に連載されたものだが、特に最後のほうの叙述には死を目前に控えた三島の切迫した息遣いが聞こえてくる印象がある。遺された十四章のうち、三島は、第十二章で小説と犯罪、第十三章では小説と狂気の密接な関係を論じている。死を目前にした三島は、その死を飾る最終の行為を構成することになる犯罪性と狂気の要素を小説論というかたちであらかじめ検証し、擁護しているかのようである。[*17] 第十二章において三島は、小説は最終的に悪という試金石の上で真の倫理を追求するものであるという趣旨のことを書いている。

小説は、世間ふつうの総花的ヒューマニズムの見地を排して、犯罪の被害者への同情は（当然のことであるから）世間に預けて、むしろ弁護の余地のない犯罪と犯罪者に、弁護の情熱を燃やすところにしか、成立しない筈のものであつた。法律や世間の道徳がどうしても容認せず、又もし弁護しようにも所与の社会に弁護の倫理的根拠の見出せぬやうな場合に、多数をたのまず、輿論をたのまず、小説家が一人で出て行つて、それらの処理によつて必ず取り落されることになる人間性の重要な側面を救出するために、別種の現実世界に仮構をしつらへて、そこで小説を成立させようとするものであつた。

〔……〕

世間ふつうの判断で弁護の余地のない犯罪ほど、小説家の想像力を刺戟し、抵抗を与へ、形成の意慾をそそるものはない。なぜならその時、彼は、世間の判断に凭りかかる余地のない自分の孤立に自負を感じ、正に悔悟しない犯罪者の自負に近づくことによつて、未聞の価値基準を発見できるかもしれぬ瀬戸際にゐるからである。小説本来の倫理的性格とは、そのやうな危機にあらはれるものである。

（34-744 以下）

この文章には、三島がその文学という営為において一貫して抱きつづけてきた志操を見ることができる。ここで三島が犯罪と小説の関わりについて語っていることは、たとえば三島みずからが「犯罪者への共感の上に成り立つた作品」（34-743）であるという『金閣寺』のような小説にことのほかよくあてはまるものである。直接的に犯罪が描かれない場合でも、三島の作品の多くは「所与の社会」が悪と見なし、受け入れがたい行為を描きながら、社会の通念に疑問を突きつけ、社会が異常と見なし、排除しようとするもののうちに真実や価値が存在しうることを示そうとするものだった。その文学において三島は、「所与の社会」の価値観からはどうしても「取り落されることになる人間性の重要な側面を救出する」ことを一貫して追求してきたのである。

芸術や思想という営為は、もともと「所与の社会」の硬直と安定を揺さぶり、突き崩そうとする衝動を含んでなされるものだが、三島の文学はそうした衝動をひときわつよく秘めたものだった。犯罪だけでなく、文学は、狂気や姦通など、およそ反社会的な現象を描くことをとおして、世俗道徳や常識を挑発し、世人が無意識のうちに拠って立つ精神的基盤を揺るがそうとする性質をもっている。悪を取り扱うことや、人間性に対する批判は、そのままですぐれた文学を生むものではないが、世界や人間の真実を真剣に探究しようとする者の仕事には必然的につきまとうものであるだろう。死を間近にした三島が小説論のかたちで述べたことは、犯罪の色彩を帯びた三島の最期が、社会的異端者として生き、文学を天職としてきたその一貫した軌跡の到達点だったことを伝えている。

三島の根底にはいつも社会の通念に捨て身でぶつかり、その正当性に疑問符をつきつけようとする姿勢があった。この点において、三島が愛読したサドとニーチェは強力な先達であり模範だった。この二人の西洋人が遺した著作は、キリスト教へのはげしい憎悪から生れたものである。悪を讃え、世俗道徳を罵倒し、危険に身をさらしてみずからが信じるところを語ってやむことのない、無謀とも愚行ともいえる彼らの著作活動は、倫理のあり方を根底から問い直すものだった。サドやニーチェがこの世から排除される要因となったその瀆神的な言説は、彼らの精神の中枢に食い込んだキリスト教の軛に対する捨て身の反逆だった。キリスト教の否定が社会からの放逐を意味する時代にあって両者はそれを敢行し、その結果、社会の異端者になり、不遇の生涯を送ったのである。そして、西洋の社会を支配する装置だったキリスト教に向けてサドやニーチェが放った激烈な呪詛は、ゆくりなくもはるかな極東の島国の、文芸の神の申し子というべき一人の作家を突き動かす原動力の一つになり、拠りどころになった。

サドやニーチェを苦しめた一神教の抑圧は三島には無縁だった。しかし、三島がみずからを社会における例外者であるとみなして生きた深い孤独は、個として神に向き合う一神教信者の超越への構えに似た心的態度を形成させるものだった。共同性から脱落しているというその思いの深さに比例して、三島のなかにはサドやニーチェのような超越への思いが生れ、サドやニーチェにおけると同じく、それに対する深い愛憎が生じた。三島における超越はほとんど美と同義語、少なくとも美と密接に関わるものだったといっていいだろう。たとえば『金閣寺』における金閣は美の象徴として、一神教の神のように主人公溝口の精神を支配する。孤独な溝口は旧約聖書の人物が神に向かうように金閣に向かうのである。溝口が金閣を愛しつつ憎み、その支配から脱しようとしてこれを焼き払う次第には、サドやニーチェの神への愛憎に類似したものが切実な存在感をもって表現されている。

その外面的な成功にもかかわらず、その心のひそかな領野において、三島はサドやニーチェと同様、つねに人間社会になじむことのない少数者の意識にとらわれていた。孤独から逃れようとして、三島は生涯をとおしてあくことなく世俗的成功と名声を求めつづけ、現実にそれらを獲得したが、華々しい成功者となった三島のなかには、そのような自分を空虚なものと見なし、虚像を捨て、「本来」の反社会性を十全に発揮して巨大で抑圧的な社会の壁に体当たりを敢行し、自壊しようとする衝動があった。実態からかけ離れた虚像をみずから形成し、身にまとう一方で、三島は自他のなかにある虚偽をはげしく憎み、真実をさらけだそうとする人間だった。三島の作中人物たちの悪は、誰よりもおのれの悪に敏感な三島自身のものであり、作中人物たちの破滅は虚偽を含んだおのれの人生を終わらせたいという三島の願望の反映だった。死に至る三島の最後の行動にそのような願望の実現という側面があったことは否めない。

『金閣寺』の溝口の犯罪が象徴するように、三島が切実な感情移入をもって思い描く犯罪とは、異端の人間の、人生に対する狂気を含んだ求愛であり、同時に復讐だった。それは、例外的な存在として、ニーチェがいう「個体化の原理」をことのほかつよく感じる人間が、現実における破滅と引き換えに世界との融合を実現しようとする行為である。サドはれっきとした犯罪者であり、ニーチェは知られている限りでは犯罪に手を染めることはなかったが、少なくともその書物においては道徳への盲従を生の衰弱として斥け、活力にみちた生の表現であるような犯罪を肯定的に語った。たとえば、『善悪の彼岸』におけるニーチェは、「罪を犯してはならない——このように言うとき、人は自分の神に対してもっとも不誠実である」（六五節、VI_2-85）と語り、また、「われわれがおのれの悪をわれわれの最良のものと評価しなおすことができたとき、それはわれわれの人生の偉大な時期である」（一一六節、VI_2-93）とも語っている。

言論界にときめく多くの人びとの嘲笑を買い、時の権力者から「狂気の沙汰」と斬り捨てられたその最後の、死に向かう行動は、営々と築いてきた名声を致命的なまでに傷つけかねないものだった。何よりも、三島が怖れていたのは、その行動が死後の家族、とりわけ子供たちに害を及ぼすことだった。死のほぼ一年前、川端康成にあてた手紙のなかで、三島は「小生が怖れるのは死ではなくて、死後の家族の名誉です。小生にもしものことがあつたら、早速そのことで世間は牙をむき出し、小生のアラをひろひ出し、不名誉でメチヤクチヤにしてしまふやうに思はれるのです。生きてゐる自分が笑はれるのは平気ですが、死後、子供たちが笑はれるのは耐へられません[*18]」と記している。

三島の死は、ほとんど常に世の「良識」の顰蹙を買ったその文学の帰結として生れたものであり、戦後の日本社会においてこれほどまでに世にときめく「良識」の士の憤激を買う死はなかった。死の直前の三島の「行為」は、「世間の判断に凭りかかる余地のない自分の孤立に自負を感じ、正に悔悟しない犯罪者の自負」をもってなされたものだった。複数の自衛官に重傷を負わせ、陸上自衛隊東部方面総監室を占拠し、総監益田兼利を拘禁した三島の「行為」は明らかな犯罪であり、しかも「世間ふつうの判断で弁護の余地のない犯罪」だった。この「犯罪」は、「未聞の価値基準を発見できるかもしれぬ瀬戸際」に自他を追いこむことをもくろんで創作をつづけてきた三島の最後の「作品」だった。

果して「未聞の価値基準」の発見に辿りついたかどうかはともかくとして、この「作品」は三島の存在苦に満ちた、あまりにも文学的な生涯の軌跡が生みだした結晶だった。とどのつまり、それは三島が憧れつづけてきた、文学の対極にある真正の現実的な行為ではなく、徹頭徹尾、文学を宿命として生きるしかなかった人間の、呪われた想像力が生みだした究極の「文学作品」だったのである。

【註】

※ 本書における三島由紀夫からの引用は、特に註がついているもの以外は、すべて新潮社『決定版三島由紀夫全集』（二〇〇〇年〜）に拠っている。引用のあとの（ ）内に全集での巻数と頁をアラビア数字で示している。

※ 本書におけるニーチェの著作からの引用は次の全集に拠り、引用のあとのカッコ内に巻数をローマ数字と小さなアラビア数字、頁をアラビア数字で示している。Nietzsche: Werke, Kritische Gesamtausgabe, hrsg. von Giorgio Colli und Mazzino Montinari, Walter de Gruyter & Co., Berlin 1967ff.

※ 本書における澁澤龍彥からの引用は、すべて河出書房新社『澁澤龍彥全集』に拠っている。引用のあとの（ ）内に「全集」と記し、巻数と頁をアラビア数字で示している。

※ 本書におけるサドその他の澁澤龍彥訳の引用は、すべて河出書房新社『澁澤龍彥翻訳全集』に拠っている。引用のあとの（ ）内に「翻訳全集」と記し、巻数と頁をアラビア数字で示している。

※ 本書におけるトーマス・マンの引用は次の全集に拠り、引用のあとのカッコ内に巻数をローマ数字、頁をアラビア数字で示している。Thomas Mann: Gesammelte Werke in 13 Bänden, S.Fischer Verlag, Frankfurt am Main, 1974

第一章　少年期における三島由紀夫のニーチェ体験

＊1　平岡梓『伜・三島由紀夫』文藝春秋、一九七二年、五八頁
＊2　三島の幼少期については、詳しくは拙著『マンと三島　ナルシスの愛』(鳥影社、二〇一一年) 第二部第一章を参照されたい。
＊3　奥野健男『三島由紀夫伝説』新潮社、一九九三年、六四頁
＊4　平岡梓『伜・三島由紀夫』二六三頁
＊5　本章におけるニーチェの生い立ちについての記述はすべて次の書物に依拠している。西尾幹二『ニーチェ』中央公論社、一九七七年
＊6　西尾幹二、前掲書、二七九頁
＊7　氷上英廣『ニーチェの顔』岩波新書、一九七六年、八頁以下
＊8　Lou Andreas-Salomé: *Nietzsche in seinen Werken*, Insel Verlag, Frankfurt am Main 1983, S.37
＊9　Lou Andreas-Salomé, a.a.O., S.39
＊10　氷上英廣『ニーチェの顔』五頁
＊11　Lou Andreas-Salomé , a.a.O.
＊12　Joachim Köhler: *Zarathustras Geheimnis, Friedrich Nietzsche und seine verschlüsselte Botschaft*, Reinbeck bei Hamburg 1992, S.226
＊13　Joachim Köhler, a.a.O., S.227
＊14　西尾幹二『ニーチェ』二三七頁以下

＊15　H.F.Peters: *Zarathustra's Sister, The Case of Elisabeth and Friedrich Nietzsche*, New York; Crown Peblishers, Inc. 1977, p.27ff.

＊16　平岡梓『倅・三島由紀夫』一〇五頁

＊17　拙著『マンと三島　ナルシスの愛』一七九頁以下

＊18　松本徹編著『年表作家読本　三島由紀夫』河出書房新社、一九九〇年、二七頁

＊19　ボードレールについて三島は、「私は少年時代にボードレール読んでボードレールに非常にかぶれましたからね」と語っている（「国家革新の原理——学生とのティーチイン」40-254）。また、ワイルドについてはエッセイ「『禁色』は廿代の総決算」のなかで谷崎潤一郎、ラディゲとともに少年時代にもっとも夢中になった作家として挙げている（27-476）。

＊20　三島自身の証言によれば、三島が戦時中に読んだ『ツァラトゥストラ』は登張竹風訳の『如是説法ツァラトゥストラ』である。しかし、三島が読んだのがほかならぬ登張訳であることによって特別なニーチェ理解がそこに生じたとは考えられないと判断し、また、ほかのニーチェ作品からの引用との兼ね合いを考えて、本論での『ツァラトゥストラ』からの引用は登張訳を参照した上で、原典から論者が訳したものを呈示している。

＊21　佐藤秀明『三島由紀夫　人と文学』勉誠出版、二〇〇六年、四三頁

＊22　平岡梓『倅・三島由紀夫』八八頁

＊23　三島とほぼ同世代の橋川文三は、三島とほぼ同質の戦争体験を語っている。すなわち、「戦争のことは、三島や私などのように、その時期に少年ないし青年であったものたちにとっては、あるやましい浄福の感情なしには思いおこせないものである。それは異教的な秘宴《オルギア》の記憶、聖別された犯罪の陶酔感をともなう回想である。およそ地上においてありえないほどの自由、奇蹟的な放恣と純潔、アコスミックな美と倫理の合致がその時代の様式であり、透明な無為と無垢な凶行との一体感が全地をおおって

いた」、そして「すべては許されていた」というのである（『三島由紀夫論集成』深夜叢書社、一九九八年、三〇頁以下）。

また、同じ世代の吉本隆明は、「太平洋戦争中、日本の社会が暗かったというのは、戦後左翼や戦後民主主義の大ウソであって、戦争中、日本の社会は、非常にスッキリしていたというか、明るくて、ムダがなく、建設的だったんです」と語り、それをヒトラー体制下のドイツを支配していた「太陽に向かう健康さ」と同列のものとして回顧している（『超「戦争論」』アスキーコミュニケーションズ、二〇〇二年、二八二頁）。また、別のところでは、「戦争自体は凶悪であっても、その中で暮らす一般の市民や庶民は、正しい倫理を守っている。その状態だけ見ると、戦争中の日常というものは、社会的にそれほど悪い雰囲気を持ってはいませんでした。むしろ、今と比べれば、はるかに健康的な雰囲気の人が多かったのです」と証言している（『真贋』講談社インターナショナル、二〇〇七年、二〇六頁）。

第二章 三島由紀夫とサド

＊1 「サド無縁」、『ユリイカ』一九七二年四月号、九〇頁

＊2 井上隆史『豊饒なる仮面　三島由紀夫』新典社、二〇〇九年、一〇五頁

＊3 対談「三島文学の背景」（一九七〇年）のなかで三好行雄に一番好きな自作の戯曲を聞かれた三島は、『サド侯爵夫人』と『わが友ヒットラー』を挙げ、「この二つ残せばいい」と語っている（41-641）。

＊4 本書におけるサドにまつわる伝記的な記述は、特に註釈がない場合はすべて澁澤龍彦『サド侯爵の生涯』に拠っている。

＊5 マルキ・ド・サド『アリーヌとヴァルクール又は哲学小説』佐藤晴夫訳、未知谷、一九九四年、

二二頁

＊6　『群像日本の作家18　三島由紀夫』講談社、一九九〇年、二〇二頁

＊7　トニオ・クレーガーは女友だちのリザベータとの芸術談義においてこう語る、「感情というもの、あたたかい、あふれるような感情というものは、いつだって陳腐で、使いものになりません。芸術の役にたつのは、われわれの腐敗した、職人的な神経組織の興奮であり、冷たい恍惚だけなのです。人間的なものを演じたり、それと戯れたり、効果的にセンスよく表現することができるためには、そもそもそのような気になるためには、人間は人間でないような何ものか、非人間的な何ものかにならねばならず、人間的なものに対して奇妙に遠い、無関係な立場に立たねばならないのです。」（*Tonio Kröger*, GW.VIII. S.297）

＊8　J＝J・ポーヴェール『サド侯爵の生涯Ⅰ』長谷泰訳、一九九八年、一二八頁以下

＊9　サン・フォン夫人が語る認識論がニーチェのパースペクティヴィズムに影響されたものであると推測されることについては、次の書物がすでに指摘している。清眞人『三島由紀夫におけるニーチェ——サルトル実存的精神分析を視点として』思潮社、二〇一〇年、一四頁以下

＊10　Lou Andreas-Salome: *Nietzsche in seinen Weken*, Insel Taschenbuch, 2000, S.52

＊11　クロソウスキーはサドを「潜伏したジャンセニスムの言語を語るに適した者」と呼んでいる。『わが隣人サド』豊崎光一訳、晶文社、一九六九年、一五四頁

＊12　クロソウスキーはサドには、「グノーシス説を奉ずる偉大な異端の教祖たちとはるかに本性上の親近性」があると語り、正統的なカトリシズムに対するサドの宗教的異端の性格を指摘している（クロソウスキー『わが隣人サド』一四七頁）。

＊13　三島は昭和三十五年にバタイユの『エロティシズム』を読んで以来、この思想家の熱烈な愛読者になり、大きな影響を受けた。この本の書評のなかで、三島はバタイユの理論を概括しているが、それ

によるとバタイユは生の本質を非連続性にあると捉え、エロティシズムはこの非連続性を解体し、存在の連続性と神聖を垣間見させるものであるとしている。三島のこうしたバタイユ理解は、サドの文学を性愛による聖性への接近という視点においてとらえることと連関しているだろう（「『エロチシズム』――ジョルジュ・バタイユ著　室淳介訳」31-412)。

＊14　ニーチェはディオニュソス的なものの究極的な根源性をこう語っている。「ディオニュソス的芸術はいわば個体化の原理の背後にあるあの全能の意志を表現し、あらゆる現象のかなたにあり、あらゆる破壊を生き延びる永遠の生命を表現するものである。」(Nietzsche, Ⅲ1-104)

＊15　ポーヴェール『サド侯爵の生涯Ⅰ』一二八頁

＊16　シャンタル・トマ『サド侯爵――新たなる肖像』田中雅志訳、三交社、二〇〇六年、一五〇頁

＊17　ポーヴェール『サド侯爵の生涯Ⅰ』一三〇頁

＊18　『鏡子の家』執筆中の三島は、「仕事の捗るときほどの幸福感、その仕事の出来上がつたときほどの幸福感がこの世にあらうとは思へない」と記している（『裸体と衣裳』三月二十三日付、30-93)。

＊19　安藤武『三島由紀夫の生涯』夏目書房、一九九八年、二四一頁

第三章　人間の真贋

＊1　平岡梓『倅・三島由紀夫（没後）』文藝春秋、一九七四年、二一九頁

＊2　同書、二二〇頁

＊3　日記体の長篇評論である『小説家の休暇』（一九五五年）は当時の三島のトーマス・マンへの傾倒がよくあらわれた言及を含んでいる。たとえば六月二十七日付けの日記や七月十六日付けの日記など。

＊4　平岡梓『伜・三島由紀夫』四一頁
＊5　奥野健男『三島由紀夫伝説』三九頁
＊6　平岡梓『伜・三島由紀夫（没後）』二一八頁
＊7　平岡梓『伜・三島由紀夫』三一〇頁
＊8　同書、三一一頁
＊9　村松剛『三島由紀夫の世界』新潮社、一九九〇年、三四七頁
＊10　シャンタル・トマ『サド侯爵——新たなる肖像』一八頁
＊11　平岡梓『伜・三島由紀夫』二〇頁
＊12　たとえば奥野健男は『天人五衰』は、「『春の雪』『奔馬』にあった物語としてのたゆたいや、ディテールの日常的なリアリティがなく、いかにも観念的で性急である」と評している（『三島由紀夫伝説』四三七頁）。
＊13　この恋愛については次の書物に詳しく書かれている。岩下尚史『ヒタメン　三島由紀夫　若き日の恋』雄山閣、二〇一一年
＊14　小島千加子『三島由紀夫と檀一雄』構想社、一九八〇年、二七頁
＊15　村松剛『三島由紀夫の世界』五〇一頁
＊16　春日太一『鬼才　五社英雄の生涯』文春新書、二〇一六年、一二一頁
＊17　『小説とは何か』第十一章は新潮社の雑誌『波』の昭和四十五年七・八月号に掲載されたものであり、第十三章は同九・十月号に掲載されたものである。
＊18　昭和四十四年八月四日付『川端康成・三島由紀夫往復書簡』新潮社、一九九七年、一八四頁

あとがき

海を愛した三島由紀夫はその晩年、四十歳にさしかかるころから毎夏を家族とともに伊豆の下田で過ごした。下田の三島は解放感にあふれていた。持前のショウマンぶりを発揮して、海水浴場ではヒョウ柄の毛皮風水着や黒の超ビキニ、あるいは赤や白のふんどしで自慢の「肉体美」を見せつけながら闊歩し、街へは外国船の船長のような白いキャップをかぶり、白い半袖シャツに白いスラックス、白い靴と全身白ずくめの出で立ちで繰り出し、下田の人びとや観光客を驚かせていた。ホテルの従業員や街の商店の人、たまたま知り合った高校の教員や流しのギター弾きなど、通りすがりの誰彼と気安く話し、バーベキューに誘われたり、一緒に赤ちょうちんの暖簾をくぐった。街を一緒に散歩した地元の人に三島は「下田は僕の故郷です」と語ったという。

以上は、三島がそのマドレーヌを「日本一」と評し、下田滞在中はみずから立ち寄って購入するのが習わしだった日新堂菓子店の令嬢で、現在はその店主となっている横山郁代さんの『三島由紀夫の来た夏』（扶桑社、二〇一〇年）に記された回想である。横山さんは演劇少女だった高校生のときに、「宇宙人的な、硬い静かなオーラ」を発し、同時に「なんとなく親近感をおぼえる小柄な後ろ姿」をもつこの作家と知り合い、幾度かの夏をその謦咳に触れて過ごした。横山さんが深い哀惜の念をもって活写する下田の三島は、常に快活で人懐っこく、家庭サービスに努める子煩悩な恐妻家である。『三島由紀夫の来た夏』は、三島という人がまれに見る多面体であったことをあらためて教えてくれる。

雑誌『平凡パンチ』の元編集者、椎根和はこの本を読んで驚嘆した。椎根氏は三島と仕事をともにすることが多く、相当に親しくなったにもかかわらず、三島から妻子の話を聞くことは一切なかったのである。三島は家庭サービスを一切しないという方針を立てて暮らしていたのだと思いこんでいた椎根氏にとって、この回想に描かれた下田の三島の家庭人ぶりはまったく意外なものであり、横山さんと対談することで自分が知らない三島を語ってもらうことにした。次のエピソードは椎根氏の著書『完全版　平凡パンチの三島由紀夫』（河出書房新社、二〇一二年）に収録された対談のなかで横山さんが語ったものである。

三島一家が宿泊するホテルに近い港には、いつもホームレスの人びとがたむろしていた。それらの人びとがたまたまさざえを焼いているところに通りかかった三島は、「センセイ、食っていけよ」と声をかけられ、たき火のそばに腰を下ろして一緒にさざえを食べることになる。しばらく歓談しているうち、そのうちのひとりに「オレ、トウダイだけど、センセイはどこ?」と尋ねられた三島は、「オレもトウダイだ」と答える。ホテルに帰った三島は、仲良くなったフロントマンに、「今日は、すごいよ、浜辺で東大出の人に五人もあったよ、下田にはインテリが多いんだね」と話したという。

出来すぎた話にも見えるが、三島をよく知る椎根氏は、「三島らしい、いい話だね」と応じている。情報の交換という点で会話がうまく成立していたとは言えないようだが、灯台の近くに野宿する人びとは三島が高名な作家とは知らず、ただその雰囲気に親近感を覚えてセンセイと呼びかけ、三島もまた、それに応えて一緒にさざえを食べ、和気あいあいと談笑したのである。三島には、地べたに寝て暮らすような人びとに共感をもたせるような人間的感触があったのである。

さて、このエピソード、本書をお読みくださった方は、「三島らしい、いい話」と思われるだろうか、それとも、意外に思われるだろうか？

本書の第一章は筆者が勤務する大学の紀要「京都産業大学論集人文科学系列」第四八号（二〇一五年）に掲載された論文に若干の修正を加えたものである。第二章、三章は本書が初出である。本書はなかなか執筆がはかどらず、当初、予定していたよりも大幅に出版が遅れてしまった。辛抱づよく待っていただいた風濤社の鈴木冬根さんには幾重にもお礼を申し上げたい。

なお、本書は二〇一六年度京都産業大学出版助成金の交付を受けて刊行される。

二〇一七年一月末日

著者識

髙山秀三
たかやま・しゅうぞう
1954年東京生まれ。東京大学大学院人文科学研究科修士課程修了。ドイツ文学専攻。現在、京都産業大学教授。
著書：『クライスト／愛の構造』（松籟社）、『蕩児の肖像——人間太宰治』（津軽書房）、『宮澤賢治　童話のオイディプス』（未知谷）、『マンと三島　ナルシスの愛』（鳥影社）。

三島由紀夫　異端の系譜学

2017年3月31日初版第1刷発行

著者　髙山秀三
発行者　高橋 栄
発行所　風濤社
〒113-0033 東京都文京区本郷3-17-13 本郷タナベビル4F
Tel. 03-3813-3421　Fax. 03-3813-3422
印刷・製本　中央精版印刷

printed in Japan
ISBN978-4-89219-430-6